Seix Barral Biblioteca Breve

Eduardo Mendoza

El negociado del yin y el yang

Seix Barral, un sello editorial de Editorial Planeta, S. A.
Avda. Diagonal, 662-664, 08034 Barcelona (España)
www.seix-barral.es
www.planetadelibros.com

Primera edición: noviembre de 2019
ISBN: 978-84-322-3587-0
Depósito legal: B. 22.818-2019
Composición: Moelmo, SCP
Impresión y encuadernación: Rodesa, S. L.
Printed in Spain - Impreso en España

El papel utilizado para la impresión de este libro está calificado como **papel ecológico** y procede de bosques gestionados de manera **sostenible**.

PRIMERA PARTE

Al cabo de los años del destierro
volví a la casa de mi infancia
y todavía me es ajeno su ámbito.

Tuve que regresar a Barcelona tras varios años de ausencia, cuando me comunicaron que mi padre había fallecido repentinamente.

En el aeropuerto del Prat me esperaba mi hermana Anamari. De camino a casa, en un flamante Renault de segunda mano que se había comprado a plazos con su primer sueldo, me contó los detalles de la muerte. Como todo había ocurrido hacía poco y muy deprisa, nuestra madre estaba aturdida, pero serena, dijo Anamari.

Le pregunté si sabía algo de nuestro hermano Agustín. Llevaba tiempo en paradero desconocido y apenas teníamos noticias suyas. Anamari le había enviado un telegrama a las señas del teatro en el que decía trabajar la última vez que escribió a nuestros padres, y todavía no había recibido contestación.

El sepelio salió de la casa familiar, donde se había instalado la capilla ardiente. Cuando los funcionarios de pompas fúnebres se disponían a cerrar el féretro, sonaron unos timbrazos insistentes y al abrir la puerta entró Agustín. Como siempre había sido reservado, se había ido de casa de un modo intempestivo y no daba señales de vida, yo lo tenía por un desalmado o poco menos, pero apenas cruzó el umbral rompió a llorar con desconsuelo. Aquella manifestación de sentimientos nos pilló a todos por sorpresa y, contagiados, mi madre, mi hermana y yo también nos pusimos a llorar, cosa que hasta entonces nadie había hecho. Los funcionarios de pompas fúnebres interrumpieron la maniobra en señal de respeto. Al cabo de un minuto nos preguntaron si podían proceder, porque en un entierro participaba mucha gente y era esencial la coordinación.

Camino de la parroquia aproveché para preguntar a Agustín dónde estaba viviendo.

—En Stuttgart.

—¿No te habías ido a Frankfurt?

—Cambié de planes. Ahora vivo en Stuttgart.

—¿Y qué tal?

—Bien. Ven a visitarme. Podemos ir a Baden-Baden.

—¿Merece la pena?

—No, pero está cerca.

—Y en Stuttgart, ¿a qué te dedicas?

—Cuando vengas lo verás.

Como en su respuesta no detecté displicencia, supuse que habría alguna razón de peso para mantener la incógnita y preferí no insistir.

—Iría si pudiera, pero he de volver a Nueva York cuanto antes. Salí corriendo y dejé el trabajo empantanado.

—A mí me pasa lo mismo.

Por lo repentino del suceso, nadie había publicado una esquela en el periódico ni comunicado personalmente el fallecimiento de mi padre, de modo que en la iglesia había muy poca gente. Yo siempre había creído que mis padres cultivaban muchas amistades, pero no debía de ser así. Lo comenté con Anamari y ella me susurró que en los últimos tiempos nuestro padre se había vuelto muy retraído. No tanto insociable como taciturno y solitario. Aquella tendencia se había acentuado con la marcha de sus dos hijos, primero yo y luego Agustín.

—No os hacía ningún reproche ni creo que hubiera una relación directa entre ambas cosas.

—¿Y mamá?

—No lo sé. Unas veces parece que se entera de todo y otras, que no se entera de nada. Y en los dos casos es incapaz de expresar lo que le pasa.

Al volver del cementerio fuimos los cuatro a comer a un restaurante. Después de un largo periodo de extrañamiento, mi madre estaba de nuevo con sus tres hijos y se la veía contenta, a pesar del motivo luctuoso de la reunión.

El consuelo le duró poco. Al volver a casa, mientras poníamos orden en el desbarajuste creado por los acontecimientos recientes, Agustín anunció que debía estar en Stuttgart al día siguiente sin falta. Tenía previsto tomar el tren y viajar toda la noche. Nadie le preguntó la razón del apremio ni trató de disuadirle para que se quedara siquiera un día más.

Cuando mi madre trataba de asimilar la noticia y hacerse a la idea de una nueva separación, aparecieron tres primas de mi padre a expresar sus condolencias. No habían podido venir antes ni acudir a la iglesia. Eran tres mujeres de cierta edad, con aspecto y modales de ancianas provincianas. Yo no recordaba haberlas visto nunca. Estuvieron una hora interminable destilando banalidades y se fueron.

A pesar de su carácter ligeramente cómico, la visita de las viejas primas nos dejó una sensación de pérdida irreparable que hasta entonces no habíamos experimentado.

Bien por las circunstancias, bien por el mero paso del tiempo, la relación entre los miembros de la familia había cambiado. Yo me daba cuenta de que veía a los demás de otro modo y pensaba que tal vez a ellos les ocurría lo mismo con respecto a mí. Mientras habían sido parte de mi vida cotidiana, para mí sólo existían en aquellas facetas que me concernían. Ahora, por el contrario, los veía como individuos con entidad propia, al margen de su vinculación conmigo.

En el caso de mi madre, aquel cambio de perspectiva, en lugar de mejorar la relación, la hacía más complicada. Acostumbrados a representar nuestros respectivos papeles, no conseguíamos entablar una comunicación más espontánea. Mi madre quería saber de mi vida y mi trabajo en Nueva York. No me preguntaba si tenía amigos y, sobre todo, si salía con alguna chica. No quería enterarse de nada que implicara mi arraigo en otra ciudad. Yo me daba cuenta de que mis respuestas le interesaban poco y de que, aun siendo veraces, apenas tenían que ver con la realidad.

—¿Por qué no vienes a Nueva York? Te sentará bien salir de esta casa unos días. Ahora es buena época. Anamari te podría acompañar. Yo os buscaría un hotel cerca de mi casa y os acompañaría a todas partes.

—No, no, qué cosas tienes. Es muy lejos y muy caro, y yo allí no pinto nada.

Como había hecho con Agustín, tampoco puse trabas a su negativa. Al faltar mi padre, se veía obligada a asumir un protagonismo para el que no estaba preparada. Como esposa y como madre había demostrado una capacidad de afecto, una energía y un sentido práctico que ahora ya no le requería nadie.

—¿Y tú? ¿No piensas volver?

—Sí, claro. Pero todavía no. Allí estoy bien y aquí, tal como andan las cosas, no sé qué puede pasar.

En la primavera de 1975 Franco tenía los días contados. En teoría, todo estaba organizado para una sucesión tranquila y ordenada, pero soplaban vientos de cambio y algunos sectores veían el futuro con alarma. Después de varias décadas de atonía, la violencia volvía a estar presente en la vida diaria de los españoles, a veces en forma de atentados, a veces en forma de ejecuciones.

Regresar a Nueva York era lo más sensato. Sin embargo, la familia seguía existiendo y su existencia no me pasaba inadvertida. Como primogénito, a la muerte de mi padre me correspondía ser el cabeza de familia, un cargo meramente formal que, en nuestro caso, no llevaba aparejada ninguna responsabilidad, pero que pronto me encontré ejerciendo.

Con medias palabras, mi madre me dijo que Anamari tenía un pretendiente, pero que no se lo había querido presentar. No estaba preocupada ni dolida, y si me lo contaba era porque no creía adecuado ocultarme un hecho de tanta trascendencia.

—Si no te ha dicho nada, quizá no es una relación estable.

—¿Me tomas por tonta? Algunas noches Anamari no viene a dormir a casa. Y los fines de semana, ni la vemos.

Hablaba en plural, como si todavía viviera mi padre, con el que seguramente había seguido paso a paso el desarrollo del presunto idilio.

Le prometí que hablaría con Anamari. Lo hice aquella misma tarde y Anamari me confirmó lo ya sabido. Tenían pensado formalizar la relación ante las dos familias, pero por pereza habían ido postergando una ceremonia que juzgaban superflua. Anamari temía que a nuestro padre su novio le pareciera un zángano. Ahora aquella posibilidad ya no existía.

—¿Y lo es? Un zángano.

—Todo depende del punto de vista.

—Aprovecha mi estancia en Barcelona para montar un encuentro informal. Mamá se quedará tranquila y tú te habrás quitado un peso de encima.

El novio de Anamari se llamaba Tomás Aranda, tenía veintiséis años y era fotógrafo. También hacía experimentos con vídeos y pintaba unos paisajes urbanos hiperrealistas. Yo había visto en Nueva York bastantes cuadros de aquel estilo y no me parecían mal, aunque no les veía el sentido. En cuanto al vídeo, todas las obras me habían dejado indiferente. Estaba demasiado próxima la época inicial de la televisión en España para apreciar lo que me parecían fallos técnicos y no un lenguaje nuevo. Tal como Anamari lo describía, me imaginé a Tomás como un buen chico, simpático, inteligente y limitado. Probablemente nunca llegaría a nada, probablemente ni siquiera se ganaría el sustento, pero como Anamari seguía empeñada en hacerse rica por cualquier medio, la incapacidad financiera de su hombre no le preocupaba. Yo me preguntaba si una mujer como Anamari, tan lista, dinámica y ambiciosa, no podía encontrar algo mejor. Tal vez se había enamorado de verdad. O tal vez creía que un individuo como Tomás nunca le plantearía problemas ni coartaría su libertad.

Al final optamos por aplazar la presentación de Tomás. Si bien mi presencia facilitaba el cumplimiento de aquella engorrosa formalidad, el momento no podía ser menos idóneo. Un acontecimiento festivo se convertiría por fuerza en una visita de pésame. En consecuencia, hablé con mi madre, le di las explicaciones que me parecieron más adecuadas y le dije que las presentaciones se harían en otra ocasión, sin especificar la fecha ni las razones del aplazamiento. Mi madre se mostró conforme con lo que yo le decía. El encuentro no habría servido para nada. Demasiado alterada para analizar con perspicacia y demasiado buena para emitir un juicio, mi madre se habría desvivido por causar una buena impresión en lugar de valorar los méritos de su futuro yerno. Ella misma así lo comprendió y aceptó mis evasivas.

Tampoco la escenografía facilitaba las cosas. Ahora que la vivienda familiar había sido abandonada por casi todos sus habitantes, el deterioro saltaba a la vista. Los muebles eran viejos sin ser antiguos, los adornos eran mediocres y las paredes necesitaban una mano de pintura. Donde antes andábamos tropezando los unos con los otros, ahora reinaban la decrepitud y el vacío.

Todo aquello me producía un sentimiento de pena, de angustia y de responsabilidad. Anamari trataba de mitigar mi desazón.

—No te atormentes. Tú no puedes cambiar las cosas. Y mamá saldrá de ésta. Le costará un tiempo, pero se rehará y se unirá a la galaxia de viudas.

La estadística según la cual las mujeres vivían más años que los hombres debía de ser cierta, porque en torno a mi familia pululaban unas cuantas viudas con dignidad de marquesas y firmeza de gladiadores, muy dadas a organizar salidas colectivas y viajes por Europa. Anamari estaba convencida de que tarde o temprano nuestra madre pasaría a engrosar las filas de aquel poderoso y benigno ejército.

—¿Y tú? ¿Qué haces en Nueva York?

—Nada de particular. Pero hoy por hoy ahí vivo.

—¿Tienes amigos?

—Sí, claro. Amigos y amigas. Lo que no tengo son proyectos.

—¿Ya no sigues con aquel príncipe de cuento que te hacía encargos chuscos?

Quizá en algún momento le conté a Anamari mi pintoresca relación con el príncipe Tukuulo y mi esporádica y tibia colaboración en su disparatada pretensión al trono de Livonia, un país inexistente, asentado sobre un territorio a caballo entre dos o tres repúblicas de la Unión Soviética. El príncipe y yo nos habíamos visto por última vez en Nueva York, en el Waldorf Astoria. Él me había pedido que llevara una carta a Tokio y yo, contra toda lógica, había aceptado la misión.

Aquélla no era la primera vez que el príncipe pretendía utilizarme ni la primera vez que yo me dejaba utilizar desde que un malentendido nos puso en contacto unos años antes en el hotel Formentor el día de su boda con Monica Coover, ahora conocida como Queen Isabella.

Desde un punto de vista objetivo, el príncipe y su consorte eran dos impostores que vivían del cuento gracias a una reivindicación de su derecho al trono de Livonia tan legítima como descabellada. Pero yo me sentía ligado a ellos por una mezcla de devaneo, fascinación y sincero afecto. En la ocasión a la que me he referido, tras una cierta resistencia y un número considerable de gimlets, yo acabé por aceptar el encargo de llevar a Tokio una misiva del príncipe. Luego pasaron unos meses y el asunto no se materializó.

A principios del año siguiente recibí la llamada telefónica de un desconocido que dijo ser representante legal del príncipe de Livonia. El motivo de la llamada era notificarme la cancelación de la misión encomendada verbalmente por el príncipe a mi persona. Dado que por mi parte no había habido ningún desembolso ni alteración de planes, añadió a continuación el supuesto representante del príncipe con una innecesaria contundencia, no me correspondía derecho alguno a resarcimiento o estipendio. Le respondí que yo no tenía intención de reclamar nada, que sólo razones de amistad personal me habían movido a ponerme a disposición del príncipe, que la premisa era improcedente y el diálogo desagradable, y bueno, que hiciera el favor de decir al príncipe de mi parte que, en lo sucesivo, si quería decirme algo, me llamara él y no un subalterno.

Después de aquella áspera conversación no volví a saber nada más del príncipe Tukuulo, de su esposa, Queen Isabella, de su hombre de confianza, el conde Salza, ni de ninguno de sus adláteres, y el olvido fue disipando gradualmente mi enojo inicial.

Cuando finalmente llegó el momento de volver a Nueva York quedaban pendientes pequeñas gestiones administrativas y algún arreglo doméstico de tipo práctico. Nada ofrecía dificultad ni requería mi presencia, pero la inutilidad de mi paso por Barcelona me deprimió bastante.

Yo habría preferido hacer la despedida en casa y tomar un taxi al aeropuerto, pero Anamari insistió en llevarme en su coche y mi madre también quiso venir.

Resueltos los trámites de facturación, nos abrazamos con torpeza, prometí llamar por teléfono al llegar y me metí en la zona reservada a los viajeros. De resultas de los secuestros de aviones comerciales perpetrados por la Organización para la Liberación de Palestina y otros grupos terroristas, los aeropuertos habían impuesto un control estricto de pasajeros y equipajes. Una vez franqueado un límite, unas puertas correderas se deslizaban a espaldas del viajero y ya no había vuelta atrás.

En aquella ocasión una simple acción mecánica revestía un simbolismo sobrecogedor para alguien como yo, que acababa de experimentar la muerte de un allegado.

Al otro lado de la barrera me encontré en el ambiente impersonal y falsamente lujoso de cualquier aeropuerto internacional. Una señora teñida de rubio discutía en mal inglés con un empleado a causa de un perrito faldero. En la voz de la mujer había auténtica congoja y en la actitud del empleado, una irreductible firmeza, aunque era evidente que no entendía una palabra de inglés ni estaba dispuesto a resolver el problema del perrito. Al contemplar aquella escena tan poco barcelonesa, sentí que me separaba del núcleo familiar, donde todo tenía una gran densidad emocional, y entraba en un mundo donde todo era absurdo e insustancial, en el que me sentía libre, y al que creía pertenecer en cuerpo y alma.

Sabe que somos varios los que estamos en esta isla, situados en diferentes lugares, para guardar los caballos del rey Mihraján.

—Vaya, ha vuelto el pequeño samurái.

Paco Andrade me llamaba así a raíz del revuelo provocado tiempo atrás por mi proyecto de viaje al Japón. El asunto quedó en nada, pero la idea de conocer el Japón ya no me abandonó. Sin medios para hacer el viaje por mi cuenta, leí libros, vi películas y averigüé cuanto pude sobre aquel país, hasta pasar de la curiosidad al interés y del interés a la obsesión.

En un primer momento, después de haber hablado con el príncipe, yo había recabado de mi jefe el permiso correspondiente. A la extrañeza inicial siguió una amable cuchufleta por parte de mis compañeros cuando el alboroto causado por mi anuncio quedó en humo de pajas. Paco Andrade me sacó el mote y un año después todavía me lo seguía aplicando.

El señor Carvajal no era partidario de bromas ni familiaridades en el trabajo.

—La imagen de la delegación de cara al exterior es de capital importancia. Que nadie piense que aquí se viene a contar chistes y a decir donaires.

—Bueno, en definitiva, los samuráis eran funcionarios. Como nosotros.

Aquel coloquio, con el que se me daba la bienvenida a Nueva York después del breve viaje a Barcelona por la muerte de mi padre, me produjo la tranquilidad de quien se ve de nuevo en tierra firme.

Sin embargo, también en aquel lejano reducto del dilapidado imperio burocrático español el paso del tiempo dejaba su huella. De los cuatro funcionarios que encontré allí a mi llegada, dos nos habían dejado.

La primera en partir fue Alicia Pujadas. Era una mujer de mediana edad, inteligente, amable, simpática y no mal parecida, a la que todos considerábamos una solterona sin remedio, hasta que un día, repentinamente, anunció que se casaba y dejaba el trabajo. No nos dijo si lo dejaba para desempeñar otro o para convertirse en un ama de casa a la antigua usanza. Tampoco nos quiso decir con quién se casaba. A fuerza de insistencia le sacamos que su futuro marido no era español ni norteamericano, lo cual redobló nuestra curiosidad. Paco Andrade sostenía que la pobre Alicia había caído en las garras de un farsante. Bastantes años de servicio y una vida austera sin duda le habían permitido acumular una pequeña fortuna, un cebo suculento para aquel tipo de desalmados.

El señor Carvajal y yo nos negábamos a admitirlo.

—Alicia no se merece una jugarreta semejante.

—Bueno, la vida no es un concurso de méritos.

—En eso lleva usted mucha razón.

Le dimos una fiesta de despedida en casa del señor Carvajal, reacio a utilizar el local de la delegación para actividades ajenas al trabajo. Éramos los cinco de la oficina y cuatro personas más. Daba pena comprobar que, después de tanto tiempo en Nueva York, su círculo de amistades era tan reducido. Tal vez ella no quería mostrarnos otras facetas de su vida privada. Con gran disgusto por nuestra parte, a la despedida no asistió su futuro marido. Entre los compañeros compramos bebidas, algo de picar, una docena de platos y vasos de plástico y un paquete de servilletas de papel. A media celebración reclamamos silencio, le hicimos entrega de una litografía enmarcada de Saul Steinberg, el señor Carvajal pronunció un discurso breve, cariñoso y sincero, y Alicia Pujadas hizo pucheros y dijo que no olvidaría nunca aquellos años en Nueva York, que nosotros habíamos hecho gratos con nuestra camaradería y buen humor. Al final nos abrazó a todos y prometió seguir en contacto con nosotros, pero era evidente que no volveríamos a saber de ella nunca más.

Al cabo de unos meses Javier Piñol pidió la baja por enfermedad. También era soltero, pero en su caso, por voluntad propia y con obstinado empeño. La idea de compartir su tiempo y su espacio privados con otro ser humano le horrorizaba. A la larga, sin embargo, la soledad le pasó factura. A pesar de llevar unos cuantos años en Nueva York y estar aparentemente adaptado a las peculiaridades de una ciudad que conocía al dedillo, decidió que allí no se podía vivir. Todo le parecía feo; la gente le resultaba insoportable. Se volvió hipocondriaco y tuvo varios episodios de angustia. No sé cómo consiguió un certificado médico de incapacidad temporal y se volvió a España sin demora. En aquella ocasión la despedida fue más discreta, no hubo discursos y la reunión estuvo presidida por la tristeza. Paco Andrade era íntimo amigo de Javier Piñol y su marcha lo dejó muy abatido.

Las vacantes fueron cubiertas con rapidez por una economista llamada Inma Fernández, en el puesto de Javier Piñol, y por un licenciado en Ciencias Políticas llamado Julio Alarcón, en el de Alicia Pujadas. Los dos venían de España y estaban recién salidos de las oposiciones al cuerpo de técnicos del Estado. Resultaron personas competentes y de trato afable y no tuvieron dificultad para congeniar con los veteranos. Pero su llegada supuso algo parecido al relevo de la vieja guardia.

Era evidente que la actitud de los recién llegados con respecto a Nueva York no tenía nada que ver con la nuestra. Nosotros habíamos llegado allí por azar, como náufragos a un islote. Su llegada, por el contrario, formaba parte de una trayectoria profesional decidida de antemano. Para ellos la delegación era un destino temporal, como cualquier otro, un peldaño en la escala administrativa. Tampoco para ellos Nueva York era la ciudad tenebrosa y maligna donde el peligro acechaba en cada esquina. Nada les chocaba. Si un problema tenían, era de tipo económico: el precio de la vivienda, cada vez más alto, la depreciación de la peseta con respecto al dólar. Algo profundo había cambiado a uno y otro lado del Atlántico en muy poco tiempo y, de resultas de ello, se había producido algo semejante a un cambio generacional.

A mí todo aquello me afectaba poco. Con el paso del tiempo y la marcha de Alicia Pujadas y Javier Piñol, me había ido distanciando del mundo cerrado de la oficina y me relacionaba cada vez más con la colonia española y sus adheridos.

También la colonia española experimentaba una transformación y también los recién llegados parecían venir de un mundo distinto del que nosotros habíamos dejado atrás cuando vinimos. Sin que se hubiera producido aún el anhelado cambio político, España parecía haber perdido el substrato clerical y atrabiliario en el que yo había crecido y en su lugar se había impuesto un estilo de vida liberal y laico.

Esta metamorfosis no impedía que los recién llegados se integrasen fácilmente en el grupo de los veteranos. Pero en la relación que se establecía había una brecha. Ellos nos profesaban el limitado respeto que merece la experiencia y, en algunos casos, el que infundía el mayor o menor reconocimiento alcanzado por la obra de unos pocos en España e incluso en el extranjero. Pero aun así, no dejaban de vernos como unos amigables dinosaurios.

En alguna ocasión yo había intentado poner en contacto a algún compañero de la oficina con la colonia española, pero el experimento no había cuajado: ser compatriotas, coetáneos y residentes en Nueva York no eran factores suficientes para establecer una relación más allá de lo estrictamente superficial. De aquellos acercamientos fallidos sólo quedó mi mote. Ahora el grupo de españoles también me llamaba el pequeño samurái. En ambos medios el apelativo era usado con afectuosa condescendencia, pero, sin ser en ningún caso un título honroso, en cada uno tenía un significado distinto.

Más tradicionales en su forma de ser y sin duda más cultos, mis compañeros de oficina veían en la figura mítica del samurái el arquetipo del vasallo fiel a su señor y a la escrupulosa observancia de las reglas de la caballería. Si me aplicaban el apelativo, lo hacían con intención paradójica. A sus ojos no había nada menos parecido a un samurái que yo.

Entre los miembros de la colonia española predominaban los artistas de vanguardia que anteponían la información a la cultura. Para ellos estar al día era más importante que conocer un pasado que constituía una rémora y al que muy pocos estaban dispuestos a concederle, cuando menos, el valor de la excelencia. En su imaginario, un samurái era un guerrero sin ataduras, una persona solitaria y de poco fiar, capaz de transitar entre varios mundos antitéticos sin pertenecer a ninguno.

Si aquélla era la impresión que yo les producía, a mí no me venía mal.

Y Zeus creó a su vez la tercera raza de mortales hombres. No comían pan; de duro acero tenían implacable corazón, e inspiraban miedo. Grande era su fuerza, invencibles sus brazos.

Por aquellos años se pusieron de moda las artes marciales.

Hasta entonces sólo habíamos oído hablar del judo, también llamado jiu-jitsu, una lucha de salón que practicaban en una colchoneta, con profusión de reverencias, dos hombres más bien orondos vestidos de albornoz. En el judo lo importante era el color del cinturón. Ser cinturón negro de judo equivalía a ser invencible, al menos ante rivales de inferior rango que estuvieran dispuestos a respetar las reglas del juego. Ahora el judo había cedido el puesto a un nuevo método de lucha denominado karate. Procedía del Japón y era un invento reciente y no, como algunos creían, un secreto guardado durante milenios. A diferencia del judo, el karate no estaba pensado para la defensa, sino para el ataque, y ahí el cinturón no pintaba nada.

Las películas de Bruce Lee, un actor medio chino medio americano, de corta estatura y aires de pícaro, habían dado carta de naturaleza al karate y, de paso, a una nueva forma de épica popular. Hasta entonces, el héroe de las películas de acción recurría a la violencia en contra de sus deseos, siempre por algún motivo poderoso, generalmente la venganza o la necesidad de restablecer la justicia. Ahora el nuevo héroe buscaba la pelea por el mero gusto de repartir tortazos con el canto de la mano o con los pies. Sin hilo argumental, sin el menor respeto a la lógica y sin ningún ingrediente sentimental, las películas de artes marciales consistían en una sucesión de peleas en las que los rivales de Bruce Lee o de cualquiera de sus imitadores acudían por turno, de uno en uno, de cuatro en cuatro o de veinte en veinte para ser vapuleados, y no cejaban hasta que el último de la lista resultaba desnucado.

En la práctica, el karate era una actividad más próxima al circo que a la pendencia. Cuando todavía era una novedad, se organizaron algunos encuentros entre boxeadores y karatecas y estos últimos salieron muy mal parados. Incluso Muhammad Ali, en el inicio de su decadencia física, se enfrentó a un karateca famoso en un combate esperpéntico que no acabó de ninguna manera. Pero el karate, con su componente de sabiduría oriental y charlatanería mística, introdujo en la cultura popular un nuevo tipo de héroe invencible, tanto en el terreno de la lucha como en el de la moral.

Los héroes cuyas hazañas reiteradas habían mitigado las largas horas de tedio en que consistió mi niñez basaban su superioridad frente al enemigo en habilidades adquiridas tras una larga práctica: unos con la espada o el florete; otros con los puños; otros con revólveres que podían desenfundar antes que nadie. El adjetivo aplicable a todos ellos era siempre el de *esforzados*. La única excepción a este panteón de héroes artesanos eran unos personajes de Marvel, apenas conocidos en España, y Superman, de feliz memoria. Superman llevaba los poderes incorporados en virtud de una rara combinación de física espacial y herencia genética, pero era tan tonto que permanecía confinado en una aldea, donde prevenía accidentes y hacía chapuzas con sus ilimitadas fuerzas. Ahora, en cambio, del Lejano Oriente llegaban unos héroes nuevos, invencibles gracias al conocimiento de un golpe secreto transmitido por un anciano maestro y acompañado, a veces, de un conjuro. Es posible que la bomba atómica estuviera en el origen de estos advenedizos, pero lo cierto era que algunos países orientales aprovecharon la ocasión para invadir el mercado de un producto para el que hasta entonces no había habido demanda y, de paso, hicieron obsoletos a los espadachines y pistoleros de mi infancia.

Accoutumés que nous sommes à des gouvernements qui nous font du mal, il nous semble qu'en être délivrés serait le suprême bonheur.

El día mismo de mi llegada a la delegación de la Cámara de Comercio en Nueva York, unos años atrás, al señor Carvajal le faltó tiempo para prevenirme del carácter apolítico de aquella oficina en concreto y de la burocracia en abstracto.

—Cada cual es muy dueño de opinar como se le antoje, pero el tejido funcionarial está por encima de los partidos y las banderías. El único horizonte político de un funcionario es el trámite que le concierne, y nada más.

Yo asentí como habría asentido a cualquier cosa que me hubiera dicho el jefe el primer día de trabajo. Luego cumplí la regla sin esfuerzo, porque la política me interesaba poco y en la delegación la realidad cotidiana de España quedaba muy lejos. Mis compañeros de trabajo llevaban años viviendo en Nueva York y como la comunicación con España era escasa, fragmentaria e infrecuente, habían acabado integrándose en la vida cotidiana local y guardaban de su país de origen una noción sintética y peregrina en la que convivían en un plano de igualdad Unamuno, Lola Flores y el último chisme llegado de los mentideros de Madrid.

Ahora, sin embargo, en la oficina imperaba un nerviosismo al que ni siquiera el señor Carvajal podía sustraerse.

Como si la Historia hubiera querido hacer limpieza en el desván de los trastos viejos, en marzo de 1974 se vino abajo la dictadura en Portugal; poco después ocurrió lo mismo en Grecia, y en aquellos momentos, en España, Franco estaba a punto de irse al otro mundo.

Entre la colonia española, menos ensimismada, nada ponía cortapisas a una mezcla de euforia y malestar. Todos deseábamos el fin de una dictadura en la que habíamos nacido y vivido hasta la edad adulta y cuyos sangrientos coletazos nos habían producido indignación, pero éramos conscientes de que estábamos viviendo a distancia aquel acontecimiento político trascendental y de que, por esta causa, nunca podríamos reintegrarnos a una comunidad que era la nuestra y a la que habíamos vuelto la espalda en aquel momento decisivo.

Mi amigo Ernie era el único disidente.

—Si de verdad queréis dejar atrás esta maldita etapa, lo primero es superar el patriotismo de manual.

Ernie llevaba más tiempo que nadie en Nueva York, participaba activamente en el movimiento gay y por razones obvias no guardaba de España un buen recuerdo.

Los demás no podíamos evitar una vaga nostalgia. Sabíamos que cuando desapareciera la era que Franco había encarnado, desaparecerían con ella los últimos vestigios de nuestra infancia y seguramente tendríamos la sensación de haber vivido para nada. Estábamos despidiendo una época sin duda nefasta, pero en definitiva nuestra. Habíamos vivido infancia, adolescencia y juventud inmersos en una atmósfera contaminada y enfermiza, pero no teníamos otra.

Esta sensación se aguzaba con el paso continuo de españoles itinerantes. No venían con la idea de afincarse, pero tampoco eran turistas. Recalaban en Nueva York y se quedaban mientras les duraba el visado o el dinero, y a menudo un poco más. Se metían donde podían, generalmente en casa de alguien, dormían en un sofá convertible o en el suelo, y contribuían como podían a su sustento diario. Los miembros permanentes de la colonia española los acogíamos con una resignada generosidad. Yo mismo la practicaba, por más que me irritaban aquellos advenedizos que creían saberlo todo y tener derecho a todo por el mero hecho de haberse lanzado al vacío. Luego, en la práctica, me dejaba ganar por la complicidad fácil que se establecía entre los recién llegados y los antiguos residentes. Por más que nos sintiéramos neoyorquinos de adopción, teníamos más puntos de contacto con aquellos desconocidos provenientes del hogar común que con cualquiera de nuestros vecinos. También influía en nuestro desprendimiento la vanidad de demostrar a unos forasteros despistados cómo en aquella ciudad difícil nos movíamos como en nuestra propia casa. Ellos daban por sentado que nosotros vivíamos una bohemia frenética, entre orgías y drogas. Al descubrir que llevábamos una vida ordenada sufrían una decepción.

Así pues, debemos participar de esta literatura siguiendo el ejemplo de las abejas, pues éstas no se dirigen de forma indiscriminada a todas las flores, sino que toman cuanto de ellas les es provechoso y renuncian a lo restante.

Una tarde de mediados de otoño sonó el teléfono justo cuando yo abría la puerta de mi apartamento, a la vuelta del trabajo.

Era mi hermana. En Barcelona debía de ser bien entrada la noche. Anticipé el motivo de una llamada tan extemporánea y me dio un vuelco el corazón.

—¡Se ha muerto Franco!

Mi hermana suspiró.

—Ni hablar. Con ése no hay quien pueda. Te llamo para pedirte un favor.

—Muy importante ha de ser. Una conferencia, y a estas horas...

—No sabía cuándo te podía pillar en casa y no me daba tiempo a escribir. Toma nota. Dentro de un par de días llega a Nueva York una compañera mía de la facultad. Araceli de Castro. Apunta el nombre.

—¿Es guapa?

—Es una chica formal, de una familia muy rica y muy estirada. Y está prometida. Ni se te ocurra echarle los tejos. Además, viaja acompañada de su tía. Se alojarán en el hotel Plaza. Sólo se quedarán un día y medio, para descansar antes de seguir viaje a Chicago. Le he prometido a Araceli que tú les harás de guía.

—Vaya plan.

—Sí, un palo, ya lo sé. Por eso te lo pido como un favor muy especial. La tía es una mujer mayor pero no una anciana. Llévalas a pasear, a un museo, a un buen restaurante, y por la noche, a un teatro. No sé si saben inglés. Tú no repares en gastos. Me interesa quedar bien. Si te sales del presupuesto, yo me hago cargo. Ahora estoy bien de dinero. Y no se te ocurra llevarlas a esos sitios de cuero y látigo que tú frecuentas.

—¿Tan amigas sois? Nunca te había oído hablar de ella.

—Amigas, amigas, no somos. Pero en este país todo funciona a base de relaciones.

—Las relaciones sólo funcionan si ya estás relacionado.

—Quizá, pero tú haz lo que te pido.

Le pregunté por Tomás, intercambiamos cuatro frases más sobre la familia y colgamos.

A pesar de mis reservas, me propuse quedar bien. Anamari seguía en Barcelona, metida en la casa familiar, cuidando de nuestra madre. Su abnegación no le impedía trabajar y hacer su vida, y seguramente no le atraía la vida nómada como a nuestro hermano Agustín o a mí, pero aun así, yo sentía ramalazos de mala conciencia por haber echado sobre sus espaldas todas las obligaciones filiales.

Al día siguiente pedí permiso al señor Carvajal. Cuando supo la causa no puso pegas. Atender a españoles de alto nivel era parte de nuestro trabajo. De todos modos, me descontó un día de mis vacaciones, de acuerdo con un reglamento que invocaba de continuo sin que nadie se hubiera tomado la molestia de cotejarlo o, cuando menos, de comprobar que realmente existía.

Reservé mesa en un buen restaurante italiano de Madison Avenue y, después de dar muchas vueltas al asunto, compré tres entradas para un musical de Broadway.

Los musicales de Broadway gozaban de fama mundial y no requerían entender el inglés para disfrutar del espectáculo. En los primeros meses de mi estancia en Nueva York la curiosidad me había llevado a ver un par de musicales de renombre. Me parecieron vistosos y muy bien hechos, pero no despertaron mi entusiasmo ni mi afición. Luego vi alguno más para acompañar a visitantes de compromiso, como ahora me proponía hacer con la amiga de mi hermana y su anciana tía.

Por aquellas fechas todos los elogios recaían en una obra titulada *A Chorus Line*. Se había estrenado off-Broadway a principios de año y al cabo de unos meses el éxito de público y crítica hizo que reabriera en el Schubert Theatre, en la calle 44. Conseguir entradas con tan poca antelación era imposible, pero yo conocía a un valenciano que trabajaba en la recepción del hotel Saint Moritz. Los hoteles de lujo solían tener entradas de teatros, ópera y conciertos, para revenderlas a sus clientes. Mi amigo me consiguió tres butacas de platea a un precio astronómico.

El día previsto acudí al Plaza al caer la tarde, cuando Araceli de Castro y su tía ya debían de haber llegado. En la recepción me informaron de que las esperaban, pero seguramente el vuelo había sufrido un retraso y aún no se habían registrado.

Pedí papel con membrete del hotel y escribí una nota de bienvenida. Añadí que estaba a su disposición, pero daba por sentado que aquella noche preferirían descansar, por lo que, si no tenían inconveniente, las pasaría a buscar por el hotel la mañana siguiente a las diez. Anoté mi número de teléfono, metí la nota en un sobre, compré un ramito de flores en la floristería del hall y pedí al recepcionista que subieran las flores y la misiva a la habitación de las señoras De Castro.

Esa misma noche recibí una llamada de Araceli. Acababan de llegar y habían encontrado las flores y la nota. Efectivamente, estaban derrengadas. Su tía ya se había acostado. En cuanto a mi ofrecimiento para el día siguiente, lo aceptaban de mil amores, siempre y cuando no supusiera una molestia para mí. Respondí con las habituales zalamerías y ella asintió con reiteradas muestras de agradecimiento.

Cuando entré en el Plaza a la hora convenida, Araceli me esperaba junto al mostrador de recepción. Pese a no habernos visto antes, ambos nos reconocimos sin dificultad.

Araceli de Castro era de mediana estatura, redonda de cara y hechura. Vestía traje chaqueta de buena tela y buen corte. Un flequillo le cubría la frente. Su expresión era de afectado hastío. No me gustó nada.

Intercambiamos saludos y acto seguido me condujo ante una dama enjuta, erguida en la punta de un butacón. Iba de negro de la cabeza a los pies y tenía las manos cruzadas sobre el puño de un bastón.

—Tía, éste es Rufo Batalla, el hermano de Anamari. El que nos acompañará y nos enseñará Nueva York.

La dama me inspeccionó sin prisa con unos ojillos de un azul desvaído, pero vivaces.

—¿Es usted familia de los Farfán?

—No, señora.

—Un hijo de Conchita Farfán se llama Rufo.

—Es un nombre poco común. Pero yo no tengo nada que ver con los Farfán.

Araceli nos sacó de aquel bucle.

—No te he presentado a mi tía, la abadesa de las clarisas.

—¿Abadesa?

—En el Real Monasterio de Santa Clara, en Tordesillas. Mi tía va a Chicago, a visitar al arzobispo, de quien fue colaboradora en una época y que ahora está gravemente enfermo. La idea de hacer un alto para descansar y conocer un poco Nueva York se me ocurrió a mí cuando Anamari me dijo que tú nos harías de cicerone. Por mi tía no te has de preocupar: es mayor, pero se apunta a un bombardeo.

—Para mí será un honor, pero sin conocer sus antecedentes he sacado entradas para un musical de Broadway y no sé si...

La abadesa intervino desde su sitial.

—¿Hay escenas de desnudismo integral?

—No creo.

—Entonces no pasa nada. La música me gusta y los temas escabrosos me traen sin cuidado, porque no sé inglés y estoy bastante sorda.

—Araceli la llama tía. Dígame cómo he de llamarla yo.

—En el monasterio, reverenda madre. En la Curia, eminencia. En Manhattan, con doña María basta y sobra.

Se levantó sin ayuda. Araceli la ayudó a ponerse el abrigo, la bufanda, los guantes y un casquete de lana. Concluido el arreglo, la anciana golpeó el suelo con el bastón.

—¡En marcha!

El día era claro, el aire limpio y aunque estábamos a mediados de noviembre, todavía no arreciaba el frío.

Caminamos por la Quinta Avenida hasta la Frick Collection. Tal como yo había calculado, a aquella hora había muy pocos visitantes y pudimos ver los cuadros reposadamente. La abadesa no era ignorante en materia de arte. Apreció mucho el *Autorretrato* de Rembrandt, el *Caballero del sombrero rojo* de Tiziano y los deliciosos Vermeer, se interesó especialmente por el *San Jerónimo* del Greco y el *San Francisco en éxtasis* de Bellini, y se conmovió ante el pequeño retablo de Jan Van Eyck titulado *Virgen con el niño*. Yo disfrutaba oyendo sus comentarios. En cambio, Araceli no disimulaba su aburrimiento.

Al acabar la visita, como nos sobraba tiempo hasta el almuerzo, la temperatura era suave y la abadesa no daba muestras de cansancio, les propuse dar una vuelta por Central Park. Araceli se mostró recelosa.

—¿No es peligroso?

—En esta parte y a esta hora, no. De todas formas, podemos ir a otro sitio.

La abadesa quiso entrar en el parque.

—Me gusta ver algo verde de cuando en cuando. Y si nos matan hoy, nos ahorramos morirnos mañana.

Anduvimos zigzagueando por los senderos y nos sentamos en un banco, al sol. Al fondo del parque el perfil de los rascacielos se recortaba contra el azul brillante del mediodía de otoño.

—No se dejen engañar por el clima. A pesar del frío, Nueva York está a la altura de Valencia.

La abadesa cerró los ojos y se santiguó.

Araceli se quejó del frío. La abadesa hizo un ademán comprensivo. Yo estaba aclimatado a las temperaturas extremas de aquellas tierras y ella, aunque vieja y débil, estaba hecha a los rigores de la meseta castellana y de la vida monacal. En cambio, su sobrina vivía en Barcelona rodeada del máximo confort. Abandonamos el lugar con pena.

Araceli se subió las solapas de piel de su abrigo y apretó el paso.

El sol de otoño proyectaba sobre el suelo la larga sombra de los árboles y daba una pátina dorada a las fachadas blancas de los edificios de la Quinta Avenida. Porteros enfundados en gabanes oscuros estaban de pie bajo las marquesinas de las casas ricas. Con sus galones, sus gorras de plato y sus botonaduras doradas tenían un aspecto teatral. Aquella escena no podía ser más opuesta a la imagen de una ciudad oscura y violenta.

Para cruzar la avenida la abadesa se colgó de mi brazo.

—Los europeos tenemos un prejuicio bien tonto con respecto a todo lo que queda más allá de nuestras fronteras. Yo misma me sorprendo ante la belleza de esta ciudad, como si los seres humanos no fueran capaces de crearla en todas partes. Cada una en su estilo, Nueva York es comparable a Roma. Digo Roma como podría decir París, pero Roma es la única capital europea que conozco. Desde que dejé el mundo para consagrarme a Dios, mi vida ha transcurrido intramuros.

En 1964, con gran sorpresa y temor por su parte, la Conferencia Episcopal la había enviado a Roma como miembro de una comisión para la reforma de las órdenes religiosas femeninas, en el marco del Concilio Vaticano II. Aquélla había sido una experiencia única, no sólo desde el punto de vista intelectual, sino también estético. Durante un largo periodo había estado rodeada de los máximos exponentes de la arquitectura y el arte. Por no hablar de la faceta espiritual: en las sesiones de trabajo había podido escuchar a los más ilustres teólogos y luego, en las pausas y almuerzos, había tenido el privilegio de departir con ellos, así como con obispos y cardenales de todo el mundo. Y en una ocasión, intercambió unas breves frases con Su Santidad Pablo VI, verdadera alma y guía de la profunda renovación, por no decir revolución, que allí se estaba llevando a término. El mundo no había hecho justicia a Pablo VI, ahora ya viejo y cansado, porque no tenía el empaque de Pío XII ni la afable proximidad de Juan XXIII, pero sin duda había sido un gran papa, quizá el mejor de los tres.

—Aunque, ¿quién soy yo para decir estas cosas? Por suerte, ahora sólo me oye usted y Dios Nuestro Señor, y Él es compasivo y usted, discreto.

En el restaurante, mientras estudiábamos la carta, Araceli me advirtió de que su tía y ella habían decidido invitarme. Yo me negué y la abadesa zanjó el debate.

—No insista, señor Batalla. Es lo menos que podemos hacer para mostrarle nuestro agradecimiento. Y no diga más. Una abadesa está acostumbrada a mandar y a ser obedecida *ipso facto*.

—En tal caso, me inclino. Pero no me llame señor Batalla.

En el transcurso del almuerzo la conversación decayó. La abadesa, que hasta entonces se había mostrado locuaz, comía en silencio, como si estuviera absorta en los recuerdos que ella misma había evocado hacía poco, y yo no sabía cómo aliviar aquel pesado silencio. Sabía que a ellas no les interesaba nada de lo que yo les pudiera contar acerca de la vida en Nueva York y menos aún acerca de mi persona, y a mí me sucedía lo mismo con respecto a ellas. Por sacar un tema común y como estaban recién llegadas de España, se me ocurrió preguntar cómo veían la situación política y qué ambiente se respiraba ante la inminente desaparición de Franco.

Araceli puso cara de disgusto y manifestó su desagrado por la política.

—¿De qué sirve preocuparse y hacer cábalas? Los que tienen el poder decidirán lo que tengan que decidir, tanto si nos preocupamos como si no.

En su tono había un desprecio implícito hacia quienes no adoptaban la misma actitud. La abadesa salió de su ensimismamiento y le palmeó el dorso de la mano en un gesto de cariñosa reconvención.

—El señor Batalla nos ha hecho una pregunta y no está bien darle un corte por respuesta. En parte es cierto lo que dice mi sobrina. Nuestra opinión vale poco y nuestra capacidad de prever el futuro es tan inexistente como la de cambiarlo. Pero una cosa es meterse en política y otra es mantenerse al margen de la realidad.

Dicho esto, me miró con expresión compungida.

—Pronto sucederán hechos que de un modo u otro afectarán a toda España. Sólo Dios sabe lo que nos espera.

A la vista de lo oído, me pareció más práctico no abundar en el tema. Todavía nos quedaban muchas horas por delante.

That I can do!
I can do that.

Al concluir el almuerzo, la abadesa dijo estar algo fatigada. Con gusto volvería al hotel para reposar un poco antes de proseguir las actividades programadas. Nosotros, sin embargo, podíamos dar una vuelta. Sin duda Araceli tendría ganas de ver tiendas y estaba segura de que yo, tan buen conocedor de la ciudad, también sería un experto en aquel terreno, del que ella, por suerte o por desgracia, lo ignoraba todo.

No me hacía ninguna ilusión ir de paseo con aquella señorita sabihonda y avinagrada, pero no me pude negar. Por lo demás, la misión era bien fácil de cumplir. Una vez hubimos dejado a la abadesa en la puerta del hotel, miramos los escaparates de Tiffany's y de Van Cleef & Arpels y recorrimos todos los pisos de Bergdorf Goodman y de Henri Bendel. Araceli no deponía su actitud distante. Fingía desdeñar lo que, a su juicio, era un exponente de la ostentación y el mal gusto americano. Pero aquella profusión de lujo y capricho hacía mella visible en el bastión de sus prejuicios.

Acabado el paseo, recogimos a la abadesa y nos fuimos en taxi al teatro.

Broadway era un hervidero de peatones, coches, taxis y limusinas. Los anuncios luminosos formaban una bóveda carmesí en el cielo nocturno. En aquel bullicio había algo electrizante para todos los que estábamos allí y formábamos parte del espectáculo.

A Chorus Line gustó mucho a mis acompañantes y yo hube de reconocer que era insólita en su género y que, mientras la veía, estaba pasando un buen rato. De cuando en cuando, la abadesa descabezaba un sueñecito, del que despertaba con discreto sobresalto cuando la música subía de volumen. Araceli parecía haber entrado en trance.

Al salir, los tres estábamos exhaustos. La abadesa declinó cualquier sugerencia que no fuera la de ir a dormir. Ya en el hotel, insistió en que los jóvenes fuéramos a cenar y a seguir la diversión a nuestro antojo. Como muchas personas de su edad, atribuía a todos los jóvenes una energía inagotable. No era mi caso. Estaba cansado y harto de mi papel y sólo deseaba volver a mi casa, comer lo que encontrase en la nevera, leer un rato y meterme en la cama sin demora. Pero la jornada había sido un éxito y no podía arriesgarme a echarlo todo a perder en el último momento, de modo que asentí.

Araceli acompañó a la abadesa a la habitación y se reunió conmigo en el hall del hotel. Había dejado el abrigo, el gorro y los guantes. No tenía hambre, pero si se retiraba ahora, no podría dormir, excitada por la música y el baile que acabábamos de ver. Sugerí que tomáramos una copa en el mismo hotel, accedió encantada y fuimos al Oak Room.

Cuando entramos había media docena de hombres en el bar, aparentemente clientes del hotel. La luz era tenue y en el aire flotaba un aroma de alcohol y humo de cigarros.

Ocupamos dos butacas frente a una mesita baja. Acudió el camarero. Araceli no sabía qué pedir. Le pregunté si le gustaban los cócteles, dijo que sí y ordené que nos trajeran dos manhattans.

Mientras esperábamos los cócteles, Araceli me dio de nuevo las gracias por mis atenciones. Su expresión seguía siendo displicente y a juzgar por el tono en que fueron dichas, sus palabras eran una mera formalidad. Sin duda consideraba natural que allí donde fuera todo el mundo estuviera a su servicio.

Respondí con la misma desgana y Araceli añadió, con torpeza, que me agradecía la paciencia que había mostrado con su anciana tía. La anciana tía me había parecido más interesante y más agradable que ella, pero el recuerdo de mi hermana frenó el deseo de decírselo y se hizo una pausa.

Trajeron los manhattans y dos bandejas con avellanas y aceitunas. Después de probar las bebidas, Araceli prosiguió diciendo que había ido a Nueva York con el único objeto de acompañar a su tía. A ella no le gustaba viajar a lugares desconocidos, y menos aún viajar en avión, pero no había podido negarle aquel favor a la abadesa, con quien había contraído una deuda de gratitud. Un año antes, tras haber mantenido el secreto varios meses, Araceli reveló a sus padres la existencia de una relación sentimental y el deseo de contraer matrimonio en breve. Conocida la identidad del novio, los padres de Araceli se opusieron terminantemente a la unión. Tanto los padres de Araceli como la propia Araceli pertenecían al Opus Dei, y el novio de ésta, pese a ser de buena familia y abogado en ejercicio, era miembro activo de la organización clandestina Bandera Roja, de marcado sesgo revolucionario e ideas antitéticas con la religión. Las lágrimas de Araceli no conseguían vencer la resistencia de sus padres y ella no se veía con fuerzas para desobedecer sus mandatos. En aquella dramática coyuntura, como si la hubiera enviado la Providencia, apareció la abadesa, en una de sus raras visitas a Barcelona. Sin necesidad de que nadie le contara nada, la abadesa, ducha en el trato y supervisión de las monjas y novicias a su cargo, no tardó en percibir la tensión reinante. Preguntó y fue puesta al corriente de los hechos. La abadesa guardó silencio y de repente, del modo más brusco, preguntó a Araceli, en presencia de toda la familia, si estaba embarazada. Araceli se sulfuró. La mera sospecha le parecía un insulto. Su novio podía ser de ideas avanzadas, pero nunca había intentado propasarse, ni ella se lo habría consentido. La abadesa se encogió de hombros y emitió su veredicto: No hay para tanto.

Como no aclaró si se refería a la pudorosa actitud de Araceli o al severo juicio de sus padres, la familia se quedó desconcertada. La autoridad moral de la abadesa era grande y nadie se habría atrevido a contravenir su dictamen si se hubiera sabido cuál era.

Mientras desgranaba su relato, mi malestar iba en aumento. Aquel estúpido serial me retrotraía a la España oscura y zafia que, a pesar de mi empeño por dejarla atrás, conseguía seguirme hasta un lugar tan protegido del mundo exterior como el Oak Room del hotel Plaza.

Como si advirtiera mi desazón, Araceli interrumpió el relato.

—Si te cuento todo esto, a pesar de habernos conocido hace sólo unas horas, es porque hace un rato, viendo *A Chorus Line*, me ha ocurrido algo extraño. Yo nunca había visto un musical de Broadway, cosa natural, puesto que nunca había estado en Nueva York. Pero por referencias me había formado un concepto muy pobre del género. Argumentos tontos y canciones frívolas. Sin embargo, mientras veía *A Chorus Line*, me he sentido transportada a un mundo de libertad totalmente opuesto al que yo he habitado hasta el presente. Nada ha cambiado en mis convicciones ni mi conducta se alterará en nada. No obstante, me ha invadido una energía desconocida. ¿Tú qué opinas?

Con gran alivio por mi parte, el camarero se acercó a retirar las copas vacías y a preguntar si queríamos seguir con el manhattan o si preferíamos algo distinto. Le hice un gesto con la cabeza y el camarero se llevó las copas.

Araceli me miraba fijamente.

—¿Tú crees que debo seguir adelante? ¿Es eso lo que me quieres decir?

Yo no sabía a qué se refería, salvo que hubiera tomado el gesto dirigido al camarero como una opinión tácita sobre lo que me había estado contando.

—Araceli, de ningún modo pretendo darte consejos. Apenas te conozco y si la abadesa se ha pronunciado sobre el particular, bien poco puedo añadir.

Miré discretamente el reloj. Me devanaba los sesos buscando el modo de marcharme, pero Araceli parecía sumida en una vaga tristeza. Paseó la mirada por las paredes de madera oscura, contempló un rato el cuadro que presidía el salón y luego miró por la ventana. En la penumbra exterior el viento agitaba los árboles del parque. Finalmente exhaló un suspiro.

—A veces la vida es complicada.

—Estoy de acuerdo.

El camarero trajo los dos manhattans. Di un sorbo al mío y me levanté.

—He de ir un momento al servicio. Vuelvo en seguida.

Los servicios estaban en la otra punta del edificio.

Al volver encontré a Araceli en animada conversación con un cliente del bar. El comportamiento del cliente no dejaba lugar a dudas acerca de sus intenciones, pero Araceli no parecía haberse percatado de ello. Había dejado que el hombre le pusiera una mano en la rodilla y respondía a las frases de su interlocutor con la jovialidad de quien no entiende nada de lo que le están diciendo. El moscón se había sentado en mi butaca y había colocado su copa en la mesita, junto a las nuestras. Araceli había vaciado la suya.

Sin mirar al moscón me encaré con Araceli.

—Venga, vámonos.

El moscón se levantó. Era tan alto como yo y mucho más fuerte.

—¿Y tú quién eres?

Su tono era desafiante. Supuse que llevaba rato bebiendo.

—Eso no es asunto suyo. Y le diré otra cosa: usted no está dispuesto a montar un escándalo en el Plaza y a mí me trae sin cuidado.

Con una sonrisa desdeñosa recogió su copa y se fue. Me senté, apuré la mía y miré a Araceli con cara de reproche.

—¿Cómo se te ocurre hablar con extraños en una coctelería?

Araceli me miró compungida. Tenía la mirada vidriosa y arrastraba las palabras.

—No quería parecer descortés.

En su voz había una súplica infantil.

—La culpa es mía por haberte dejado sola. No pensé que estas cosas también pasaran en el Plaza, pero supongo que pasan en todas partes. Vámonos. Ha llegado la hora de ir a dormir.

—No me encuentro bien. Me da vueltas la cabeza.

—Es el jet lag. Mañana te encontrarás estupendamente. Yo vendré a despedirme de vosotras.

Trató de levantarse, vaciló, se apoyó en la mesa y volcó las copas. La sujeté del brazo e hice señas al camarero. Habituado a situaciones similares, vino con la cuenta. Pagué, recogí el bolso y salimos haciendo eses.

En el ascensor me pidió que no la dejara sola. Subimos y anduvimos por el pasillo alfombrado. Al llegar a la habitación le di el bolso. Después de mucho rebuscar, encontró la llave y trató en vano de meterla en la cerradura. Yo temía que vomitara en la alfombra o que se desplomara. Le quité la llave, abrí, entorné la puerta y le devolví la llave. La rechazó.

—No, no. Entra conmigo.

—¿Has perdido el juicio? Ahí dentro está durmiendo la abadesa.

—No pasa nada. Es una suite. Además, está sorda como una campana.

Entramos en una salita cuadrada, sin ventanas, tenuemente iluminada por una lámpara de pie. En la pared contraria a la entrada otra puerta debía de dar a la alcoba. En las otras paredes había un canterano y una silla de respaldo recto, un televisor sobre un carrito con ruedas, una mesa baja con un cenicero de cristal tallado y un sofá de cuero.

—Ya estás a salvo. Me voy. Que descanses.

Araceli me agarró del brazo con desesperación y cerró la puerta de la habitación.

—No te vayas. Sólo es un momento. Aquí nadie nos ve. Una cosa rápida, como si fuera *A Chorus Line*.

No sé cómo había interpretado la obra, ni hasta dónde estaba dispuesta a llegar, pero sí entendí lo que buscaba: algo que ni antes ni después de aquel momento se habría atrevido a acometer, pero que ahora, con un desconocido, lejos de España y de un modo clandestino, precipitado e irreflexivo, bien podía confundirse luego en el recuerdo con los destellos fugaces de una función teatral a la que ella había asistido como mera espectadora, una fantasía inducida por la mezcla de música, danza, luces y jaleo, que mal podía dejar huella en su conciencia.

En circunstancias normales probablemente yo habría cooperado con su delirio. Cualquier mujer en tan buena disposición me resultaba irresistible y allá cada cual con su moral. Pero en aquel caso, ceder habría sido un disparate.

Araceli me abrazaba y yo luchaba por desasirme sin hacerle daño. Ella me arrastraba hacia el sofá y yo trataba de alcanzar la puerta. En el forcejeo dimos un traspié y en la caída arrastramos la mesilla y la lámpara de pie. Rodó por el suelo el cenicero de cristal. Por suerte no se fundió la bombilla y la lámpara siguió iluminando la escena. No quiero pensar cómo habría seguido aquella escaramuza en la oscuridad.

Araceli se asustó con el estrépito, me soltó, quiso levantarse y se desplomó en el sofá. Su terror era en vano, a diferencia del mío: si alguien nos hubiera sorprendido en aquel punto, sin vacilar me habría considerado a mí el culpable de la agresión.

Por instinto o por buena educación, en lugar de aprovechar la oportunidad para darme a la fuga, dediqué unos segundos a restablecer el orden. La pantalla de la lámpara presentaba un par de abolladuras. Lo demás estaba intacto.

Cuando hube acabado, miré de reojo a Araceli, dispuesto a proseguir el combate, pero ella dormía despatarrada en el sofá con la boca abierta. Le puse un cojín en la nuca y le quité los zapatos. Al verla tan desvalida sentí una gran ternura. Todas las mujeres, incluso las más áridas y herméticas, acaban mostrando un atisbo de intimidad que cancela la opacidad de su trato.

Consta en las actas de ese año que mientras éste exponía su defensa, llovieron ladrillos cocidos.

Hice el trayecto a mi casa, en un taxi desvencijado, sumido en reproches. Pensara lo que pensara Araceli al despertar, me consideraría un canalla y un desaprensivo. Al final, los esfuerzos de aquella larga jornada y sus correspondientes gastos habían tenido como colofón una catástrofe.

Antes de entrar en el apartamento oí sonar el teléfono. Llegué a tiempo de descolgar y oí la voz de mi hermana.

—¿Rufo?

Deduje que Araceli habría llamado a Anamari para contarle su versión de lo sucedido poco antes en la antesala de la suite del Plaza. Empecé a balbucear una explicación.

—Las cosas no son como parecen...

Me callé al advertir que Anamari, lejos de escucharme, jadeaba y se esforzaba por decirme algo. Finalmente pudo hablar, pese al nudo que le obstruía la garganta.

—Ya. Por fin.

A las nueve y media de la mañana, sin haber podido pegar ojo, acudí al Plaza, como había prometido. Araceli y su tía desayunaban en el comedor, bajo la enorme vidriera. En una tarima, un piano, un violín y un chelo interpretaban el andante con moto del segundo trío de Schubert. Me senté a la mesa de las dos mujeres y les notifiqué la muerte de Franco, ocurrida poco antes de la medianoche del día anterior, hora de Nueva York.

La abadesa fijó los ojos en la mesa y se santiguó. Araceli la imitó a renglón seguido. Estaba pálida, tenía ojeras y un rictus en la boca, pero en su mirada sólo percibí el frío desdén del día anterior. Probablemente no recordaba nada de lo sucedido a partir del segundo cóctel en el Oak Room o prefería darlo por olvidado.

Llamé por señas a un camarero y le pedí un café solo. La abadesa me miraba con fijeza. Yo trataba de mostrarme amable, pero algo debió de notar en mi mirada.

—Comprendo que la noticia que acaba de darnos no tiene el mismo significado para los jóvenes que para los viejos como yo. Cada cual es libre de opinar como le plazca. Pero ahora que ya no está entre nosotros, y sea cual sea el juicio de la Historia, hemos de admitir que deja un país próspero y en paz. Gracias a él, hoy los jóvenes tienen por delante unas posibilidades casi infinitas. Podrán llevar a cabo cualquier proyecto, incluso cualquier sueño, siempre y cuando nadie cometa una tontería. ¿No le parece, señor Batalla?

—Respeto su opinión, pero no puedo sentir gratitud hacia un hombre que arruinó la vida de mi generación.

—Pues no le digo lo que hizo la República con la mía. Ahora, sin embargo, no es momento de hacer balances ni de emitir juicios. Vienen tiempos difíciles y conviene afrontarlos en un espíritu de concordia y de perdón.

Sonrió y, para cambiar de tema, señaló el ramillete de flores que adornaba el centro de la mesa.

—Mire qué azucenas más bonitas.

—Ah, sí. Los cándidos lirios, como los llama Góngora.

A las personas eruditas les desagrada la competencia. La abadesa consultó el reloj.

—Ya hemos de irnos. No me gustan las prisas. No nos acompañe, señor Batalla. Quédese donde está y tómese su café con calma.

Me levanté y le retiré la silla. Allí mismo nos despedimos con una cierta frialdad. La abadesa y Araceli me dieron la mano y reiteraron sus expresiones de gratitud.

Las vi partir con alivio. Uno de los músicos abandonó el estrado, quizá para ir al servicio. Los otros dos atacaron la sonata de César Franck. No lo hacían mal. Di un sorbo a la taza y suspiré. Franco había muerto y yo estaba tomando café en el comedor del Plaza.

—*Ce n'est pas une histoire de revenants?*

—*Mais non, mon cher.*

—*C'est que je déteste les histoires de revenants.*

Al anuncio de la muerte de Franco siguió un periodo de angustiosa incertidumbre para los que vivíamos la situación de lejos. De España no llegaban noticias fidedignas y la prensa local apenas se ocupaba de lo que consideraba un acontecimiento intrascendente. Para los americanos, como para el resto del mundo, Franco había pasado a ser una figura anacrónica, un grotesco remanente de los temibles líderes fascistas, desaparecidos hacía mucho, reconvertido con el tiempo en un blando lacayo de los Estados Unidos, a cuyos dictados se plegaba con el máximo servilismo para ser recompensado con el máximo desprecio.

Nosotros distábamos mucho de compartir aquella visión reduccionista.

—Esto acabará mal.

—Qué va. No pasará nada. Los tiempos son otros. Demasiada inversión extranjera, demasiada estrategia en juego. Nadie está para líos.

—Según esa teoría, nunca pasaría nada.

—Y así es. Sólo hay conflictos en países dejados de la mano de Dios. Repúblicas bananeras, pequeñas regiones africanas o asiáticas que no sabrías situar en el mapa.

A Franco lo enterraron en el Valle de los Caídos, entre unas muestras de dolor y devoción multitudinarias, mal orquestadas, que no convencían a nadie.

Al cabo de una semana el príncipe Juan Carlos, al que habíamos conocido cuando pasó por Nueva York, fue coronado en la iglesia de San Jerónimo el Real.

—Lo primero que ha hecho el tío ha sido jurar fidelidad a las leyes del Movimiento. Estamos apañados.

—No le quedaba otra salida. París bien vale una misa. Además, una cosa es jurar las leyes y otra, cumplirlas. Dale tiempo.

Una tarde encontré en mi apartamento una carta sin remitente. Al abrir el sobre vi que la había escrito el príncipe Tukuulo, de su puño y letra, en papel con membrete del Waldorf Astoria. Seguramente había birlado un pliego. El texto era conciso: «Las dictaduras siempre pasan, los reyes siempre vuelven».

Sin posibilidad de responder, no le di más importancia. Yo no le había dado mi dirección. Si la había averiguado, nada le impedía ponerse de nuevo en contacto conmigo, en cuyo caso, aún cabía la posibilidad de que yo hiciera mi famoso viaje al Japón.

Al final, acabaré siendo el pequeño samurái de verdad, pensé.

Dos días más tarde recibí una segunda carta, más voluminosa, que sí llevaba remitente.

Real Monasterio de Santa Clara,
Tordesillas (Valladolid).

Apreciado señor Batalla:

He tardado un poco en escribirle debido a los pequeños problemas que me aguardaban a mi regreso al convento, problemas nimios, pero laboriosos hasta el punto de reclamar mi tiempo y mi energía al completo.

El propósito de esta carta, como ya se imaginará, es agradecerle una vez más sus incontables atenciones. Con sus conocimientos y su extrema cortesía hizo usted de nuestro paso por Nueva York una experiencia tan amena como instructiva.

Me consta que Araceli disfrutó de la ciudad y de la compañía de usted tanto como yo, o más, si cabe, lo cual me complace sobremanera, pues fui yo quien la forcé, en cierto modo, a acompañarme. Araceli es una buenísima persona, pero últimamente su vida sentimental ha sufrido incidencias ingratas. Tal vez ella misma le contó algo cuando pudieron desembarazarse de mi engorrosa presencia. Si es así, sabrá de sus proyectos matrimoniales y del subsiguiente enfrentamiento con su familia. Un grave dilema, en verdad. Dios nos manda obedecer a los padres, pero también los tiernos impulsos del corazón vienen de Dios y exigen sumisión a su deliciosa tiranía. Y como no percibo en Araceli una vocación similar a la mía, me esfuerzo por conseguir que se case cuanto antes y con quien sea, porque al llegar a una etapa de la vida, cuando la imaginación vuela y la sangre hierve, es imperativo tomar estado. Y esta admonición vale tanto para Araceli como para usted, mi querido y respetado señor Batalla.

En cuanto a la obediencia debida, me permitiré referirle un suceso en el que me vi envuelta en contra de mi voluntad hace muchos años, pero del que guardo una vívida memoria. Un suceso que, dicho sea de paso, resulta relevante en los actuales tiempos de zozobra, o yo así lo creo.

El 18 de julio de 1936 me sorprendió en Barcelona. Para escapar del ensañamiento desencadenado contra el clero, siete monjas clarisas nos refugiamos en una masía solitaria, en las inmediaciones de Tortosa, que un alma caritativa nos cedió antes de ponerse a salvo allende la frontera. En aquel lugar idílico estuvimos mientras duró la contienda. Un huerto, algunos animalitos de granja y la Providencia divina subvenían a nuestras necesidades. A hurtadillas seguíamos nuestras prácticas, pero vestíamos de campesinas y por precaución nos habíamos desembarazado de cualquier indicio de nuestra condición. Aun así, es extraño que la aparición de siete mujeres solas en una masía justo al empezar la guerra no despertara sospechas. Seguramente algún cabecilla, por la razón que fuese, había mandado que nos dejaran en paz. De cuando en cuando venían milicianos y nos requisaban las hortalizas, los huevos, algún pollo o algún conejo. En estas ocasiones pasábamos hambre, pero en general nunca sufrimos atropellos ni hubo motivo para temer por nuestras vidas. Luego vino la batalla del Ebro. Las tropas nacionales rompieron las últimas defensas republicanas y avanzaban sin tregua, arrasándolo todo a su paso. Un día se presentó en la masía un grupo de milicianos. Nos dijeron que alguien nos había denunciado como miembros de la quinta columna y que venían a matarnos. Yo le respondí que llevábamos años esperando aquel desenlace y que estábamos dispuestas y tranquilas. Al frente del pelotón iba un hombre de mediana edad, pastor de profesión, llamado Sebas. Lo había visto alguna vez con anterioridad y sabía que militaba en las filas de la FAI. Al oír mi respuesta, lanzó una carcajada brutal y dijo en voz alta, para que todos lo oyeran, que la religión era una mierda y la guerra era otra mierda y que matarnos era desperdiciar munición y perder el tiempo. Los milicianos se limitaron a cometer algunas tropelías y se fueron sin cumplir sus amenazas. Poco después de acabada la guerra, fui citada a declarar como testigo ante un tribunal militar. Con la debida licencia de la diócesis de Tortosa, que data del siglo IV, me apersoné. El encausado era aquel Sebas que un mes antes había evitado una matanza de monjas con su impío escepticismo. Le acusaban de haber sido un cabecilla anarquista y él negaba los cargos. Decía ser pastor y haber pasado la guerra en el monte, cuidando su rebaño. Después de tomarme juramento, el fiscal, que ostentaba el grado de capitán, me preguntó si había visto alguna vez al reo, si me constaba su pertenencia a la FAI, si le había visto cometer actos de sedición, y si yo o algún miembro de mi congregación habíamos sufrido abusos por parte del acusado o de persona o personas bajo su mando o responsabilidad. Yo sabía que de mis respuestas podía depender la vida de aquel malhechor, que muy negra debía de tener la conciencia, pero que era, en definitiva, un ser humano al que, con certeza, nosotras debíamos la nuestra. Por otra parte, había jurado decir la verdad, de modo que respondí a todo que sí. No obstante, añadí, los actos que hubiera podido cometer el reo debían encuadrarse en el marco de una guerra feroz y nosotras, por nuestra parte, ya le habíamos perdonado. El presidente del tribunal, que era un coronel, me dio las gracias por mi declaración y elogió la nobleza de mis consideraciones. De todos modos, agregó a renglón seguido, mi misión en la tierra era hacer el bien, y la suya, hacer justicia. Y sin más dilación condenó al reo a ser ejecutado de inmediato.

La moraleja de esta pequeña anécdota, en mi modesta opinión, es que rigor y clemencia no sirven para nada a la hora de poner coto a la barbarie, aunque ambas, sin embargo, llevan aparejada una pesada carga moral.

Disculpe la prolijidad de esta carta y no piense que con mis consejas de monja senil pretendo darle lecciones de ningún tipo. A fuer de sincera, tomé la pluma con la alevosa intención de pedirle un favor, aprovechándome una vez más de su gentileza. Es éste: al volver de mi viaje por América, hice un relato pormenorizado de mis impresiones a la comunidad, y lo que más entusiasmo despertó fue, con mucho, la descripción de *A Chorus Line*. Así pues, la comunidad de Tordesillas y yo misma le agradeceríamos infinitamente que nos enviara, si es posible, la partitura y la letra de las canciones, con el fin de incorporarlas, en ocasiones contadas y debidamente adaptadas, a los cánticos de nuestra liturgia. Huelga decir que la orden le reembolsará el gasto por giro postal y que podrá hacer el envío a portes debidos.

Reciba, señor Batalla, un cordial saludo y también, sean cuales sean sus creencias, mi bendición.

Hice algunas averiguaciones sin mucho empeño y escribí a la abadesa para informarle del nulo resultado obtenido hasta la fecha. No había partitura ni libreto de *A Chorus Line* por el momento. Quizá lo habría más adelante, cuando el show ya hubiera sido retirado de cartel.

En cuanto a la historia del miliciano, me abstuve de hacer cualquier consideración. Ni siquiera dije haberla leído. Sin embargo, en vista de lo que ocurría en España a raíz de la muerte de Franco, reflexioné a menudo sobre aquel suceso aparentemente marginal.

Sin duda la guerra había sido aquello y no otra cosa: una infinita suma de tragedias personales, pérdidas irreparables, sufrimientos indecibles y dilemas insolubles. Luego, con el paso del tiempo, aquel doloroso agregado se había transformado en un suceso colectivo apuntalado en antecedentes y causas más o menos discutibles, gobernado por decisiones emanadas de lejanos centros de poder y condicionadas por los entresijos de la vasta política internacional. Mientras tanto, las heridas se habían convertido en secretos, silenciosamente guardados en el rincón más íntimo del reducto familiar. Lo mismo había sucedido con las crueldades, las cobardías y los remordimientos. En su lugar se había instalado una llevadera adaptación, hecha de miedo y conformismo. A menudo, tan mala como la guerra es la paz que la sigue, cuando se impone la idea de que cualquier cosa es preferible a lo anterior y todo se acepta con agradecida resignación. Un país entero había aprendido a valorar su mediocridad. Luego, con ayuda de la austeridad, la disciplina y la coyuntura internacional, las condiciones de vida fueron mejorando. De este modo los recién nacidos se encontraron con un mundo ordenado, del que habían sido borradas todas las señas de identidad. Sólo a veces, de modo casi coqueto, se filtraba un fragmento del dolor celosamente encerrado en el desván de la memoria. El resto era un discreto bienestar, sin la firmeza y la rabia del pasado, sin fe ni energía en el presente, sin ilusión hacia el futuro. Un país confortable, con todas sus peculiaridades escrupulosamente conservadas para ser mostrado al exterior, porque el país necesitaba de la aprobación de los forasteros para soportar el peso individual de una secreta vergüenza.

Sobre esta paulatina e irreversible descomposición, Franco había presidido durante cuatro décadas. En contra de la opinión oficial de sus opositores, nunca fue un fascista. No tuvo una ideología precisa ni un proyecto de Estado. Se limitó a ser, del principio al final, una herramienta eficaz al servicio de la España tridentina, petrificada e intolerante, con cuyos valores se identificaba a ciegas. Con implacable frialdad primero y luego con paciente astucia, aniquiló a la sociedad y luego curó las heridas de los supervivientes con un goteo de inocuos estupefacientes. A cambio de sumisión, trabajo, sacrificios y desvelos, los españoles pudieron ir adquiriendo un pequeño automóvil, un televisor, una segunda residencia y otros lujos que, para ellos, constituían inmerecidas dádivas.

Con el lento paso de los años, de aquel país que un día intentó salir del marasmo de siglos, aunque eso supusiera asomarse al abismo, ya no quedaban ni los despojos. Incluso Franco había sido asimilado al sosegado entorno cotidiano por el inofensivo método de recubrirlo de chistes. Bajo un palio de imitaciones y cuchufletas, lejano, inaccesible, hermético, convertido en un muñeco de pimpampum, Franco dejó que el paso del tiempo y su quebrantada salud lo fueran convirtiendo en la caricatura que los españoles preferían ver en lugar de la monstruosa realidad. De este modo la rebeldía se convirtió en nostalgia y la combatividad, en machacona cantinela de beodo. El ímpetu y el propósito desaparecieron para siempre.

No —said I— the Bourbon is by no means a cruel race: they may be misled like other people; but there is a mildness in their blood.

Tan sigilosas como implacables se avecinaban las fiestas navideñas. Como eran las primeras después de la muerte de mi padre, consideré un deber filial ir a Barcelona y solicité el correspondiente permiso al señor Carvajal. Él entendió mis motivos, pero a la hora de la verdad, no hubo manera. Inma Fernández y Julio Alarcón, recién llegados a la delegación, carecían de la experiencia necesaria para hacer frente a un imprevisto, por lo demás muy poco probable, y Javier Piñol tenía organizadas desde hacía un semestre unas vacaciones con toda su familia. En circunstancias normales, nada de esto habría sido un obstáculo para mi permiso, porque el señor Carvajal solía pasar las Navidades en Nueva York con su mujer y sus hijos. El trabajo era nulo y seguir al frente de la delegación en fechas tan señaladas le permitía sentirse un funcionario ejemplar sin pegar sello.

Aquel año, sin embargo, el futuro inmediato del señor Carvajal estaba en el alero.

A principios de diciembre había recibido una circular por la que se notificaba a todos los jefes de delegación que su cargo estaba a disposición del señor ministro, que en breve les serían notificados los cambios, si los hubiere, y que hasta tanto dichos cambios no se produjeren, no podían tomar ninguna disposición concerniente al personal ni alterar las ya tomadas.

Por primera vez desde tiempo inmemorial, en el reino de España las gestiones burocráticas se hacían con tanta celeridad como los cambios políticos.

Al señor Carvajal la precipitación le había dejado atónito, y el contenido de la circular le había parecido un mal augurio. Los demás tratábamos de hacerle ver el lado positivo de las cosas.

—Con su historial, un cambio sólo puede significar un ascenso. Quién sabe si una subsecretaría.

—No excluyo esa eventualidad. Al fin y al cabo, el escalafón es un baremo objetivo y yo llevo acumulados muchos trienios. Pero eso supondría un traslado.

—Claro. A Madrid. Donde se cuece todo. Y donde se puede desayunar como Dios manda.

A pesar de estas consideraciones, el señor Carvajal sufría en silencio ante la perspectiva de abandonar para siempre aquella ciudad de la que tanto había despotricado. Julio Alarcón nos contó que lo había sorprendido en las inmediaciones del Rockefeller Center, vagando sin rumbo y con lágrimas en los ojos. Con el corazón encogido, simuló no haberlo visto y siguió su camino a buen paso. La fe ciega del señor Carvajal en el tejido funcionarial se había resquebrajado. En su fuero interno temía una jubilación anticipada o incluso un cese. Recelaba de todo el mundo y por todas partes veía motivos políticos ocultos o bajas intrigas personales.

Cuando le pedí permiso para ir a ver a mi familia, el señor Carvajal movió la cabeza con pesadumbre.

—Imposible. Si me convocaran con carácter de urgencia, sólo usted está capacitado para reemplazarme, señor Batalla.

Por la noche llamé a mi hermana y le conté lo sucedido.

—Por mamá no te aflijas. Ayer llamó Agustín para anunciarnos que venía a Barcelona.

—¿Para quedarse?

—No dijo tanto. Yo creo que se refería sólo a las Navidades. Sea como sea, mamá está como loca de la alegría. Desde que se ha vuelto el garbanzo negro, Agus te ha quitado el puesto.

—¿Qué puesto?

—El de preferido de mamá.

—Se lo regalo.

Mi madre manifestaba su preferencia en forma de expectativas y padecimientos.

La idea de ir a Barcelona para ser el paño de lágrimas de mi madre no me había entusiasmado, pero la perspectiva de quedarme solo en Nueva York una vez más también me desanimaba. Decidí buscarme un plan.

De Allan y China Higgins, mis amigos americanos, no había vuelto a saber en bastante tiempo. Los evitaba porque en su círculo podía encontrarme con Valentina, con la que había tenido una relación conflictiva a la que siguió una ruptura mal resuelta. Por la misma razón no me decidía a llamar a Ernie. Nuestra amistad se había enfriado un poco a raíz de la separación. Ernie era muy leal a Valentina. Y tampoco me atraía mucho la idea de pasar las fiestas sumergido en el mundo gay. El movimiento había adquirido una fuerza inusitada y Ernie se había vuelto un militante activo de una causa que ya no le necesitaba.

Los miembros de la colonia española, casi sin excepción, estaban haciendo las maletas. Unos volvían a España para pasar allí las fiestas y, de paso, echar un vistazo al panorama político. Los menos concienciados se iban al Caribe.

Un sábado por la mañana me encontré con Miguel Ángel Giménez de la Huerta en la Quinta Avenida. En cada mano llevaba un par de bolsas.

—Hola, Rufo. ¿Qué tal?

—Yo bien, ¿y tú?

—Ya ves, comprando regalos, como todo quisque. Pasado mañana me voy a Madrid.

—Pues yo sólo he venido a mirar libros en Scribner's y a estirar las piernas. Pero me vuelvo a casa. Aquí no se puede dar un paso.

—Oye, a ver si quedamos.

—Si te vas mañana, lo veo un poco justo.

—¿Tienes compromiso para esta noche? Hay una recepción en casa de Piniés. Vente de pareja conmigo. María Gracia y los niños se fueron ayer y estoy de rodríguez.

Jaime de Piniés era el representante permanente de España ante las Naciones Unidas. La reunión anual de la Asamblea General tocaba a su fin y menudeaban los guateques.

—No, hombre. Yo ahí no pinto nada.

—¿Y qué te crees que pintamos los demás? Anda, no te hagas el estrecho. Quedamos a las seis y media delante del Polo Lounge y vamos juntos. Comeremos, beberemos y nos reiremos un rato.

En circunstancias normales habría declinado la invitación, pero el fantasma de la soledad se había apoderado de mi ánimo y, sin pensarlo dos veces, la acepté.

Miguel Ángel Giménez de la Huerta era un diplomático destinado desde hacía dos años a la Misión Permanente de España ante la ONU. Nos habíamos conocido en un rutinario acontecimiento oficial y habíamos entablado una amistad esporádica. Nos unía la afición a la música clásica. De cuando en cuando Miguel Ángel, su mujer y yo íbamos juntos al Carnegie Hall o al Lincoln Center y a tomar algo después del concierto.

Por edad, ideas, formación y gustos, Miguel Ángel y María Gracia habrían podido encajar sin problemas en la colonia española de Nueva York. Con este convencimiento los invité un par de veces a una reunión o una fiesta, pero una vez allí, la relación con los demás no pasó de una superficial cordialidad. Entre los artistas de vanguardia, la actitud y el atuendo del joven diplomático y su esposa eran motivo suficiente de rechazo. El que ganara un buen sueldo y viviera en un piso amplio del Upper East Side hacía irrecusable el veredicto.

—Cuando se han bañado y afeitado y han elegido la camisa, la corbata y los zapatos, ya no saben en qué ocupar el resto del día.

Era fácil tomar por displicencia lo que sólo era el comportamiento circunspecto impuesto por su profesión. Pero era cierto que también a ellos la existencia nómada de los diplomáticos los había vuelto cautelosos a la hora de establecer vínculos personales.

Por más que los rodeara un aura de frivolidad y privilegio, los diplomáticos no dejaban de ser funcionarios del Estado. El propio Miguel Ángel me había contado, sin amargura, que se pasaban la jornada enviando despachos encriptados al Ministerio de Asuntos Exteriores y desencriptando los que enviaba el ministerio. Que luego nadie se tomara la molestia de leer aquellos mensajes secretos era lo de menos. Además, tenían que asistir a las reuniones de una infinidad de comités, comisiones y grupos de trabajo preparatorios de otras reuniones, participar en debates y negociaciones y escuchar discursos interminables, por lo general vacíos de contenido. Todo lo cual no hacía mella en su entusiasmo y en su fe en los organismos internacionales para los que trabajaban ni para el cuerpo diplomático al que pertenecían. En confianza yo había preguntado a Miguel Ángel cómo hacían para representar a un gobierno cuya ideología, en su caso y en el de muchos otros, repugnaba a sus principios. Me respondió que en realidad defendían los intereses de su país y de sus compatriotas, fuera cual fuera el gobierno de turno. Quizá por esta postura, entre evasiva y ambigua, se sentían más cómodos cultivando un cierto aislamiento social.

Miguel Ángel había tenido varios destinos antes de venir a Nueva York: en las embajadas de Honduras y de Nigeria y en el consulado de Hamburgo. De todos aquellos destinos tan dispares decía guardar recuerdos muy gratos, pero nunca contaba nada. Ahora adoptaba la misma posición con respecto a las Naciones Unidas.

Sobre aquella augusta institución todo el mundo tenía opiniones tajantes, a menudo basadas en la ignorancia. Al margen de opiniones personales, era unánime la frustración ante un proyecto utópico nacido de las cenizas de la Segunda Guerra Mundial y llamado a resolver los conflictos internacionales por medios pacíficos. Aquel mismo año, mientras los representantes de todos los países se turnaban en la tribuna para hacer el panegírico del orden mundial, Indonesia invadía Timor Oriental, en el Líbano arreciaban los combates entre palestinos, cristianos y drusos y la situación en Sudáfrica y en Oriente Medio seguía poniendo de manifiesto la impotencia del Consejo de Seguridad y sus blandas admoniciones.

Engendradas como un apéndice del sueño americano, las Naciones Unidas dejaban entrever en su planteamiento original la sombra de la Ilustración y los textos fundacionales de los Estados Unidos de América: un mundo igualitario, cargado de oportunidades, sin trabas al talento y al esfuerzo individual. La mayoría de los funcionarios internacionales sentían el influjo de aquel ideal, todavía latente. Con el tiempo, sin embargo, unos sueldos decorosos, una posición de privilegio relativo en un mundo áspero y la sensación de que cualquier empeño estaba destinado a disolverse en un magma de papeleo y compromiso acababan convirtiéndolos en burócratas, más preocupados por la continuidad de sus puestos que por el resultado práctico de su trabajo.

Miguel Ángel Giménez de la Huerta relativizaba aquel lamentable balance.

—De acuerdo, la Asamblea General es el festival más largo y más aburrido del mundo, el Consejo de Seguridad está maniatado por el veto de los cuatro grandes y nadie sabe para qué sirve el ECOSOC. Pero no se pueden desdeñar los logros parciales. Gracias a la ONU avanza la descolonización y se mantiene una paz precaria en algunos puntos de fricción. Es ingenuo creer que se puede rectificar la Historia o cambiar la naturaleza humana y poner coto a la codicia y a los delirios del poder. Antes los países fuertes lo arreglaban todo a cañonazos y a los débiles sólo les quedaba aguantar y callar. Hoy los débiles tienen un foro donde hacer oír su voz y donde una retórica, machacona y falsa, pero extrañamente uniforme, va imponiendo la idea de que la paz es el bien supremo y la guerra, el peor de los males. Medicina o placebo, da lo mismo: lo cierto es que somos la primera generación de Occidente que no ha ido a la guerra.

Miguel Ángel extendió los brazos para llamar mi atención sobre las luces navideñas y la muchedumbre que iba de una tienda a otra.

—Las Naciones Unidas son como las Navidades. Las lucecitas, los árboles engalanados, los villancicos y las comilonas familiares no nos hacen mejores. Pero al menos una vez al año nos hacen creer que podemos enmendar nuestras flaquezas y querernos un poco más los unos a los otros. Los símbolos simbolizan algo, digo yo.

—Roland Barthes opina lo contrario.

—Peor para él.

Como la tarde no era demasiado fría, fuimos dando un paseo y hablando de aquellas cosas y de otras más amenas. Miguel Ángel se acababa de comprar en el Record Hunter una grabación del *Réquiem* de Berlioz dirigido por Charles Munch con la Boston Symphony y la escuchaba sin parar a toda pastilla.

—Los vecinos me quieren denunciar, pero les he dicho que tengo inmunidad diplomática.

En las calles que daban al río el viento le arremolinaba los faldones del abrigo, como si fuera la capa de Mefistófeles.

Al entrar en el vestíbulo del edificio dos individuos de paisano nos pidieron la acreditación. Uno de ellos llevaba un audífono en la oreja izquierda aparentemente conectado por un cable a la solapa del traje. Miguel Ángel mostró la invitación y nos dejaron pasar sin verificar nuestra identidad. No debimos de parecerles sospechosos.

Ya en el ascensor, Miguel Ángel me dijo que el motivo de la recepción no guardaba relación alguna con la Asamblea General de las Naciones Unidas, como él me había dado a entender de buena fe, sino con la presencia en Nueva York de las infantas doña Elena y doña Cristina. Las infantas habían ido a Nueva York con el único propósito de pasear y ver el ambiente callejero en aquellas fechas, pero ahora su padre era el rey de España y lo que normalmente pasaba inadvertido se había convertido en una cuestión de Estado.

—Eres un cabrón. Me podías haber avisado.

—No lo supe hasta ayer. ¿Qué más te da?

—Haré el panoli.

—No destacarás del resto.

En el recibidor una señora bastante mayor, con uniforme negro y delantal blanco, se quedó con los abrigos, los guantes y las bufandas y nos entregó los correspondientes resguardos.

En la sala contigua al recibidor había bastante gente. Todo el mundo iba muy elegante. Algunas señoras iban de largo y otras no, pero todas iban muy bien vestidas. Los hombres vestían de oscuro y entre las cabezas vi asomar un turbante.

En todas las piezas la decoración era recargada: alfombras, candelabros y cuadros grandes, oscuros, con marcos dorados macizos. Allí imperaba la elegancia impersonal de las residencias oficiales, donde los detalles personales están sometidos a la representatividad.

Al entrar en la sala un criado se nos puso delante y nos presentó una bandeja redonda con copas de champán y de jerez y vasos de agua y de zumo de naranja. Antes de que pudiéramos llevarnos la copa de champán a los labios vino a nuestro encuentro el propio Jaime de Piniés. Era un hombre de mediana estatura, cara ancha y pelo muy negro, espeso y brillante. Saludó primero a Miguel Ángel, a quien conocía bien y luego a mí, con la misma familiaridad. No pretendía simular interés por mi persona, pero su actitud era sencilla, festiva y acogedora. Daba la impresión de sentirse seguro en aquella situación y en cualquier otra. Agradeció nuestra presencia y acto seguido, sin esperar respuesta, nos condujo al centro de la sala.

—Os presentaré a las infantas.

Las infantas eran dos niñas muy modosas. Iban acompañadas de varias señoras españolas, muy enjoyadas y perfumadas. Las señoras iban más arregladas para ir a una procesión de Semana Santa que para un *cocktail party* en Nueva York y tenían un aire un poco desorientado. En cambio, las infantas no parecían sentirse desplazadas ni confusas, a pesar de estar rodeadas de adultos petulantes y de ser el centro de todas las miradas.

Con gran habilidad, casi sin interrumpir la conversación, Piniés presentó a Miguel Ángel como un joven y prometedor diplomático y a mí como un ilustre miembro de la colonia española, y desapareció. Miguel Ángel dio la mano a las infantas con una ligera inclinación de cabeza y yo hice lo mismo. Las infantas nos dedicaron unas sonrisas y unas fórmulas de cortesía aprendidas de memoria.

Cumplido el trámite protocolario, paseamos por la sala, entre corrillos animados. Miguel Ángel se quedó hablando con un colega de otra delegación. Preferí dejarlos solos y deambulé por mi cuenta. La cena prometida no aparecía por ninguna parte. Me habría ido en aquel mismo momento si no me hubiera parecido descortés.

Un hombre entrado en carnes, cuyo rostro no me resultaba desconocido, me llamó por señas. Me acerqué.

—¡Rufo Batalla! ¿No te acuerdas de mí? Soy Calvet.

—¡Claro, Calvet! ¿Qué haces tú en Nueva York?

Calvet era un periodista especializado en temas de sociedad. En Barcelona, unos años atrás, cuando yo llevaba la revista *Gong*, habíamos trabajado juntos varias veces cubriendo acontecimientos baladíes. Le acompañaba el corresponsal de *La Vanguardia* en Washington, al que me presentó.

—Ya ves tú, he pasado de plumilla a enviado especial. En realidad, hago trabajos ocasionales para *Telva*. Estoy haciendo un reportaje sobre el viaje de las infantas.

—¿Tan importante es?

—Ya lo creo. Como los reyes no han podido acompañar a sus hijas, las infantas viajan acompañadas de la duquesa de no sé qué, una señora de la Secretaría de la Casa Real.

El corresponsal de *La Vanguardia*, al ver que Calvet estaba bien informado, aprovechó la ocasión.

—¿Y aquella otra, la del vestido azul?

—Matilde Azarriaga. Quizá tú la recuerdes, Rufo. Fue locutora en Radio Barcelona. Luego intervino en algún concurso de la televisión. Últimamente anda siempre con las infantas. Quizá las enseña a hablar en público. Ya veis, después de tanto gobernador civil y tanto capitán general, el glamur ha entrado en la política española.

—¿Y eso es bueno?

—Naturalmente, si se sabe utilizar. En el séquito van representantes de cava catalán y de marroquinería de lujo. La realeza mola. ¿Y tú? ¿Sigues en el periodismo?

—No. Vivo en Nueva York desde hace años y estoy empleado en la delegación de la Cámara de Comercio. Poco glamur.

El corresponsal de *La Vanguardia* escuchaba la conversación con la cabeza ladeada. Quise aclararle mi extraño derrotero.

—En realidad, no soy periodista. Trabajé en una revista y antes en un periódico, de gacetillero.

—Así empezamos todos. A veces añoro aquella época.

—¿También estás aquí por las infantas?

—No, no. Cubro la Asamblea General de las Naciones Unidas. En Washington sólo hay política local y lobbies, el resto es un cementerio. Comparado con Washington, la Asamblea General es el carnaval de Río.

Calvet interrumpió al corresponsal de *La Vanguardia*.

—¿Tú sabes quién es aquella mujer tan guapa que está saludando a las infantas?

El corresponsal de *La Vanguardia* y yo miramos hacia donde señalaba Calvet. El corresponsal de *La Vanguardia* se echó a reír.

—Una que se hace llamar Queen Isabella. Su marido aspira al trono de un país imaginario que Rusia absorbió hace un siglo y hoy es parte de la URSS. Siempre andan mariposeando donde hay testas coronadas.

Calvet se volvió hacia mí.

—¿No son los que se casaron en Mallorca hace unos años? Tú hiciste la reseña de la boda.

—Tienes buena memoria.

—No es eso. Yo también estuve de enviado en la boda, pero no conseguí acercarme a los novios ni de coña. Tú, en cambio, te sacaste una exclusiva de la manga. ¿Cómo no me voy a acordar? Nos hiciste quedar a todos como unos pringaos.

—Ha llovido mucho desde entonces, Calvet.

Todos somos hijos de los Santos, y lo de la malicia y el gusto de pecar ya le viene al hombre de los santos.

A partir de aquel momento procuré evitar el encuentro con Monica Coover sin dejar de observarla de lejos. Iba de grupo en grupo, con una sonrisa radiante. A diferencia de las demás mujeres, vestía con sencillez y sin adornos, pero allí donde iba, su personalidad eclipsaba al resto. Una belleza serena había reemplazado la imagen fresca y alborotada de nuestro primer encuentro. Ahora se movía con refinada espontaneidad en aquel ambiente formal y riguroso, como si perteneciera a él de pleno derecho. A semejanza de su marido, el príncipe Tadeusz Maria Clementij Tukuulo, Monica había adquirido el aplomo y el encanto necesarios para hacer creer al mundo la descabellada fantasía a la que ambos se aferraban.

Cuando salieron unos camareros con bandejas de canapés, aproveché el bullicio para dirigirme a la salida. Una vez en el vestíbulo, recordé que, al llegar, Miguel Ángel se había quedado con los resguardos de los abrigos: una contrariedad insoluble, porque no era cuestión de afrontar el frío del exterior sin abrigo y menos aún de dejar un abrigo en casa de Piniés, de modo que volví a recorrer las salas en busca de Miguel Ángel.

Por fortuna di pronto con él, pero al informarle de mis intenciones se alteró visiblemente.

—Están sirviendo la cena. Si ven que te vas en este preciso momento, les sentará fatal. Como si la comida te pareciera mala o algo por el estilo.

Claudicó ante mi firmeza, se metió la mano en el bolsillo de la chaqueta y sacó los dos resguardos.

—Ay, no sé cuál es el mío y cuál es el tuyo.

—Pues acompáñame a la salida.

—¿No te puedes esperar ni siquiera media horita?

—Hazme este favor, Miguel Ángel. Mañana te llamo y te doy una explicación.

—Mañana el mal ya estará hecho, y yo iré camino de Madrid.

Fuimos juntos al vestíbulo y allí deshicimos el enredo de los abrigos.

Miguel Ángel no dejaba de refunfuñar.

—¿Ni siquiera te vas a despedir de Piniés? ¿Ni de las infantas?

—No te preocupes, hombre. Nadie va a reparar en si estoy o no estoy.

Mi comentario aún le irritó más. Él me había llevado a la recepción y yo contravenía las normas más elementales de la etiqueta, pero como yo era un desconocido, quien quedaba en mal lugar era él.

Antes de que la conversación pudiera proseguir irrumpió en el vestíbulo Monica Coover muy azorada.

—¡Rufo! ¡Rufo! ¿Te ibas sin decirme nada?

Ante el fracaso de mi estrategia, no tuve más remedio que hacer las presentaciones de rigor.

—Miguel Ángel Giménez de la Huerta, agregado en la Misión de España ante las Naciones Unidas. Su Alteza Real Queen Isabella, reina consorte de Livonia en el exilio.

Miguel Ángel, que seguramente oía aquel título por primera vez, no sabía si estaba inmerso en un cuento de hadas o si le estábamos tomando el pelo. No obstante, reaccionó como era preceptivo y besó la mano que ella le tendía. Monica hizo una graciosa reverencia.

—*Enchantée*.

De un bolsito de mano sacó su resguardo.

—Si te vas, me voy contigo. ¿Nos acompaña usted, míster Huerto?

Miguel Ángel sonrió, incapaz de resistir aquel despliegue de seducción.

—Me encantaría, pero no me es posible. En otra ocasión, espero.

Monica recogió su abrigo.

—Entonces me llevo a Rufo. Buenas noches, míster Huerto. Ha sido un placer.

En el ascensor abandonó el aire cortesano que unos segundos antes había exhibido y recuperó su antigua desenvoltura.

—¿Qué estará pensando de mí tu amigo?

—*The Lady is a Tramp*.

En la entrada saludamos a los dos agentes, que nos miraron de reojo, con el ceño fruncido. Quizá pensaban que abandonábamos la recepción después de haber dejado una bomba de relojería en la casa de Piniés.

Al salir Monica se colgó de mi brazo. La noche era fría y sin viento y en el cielo despejado había estrellas. Aunque aquél era un barrio residencial, sin establecimientos comerciales, y nadie circulaba por las calles, tuve la sensación de que flotaba en el aire el ambiente navideño.

Anduvimos un rato sin decir nada. Luego Monica adquirió un aspecto dolido.

—¿Por qué te querías escapar de mí?

—Para no molestarte.

—Dime la verdad.

—Está bien. No quiero líos.

—¿Yo te meto en líos?

—Tú y Bobby. La última vez que le vi me quería enviar al Japón.

—¿Y eso es un lío? Además, nunca te hemos obligado a hacer nada en contra de tu voluntad.

—Déjalo correr, Monica. ¿Cómo estás? ¿Por qué no ha venido Bobby?

—Yo estoy bien. Y Bobby está de viaje.

—¿Quieres venir a mi apartamento?

—No. Quiero que me lleves a bailar. A una discoteca del Barrio. Nunca he estado.

—Y con razón. Son lugares peligrosos.

—Si voy contigo, no. Eres hispano. ¿Conoces alguna?

—Por supuesto.

Con los amigotes había ido en alguna ocasión a las discotecas más renombradas del Harlem hispano. Aunque la salsa era incompatible con mis gustos musicales, la música caribeña en sus múltiples variantes era una manifestación cultural que ningún habitante de Nueva York podía pasar por alto, y en las salas de baile el ritmo era contagioso y el ambiente, genuino y divertido.

En el otro extremo del arco armónico predominaba la música disco. Sin duda era representativa de algunos elementos sociales prominentes: los negros, los gais y las drogas. En la cúspide de esta volátil amalgama sobresalía el Studio 54. Como la entrada estaba restringida a una minoría muy selecta, aquel local se había convertido en un mito cuyo influjo llegaba al resto de la población a través de las imágenes. Por todas partes se oían las canciones de Donna Summer, Bee Gees o Abba. Tejidos de fibra color pastel, abalorios y botas de tacón alto eran parte del atuendo estatuido. A mí aquel movimiento me parecía ñoño y sin gracia.

Adentrarse en los barrios hispanos de Manhattan suponía cambiar de idioma y de manera de moverse y de comportarse.

Un taxi nos dejó frente al Salón Borinquen. La pared del edificio estaba cubierta de grafitis. En la puerta de madera despintada no había ningún rótulo, pero el local no tenía pretensiones de clandestinidad, porque desde la calle se oía la música y por las ventanas del primer piso se veían las luces cambiantes de la pista de baile.

En lo alto de la escalera estaba apostado un hombre fornido que vigilaba a la clientela y vendía las entradas. La sala de baile estaba animada, pero no abarrotada, por lo temprano de la hora. En el techo daba vueltas una bola enorme de espejuelos y en el escenario una orquesta de cinco músicos tocaba merengues. A la derecha de la pista había una barra con taburetes y delante de la barra, unas cuantas mesitas. En aquel momento todas las mesitas estaban libres. Dos hombres bebían acodados en la barra y examinaban a las mujeres que andaban solas por los pasillos laterales.

Nos sentamos a una de las mesas, vino una camarera y le pedí dos cervezas. Cuando las trajo, me presentó la cuenta y pagué.

Durante un rato estuvimos mirando las evoluciones y filigranas de los bailarines. Entre tantos negros y mulatos, Monica y yo éramos dos bichos raros. Al cabo de unos minutos, los músicos hicieron una pausa y se vació de parejas la pista. En el silencio repentino oí claramente la conversación de los dos individuos de la barra.

—Está buena la gringuita, ¿eh?

—Sí, pero ¿qué hacemos con el pendejo que va con ella?

—Yo me ocupo. Si protesta le corto el cuello con la navaja.

Me volví instintivamente y los miré con la cara desencajada. Al percatarse de que los había entendido, se echaron a reír.

—No se me enoje, compay, que sólo estábamos vacilando.

Monica me preguntó qué ocurría y le traduje la conversación. Ella les dirigió su mejor sonrisa y los dos tipos de la barra levantaron las latas de cerveza a modo de brindis. El gesto amistoso no me tranquilizó. Cuando los dos matones empezaron a hablar de nosotros, no podían saber que yo sabía español y su declaración de intenciones distaba mucho de ser una broma.

—¿Ves como siempre me metes en líos?

—Sólo en tu imaginación.

Había ocupado el escenario un perico ripiao con su acordeón, su güira y su tambora y se puso a tocar un carabiné. Me pareció una buena ocasión para salir del paso.

—Anda, vamos a bailar. A ver qué tal lo haces.

—Mejor que tú, presuntuoso.

Estuvimos bailando un buen rato. Monica se movía a su aire, pero con ritmo y con gracia. Los asistentes nos lanzaban miradas de reojo. Cuando volvimos a la mesa, los dos matones seguían en la barra y en la mesa había dos mojitos. Los matones volvieron a levantar sus latas. Yo no sabía qué hacer, pero Monica se dirigió a ellos y con mucha naturalidad y en un español macarrónico les preguntó de dónde eran. Los dos dijeron ser oriundos de la República Dominicana, la tierra de Dios y María Santísima. El único país que después de la independencia decidió volver a ser colonia española. Lo decían con grandes risas. ¿Y ella? De Birmingham. ¿Y esa vaina dónde cae? En Inglaterra. Ah, inglesita. ¿Y qué está haciendo acá? ¿De visita?

Desde la mesa yo escuchaba aquel diálogo aparentemente trivial sin decidirme a intervenir, dando sorbos al mojito y pensando que era una imprudencia grave mostrar tanta familiaridad con un par de sujetos que un rato antes proyectaban secuestrarla a ella y rajarme a mí, pero conforme se iba desarrollando la conversación, advertí un cambio de actitud por parte de los dominicanos: al principio habían tomado la confiada actitud de Monica Coover como una muestra de descaro o de candidez y habían respondido con una mezcla de indulgencia y jactancia; luego, paulatinamente, habían ido reconociendo en el trato que ella les dispensaba un ascendiente a cuyo influjo no podían sustraerse, y al final habían acabado actuando, de un modo inconsciente, como dos súbditos leales de una reina imaginaria.

Mientras contemplaba la metamorfosis de los matones, Monica Coover se despidió de ellos y se reunió conmigo. Sin sentarse, consultó el reloj. Interpreté el gesto, me levanté y recogí los abrigos. Saludamos a los dos matones, que respondieron con aspavientos y muecas cariñosas y nos fuimos abriendo camino hacia la puerta. El local se había llenado y hacía un calor sofocante. En la calle sentí un gran alivio por haber salido indemne de aquel lugar.

—Si eres capaz de hacer esto en el Salón Borinquen, es probable que un día te vea sentada en el trono de Livonia.

Monica Coover tenía las mejillas encendidas y los ojos le chispeaban.

—Cuando eso suceda te nombraré ministro de bailes de salón.

—¿Vienes a mi casa?

—No. Estoy cansada.

—¿Cuándo volveré a verte?

Por toda respuesta abrió el bolso, sacó una agenda y un pequeño lapicero de plata, anotó un teléfono, arrancó la hoja y me la dio. Luego cerró el bolso y me miró con expresión compungida.

—Ahora veo que no llevo ni un centavo. Dame veinte dólares para el taxi.

Se los di. No tardó en pasar un Checker. Abrí la puerta y la retuve antes de que entrara.

—¿Dónde aprendiste este español tan poco académico?

—Escuchando a Julio Iglesias.

Me abrazó y susurró en mi oído:

—No te asombres si te digo lo que fuiste, un ingrato con mi pobre corazón.

Entró, cerré la puerta del taxi. Se había levantado un viento gélido.

Al llegar a casa guardé el papel con el número de teléfono que ella me había dado en el fondo de un cajón.

El día de Navidad llamé a Barcelona y hablé con mi madre y mis hermanos. Cuando cogió el teléfono Anamari aproveché para preguntarle por Agustín.

—Está bien. Llegó ayer, con un bizcocho que parece de hormigón y un calendario de adviento que ya no sirve.

—¿Has averiguado cómo se gana la vida?

—No. Insiste en que trabaja en un teatro. Le he preguntado si actúa y lo ha negado rotundamente. Sigue tan sosaina como siempre. Pero ha hecho feliz a mamá. Y a mí también, porque si no hubierais venido ninguno de los dos, no sé cómo habríamos pasado estos días horribles.

Después de colgar, salí a la calle, comí solo en una cafetería y me bebí una botella de zinfandel de Dry Creek Valley que de poco me tumba.

También nosotros, dijo Jenofonte, moriremos todos; pero ¿deben por eso enterrarnos vivos?

Recuerdo aquel invierno como uno de los peores de mi vida.

Grandes nevadas, fuertes vientos y temperaturas glaciales sacudieron y aplastaron durante muchas semanas seguidas la ciudad y a sus habitantes. Centros de acogida fueron habilitados para evitar que miles de vagabundos murieran congelados. Nadie salía de su casa si no era por un motivo apremiante y el encierro forzoso producía entumecimiento y mal humor.

En la oficina reinaba una especie de marasmo administrativo. Algunos días permanecía cerrada a causa de la nieve. Cuando el clima nos daba tregua acudíamos y una vez allí no sabíamos qué hacer. España se había paralizado tras la muerte de Franco y desde el exterior no había forma de luchar contra aquella parálisis. Todo el mundo juzgaba inviable la voluntad expresa del régimen de prolongar un sistema político exhausto desde hacía décadas, y el presunto garante de la continuidad, Arias Navarro, hombre avinagrado, de corto vuelo y siniestro pasado, era la prueba viviente de lo inútil y rancio del empeño. Sin embargo, era difícil de imaginar cuál podía ser el cambio. Cualquier conato de apertura democrática podía provocar una reacción violenta y contundente, aunque, en rigor, nadie sabía quién estaba dispuesto a protagonizar la temida reacción, ni para qué ni contra quién.

En la delegación de la Cámara de Comercio la incertidumbre nos afectaba por partida doble. No teníamos trabajo, pero nuestra situación tenía más de inmovilidad que de ocio. Sabíamos que en España se fraguaba algo sobre lo que sólo podíamos hacer cábalas a partir de noticias fragmentarias y de escasa fiabilidad y, por añadidura, nuestro futuro laboral era impredecible.

—Si los militares dan un golpe, volvemos al aislamiento internacional, y entonces, adiós comercio y adiós cámara.

Restablecida la democracia en Portugal y en Grecia, España era el único país de la Europa Occidental con un sistema dictatorial. La coyuntura no sólo era políticamente insostenible, sino ridícula.

A finales de febrero sucedió algo inesperado y funesto.

A media mañana, cuando yo estaba leyendo el *New York Times* sin disimulo, entró en mi despacho el señor Carvajal con el semblante demudado y me dijo con voz entrecortada que había muerto nuestro antiguo compañero Javier Piñol. Acababan de notificárselo y deambulaba por la delegación como un sonámbulo, impartiendo la trágica noticia. A medida que los demás la iban conociendo, se sumaban al cortejo, hasta que acabamos todos, encogidos y silenciosos, en la diminuta sala de juntas.

Desde su marcha, ocurrida unos meses atrás, no habíamos vuelto a saber nada de Javier Piñol, por lo que todos lo hacíamos de vuelta en España. Ahora resultaba que, contrariamente a lo que nos había dicho, había permanecido todo aquel tiempo en Nueva York, sin establecer contacto con ninguno de nosotros.

Al cabo de un rato, alguien preguntó la causa de su muerte. El señor Carvajal se limitó a abrir los brazos.

—No sé nada. Según me han dicho, la policía está investigando en el mayor secreto.

—¿La policía? Entonces no ha sido de resultas de una enfermedad repentina. Ni un accidente.

Nunca llegamos a saber exactamente lo sucedido. Si las pesquisas desembocaron en una conclusión, ésta no nos fue comunicada, ni tampoco vino nadie a recabar información acerca del difunto. El consulado español tomó cartas en el asunto y al cabo de una semana, cuando las autoridades devolvieron el cuerpo, se organizó un sepelio en una funeraria de la Segunda Avenida. Si algún trámite requería nuestra cooperación, descubríamos lo poco que sabíamos de aquel individuo con el que habíamos convivido a diario tanto tiempo. Aquella constatación afectaba en especial a Paco Andrade, con quien el difunto había tenido una relación de amistad dentro y fuera del trabajo. Muchos fines de semana, Paco Andrade invitaba a Javier Piñol a su casa, sabedor de la soledad que rodeaba a su colega. Ahora percibíamos en aquella soledad una dimensión que preferíamos no dilucidar.

Inma Fernández, a pesar de llevar poco tiempo entre nosotros y haber tratado apenas al desaparecido, tomó sobre sus hombros toda la responsabilidad del caso y demostró ser una persona inteligente, eficaz y de buen corazón. Después de innumerables gestiones, consiguió localizar en España a unos parientes de Javier Piñol. El señor Carvajal los llamó y les notificó escuetamente lo sucedido, sin entrar en detalles. Por su reacción, poco cabía esperar de ellos, pero uno, que dijo ser primo segundo del difunto, preguntó si habría alguna ceremonia fúnebre y, al decirle que sí, manifestó la intención de venir a Nueva York a representar a la familia en las exequias. Aquel detalle nos produjo un gran alivio: morir solo y lejos y ser enterrado en presencia de un puñado de funcionarios habría sido un triste colofón a una vida que ahora imaginábamos lúgubre y desventurada.

A mí me encomendaron ir a recoger al pariente al aeropuerto y acompañarlo a un hotel de Lexington Avenue, donde, con el beneplácito del consulado español, le habíamos reservado habitación por dos noches con cargo al erario público.

Fui en autobús a la terminal de Pan Am con intención de apostarme frente a la puerta de salida de viajeros con un folio en el que había escrito con letras grandes el nombre del pariente: Francisco Sánchez.

Pronto me di cuenta de mi ingenuidad: había varias puertas y de todas fluía continuamente una cantidad ingente de personas de cuyas trazas era imposible deducir la procedencia.

A falta de una idea mejor, fui desplazándome de un sitio a otro, mostrando el papel a todo el mundo y preguntando de un modo selectivo de dónde venían. Por las respuestas apresuradas y, por lo general, de mal talante, comprendí que así nunca encontraría a Francisco Sánchez. Pero como tampoco podía renunciar y abandonar al recién llegado a su suerte, opté por esperar.

Al cabo de una hora larga, advertí que a mi lado había un hombre de estatura media, fuerte de complexión, protegido del frío por un pesado gabán y una gorra de cuadros. Más por desesperación que por instinto, le pregunté si también estaba esperando a Francisco Sánchez. Me miró estupefacto y movió la cabeza con vehemencia.

—No, señor. Yo soy Francisco Sánchez. Pero allí de donde vengo todos me llaman Frascuelo.

Al decirlo señalaba al cielo para indicar su lugar de procedencia.

Desconcertado por su actitud, pero reconfortado por la feliz coincidencia, me presenté y le pegunté si había tenido un buen vuelo.

—No le sabría decir. Es la primera vez que subo a un aparato. Largo sí fuelo. Primero a Zaragoza en autocar, luego a Madrid en tren y por fin en avión. Un día y medio zarandeao d'aquí p'allá. Lo que se dice una espiriencia.

Acarreaba una maleta antigua, de piel gruesa, con tachones dorados.

Caminamos hasta la parada de taxis e hicimos

un buen rato de cola a la intemperie, con un frío espantoso. Ya en el taxi, por romper el silencio, le pregunté cómo veía la situación política en España y dijo no tener la menor idea. Si algo pasaba, no iba con él, me dio a entender. Supuse que estaría cansado y sin ganas de charla y no volví a decir más. Sólo cuando surgió ante nosotros el perfil de Manhattan le toqué el brazo y se lo señalé.

—Eso de ahí es Nueva York.

Frascuelo se quitó la gorra y pensé que se iba a santiguar. Pero se limitó a asentir con la cabeza.

—Ya lo veo, ya. Mucho rascalcielo.

Volvió a caer en un sereno mutismo hasta que nos metimos en el túnel. Entonces dio un respingo y se volvió a poner la gorra.

—¡Ay la Madre de Dios!

—Estamos cruzando el río por debajo.

—Ya lo veo, ya. Ésta sí que es una obra grande. ¿Cómo me ha dicho que se llama?

—El Midtown Tunnel.

—No, usted.

—Ah. Rufo Batalla.

—¿Le puedo preguntar una cosa, señor Batalla?

—Claro. Y llamarme Rufo, si quiere.

—Pues, dígame, los rascalcielos, ¿nunca se caen?

—No. Nunca.

—¡La Madre de Dios! ¡Cuánta ciencia hará falta para aguantar una cosa así!

Llegados al hotel, le pregunté si quería cenar en algún restaurante de la zona o si prefería retirarse y optó por esto último. Al hacer el equipaje, había tenido la precaución de meter comida en la maleta. Me despedí y quedé en recogerlo al día siguiente, a primera hora de la mañana. El funeral estaba programado para las cinco de la tarde, pero me pareció correcto no abandonarlo en aquella ciudad salvaje.

Reflexionó un rato y luego volvió a mover la cabeza de lado a lado.

—Son ustedes muy amables. El pobre Javierico debía de quererlos mucho y ustedes a él igual. Pero por mí no se han de molestar. Yo me meto en mi cuarto y hasta que no me vengan a buscar para ir al entierro, no salgo. Yo tanta ciudá y tanta ciudá, la doy por vista.

Antes de separarnos fijamos la hora del encuentro para el día siguiente y aproveché para informarle de que la ceremonia sería laica, a lo que no puso ninguna objeción. En el curso de los preparativos el tema había salido a colación y no habíamos llegado a ninguna conclusión satisfactoria. Si en vida Javier Piñol había sido creyente, no nos constaba. Paco Andrade era católico practicante, pero en su relación mutua nunca habían abordado la cuestión. Por lo visto, nunca habían abordado ninguna cuestión de índole personal. Ahora Paco Andrade estaba tan contrito que no podíamos contar con él para nada. Al final optamos por una solución intermedia. El funeral sería laico, pero en dos ocasiones sonaría una música sacra. Por mi afición a la música clásica, que en la oficina nadie compartía, se me encomendó la elección de las piezas. Repasé mi discoteca y separé un motete de Bruckner y el canto fúnebre de Stravinski *In Memoriam Dylan Thomas*, pero al final, después de darle muchas vueltas, me quedé con el *Lacrimosa* del *Réquiem* de Mozart y la *Salve* de Schubert. Tomé por aquiescencia la indiferencia de mis compañeros ante aquella discreta selección y la víspera de la ceremonia llevé mis propios discos a la funeraria y les hice prometer que los tratarían con cuidado para no rayarlos.

El funeral propiamente dicho se celebró con estricta puntualidad en una sala rectangular, no muy grande, con paredes desnudas de madera clara, luz indirecta pero suficiente y una buena calefacción, que la hacía acogedora. Había unas cuarenta sillas dispuestas en dos bloques y un atril con un micrófono para los parlamentos o las plegarias. Los asistentes apenas sumábamos una docena: Francisco Sánchez, los compañeros de oficina del difunto, una representación del cuerpo consular, un par de diplomáticos de la delegación de España ante las Naciones Unidas y tres hombres pobremente vestidos, despatarrados en la última fila, a los que nadie conocía. Tal vez tenían alguna relación con el difunto o tal vez eran vagabundos en busca de protección contra los rigores del invierno.

Sonaba una música apenas perceptible, como de armonio, mientras íbamos ocupando nuestros respectivos asientos. A continuación, un maestro de ceremonias, de riguroso luto, con el pelo engominado, expresión adusta y ademanes contenidos, agradeció nuestra presencia, dio por iniciado el acto y cedió la palabra al primer orador.

El señor Carvajal se levantó, se colocó ante el atril y leyó unas cuartillas en las que había estado trabajando varios días. Como no podía ser de otro modo, el texto estaba redactado en estilo administrativo y se limitaba a destacar las cualidades del difunto como miembro ejemplar del tejido funcionarial y excelente compañero. La lectura duró unos pocos minutos y, dado el ambiente, resultó algo yerma, pero los que conocíamos al señor Carvajal percibimos en su voz una emoción que nos conmovió.

Mientras el señor Carvajal volvía a su asiento con andar titubeante, sonó un fragmento de la primera de las piezas musicales.

A continuación, Inma Fernández ocupó el estrado y leyó un poema de Ángel González que no tenía nada que ver con el asunto, pero que todos escuchamos con mucha atención, por lo bien que se había portado Inma y por la buena voluntad que mostraba al haber elegido aquel poema y haberlo recitado delante de todo el mundo, pese a no gustarle nada hablar en público.

Luego reinó un silencio largo y embarazoso. Nadie sabía cómo proseguir. El cónsul, sobre quien convergieron varias miradas, se removió inquieto. También él había actuado con tanta eficiencia como sensibilidad, pero no quería hacerse notar demasiado en las exequias de quien hasta unos meses antes había sido un funcionario español y sobre cuya muerte andaba investigando la policía local.

El maestro de ceremonias, que se había retirado a un costado de la sala, dio unos pasos, carraspeó y por señas preguntó si debía dar por concluida la ceremonia.

Entonces se levantó Frascuelo, que estaba sentado a mi lado, y avanzó calmoso y sereno hacia el atril. Una vez allí estuvo mirando el micrófono atentamente. No llevaba ningún papel y se notaba que no sabía dónde colocar las manos. Luego empezó a hablar en voz baja pero firme y clara.

—Antes que nada, señores, quiero decir que no tenía pensado hacer uso de la palabra. Nunca antes había estado delante de un micrófono. Pero como único representante de la familia del pobre Javierico, algo tengo que decir. Sobre todo, para darles las gracias a ustedes por la compañía que le hicieron durante su vida aquí, en Nueva York. Eso tuvo, el pobrico, y poca cosa más. Con la familia de España, ningún contacto. Yo, mismamente, no le conocía en persona, ni él a mí. Ni siquiera conocí a su padre, que era primo hermano del mío. El padre de Javierico se llamaba Tomás, pero en el pueblo le llamaban el Escorao, sabe Dios por qué. Al terminar la guerra, el Escorao se fue del pueblo para no volver. Desde el principio de la guerra, en el pueblo, como en toda aquella zona de Aragón, había habido muchos combates y el frente tan pronto estaba aquí como allá y cada cual daba y recibía según iban las cosas. Hoy te toca a ti, mañana me toca a mí, y a quien Dios se la dé, san Pedro se la bendiga. El Escorao, según dicen, se echó al monte. Con los unos, con los otros o con los dos, cualquiera sabe. Si algún estropicio cometió, no somos nosotros quién pa juzgale, que pa eso ya está el Altísmo, si es que haylo. La cuestión es que acabada la guerra se fue p'Alicante con una moza que había preñao, como era la costumbre en aquellos tiempos de aquí te pillo y aquí te mato. Una puta o una desgraciá, eso según se mire. El hijo nació ya en Alicante y andaba en coplas que salió a su padre. Con el tiempo, se vino pa Nueva York, como antes se había ido su padre del pueblo. De poco les sirvió a los dos. El uno tuvo mal fin en Alicante y el otro ha doblao la servilleta entre tanto rascalcielo y tanto coche, pero sin nadie a su lao, como un jodío perro, con perdón del dicho. Ayer, viniendo del aeropuerto, vi de repente esta ciudá y pensé: me cago en la leche, Frascuelo, ya puedes decir que lo has visto todo. En una ciudá como ésta uno pué hacer lo que le dé la gana. Pero eso, a la larga, ¿de qué le sirve? Por más que corra, uno no pué ir más allá de donde está en cada momento.

Al día siguiente lo recogí de nuevo en el hotel y lo llevé al aeropuerto. En el taxi íbamos uno al lado del otro, mirando el desolado paisaje. Caía aguanieve y soplaba el viento. Al enfilar el último tramo de autopista antes de llegar a la terminal, no pude contenerme.

—Oiga, ¿qué fue lo que dijo en el funeral? Esta noche he intentado reconstruirlo, pero no conseguía recordar las palabras exactas.

—Anda, ni yo. La verdá es que no tenía ná preparao. Pero una vez allí me dije: me cago en tó, si has venío hasta aquí, algo has de decir. Y dije lo primero que se me vino a las mientes. Me figuro que haría el redículo.

—No. Estuvo muy bien. Por eso traté de recordarlo luego. Tenía sentido.

—Pues mejor.

—¿De veras cree que todos acabaremos como el pobre Javierico?

—¿Cómo lo voy a saber? ¿Soy endivino?

Regresé a Manhattan en autobús. Era de noche y las ventanillas estaban empañadas. Las rachas de viento lanzaban agua contra las ventanillas. En ese viaje tomé la decisión de abandonar Nueva York.

Placé sur la route des océans, à la tête des opinions progressives aussi neuves que son pays, l'Américain semble avoir reçu plutôt la mission de découvrir d'autres univers que de les créer.

—¡No sabéis lo que pedís!

Mi amigo el diplomático Miguel Ángel Giménez de la Huerta, con quien había ido a casa de Piniés, estaba de paso en Nueva York con el único propósito de cerrar su piso y fiscalizar el traslado de sus pertenencias a Madrid, a donde acababan de destinarlo. Como traía noticias frescas de España y quién sabía si lo volveríamos a ver, organicé una cena de despedida con media docena de miembros de la colonia española en un restaurante del Soho. En el primer plato ya se había armado una trifulca.

—Ni por todo el oro del mundo aceptarán los militares la vuelta del PC. Veremos muchas cosas, pero a Santiago Carrillo paseando por la calle de Alcalá, jamás. Para muchos es una cuestión de amor propio.

—¿Amor propio? ¡Un morro que se lo pisan! Cuando se trataba de luchar contra la dictadura, el partido comunista era el punto de referencia, la esperanza y la guía de todos los españoles de bien. Al fin y al cabo, los comunistas se jugaban el pellejo a diario, mientras los demás se meaban encima por haber firmado un manifiesto. Pero ahora, cuando llega el cambio, una patada en el culo. ¡Amor propio!

—El problema es que con los comunistas no se puede llegar a ningún acuerdo, porque en su programa no entra aceptar las reglas del juego. Hoy dicen una cosa y mañana, si les conviene, la contraria. Mira a Carrillo. Cinco mil muertos en Paracuellos a sus espaldas y hoy nos viene con una ramita de olivo en la boca. ¿Con ése hemos de sentarnos a la mesa?

—Oh, sí, Paracuellos. Un crimen horrendo. En cambio, de Arias Navarro, el carnicerito de Málaga, no hay nada que decir. En realidad, tú, como diplomático, le representas ante el mundo. Y si te llama, no tendrás ningún reparo en sentarte con él a la mesa.

Intervine al ver que la discusión subía de tono.

—Por favor, por favor, si queremos avanzar hacia una hipotética democracia, cosa que todavía está por ver, hemos de acostumbrarnos a tolerar las discrepancias. Cuando Franco vivía todos pensábamos igual. Ahora, de repente, resulta que hay tantas opiniones como personas.

Mis esfuerzos sólo lograron enconar más los ánimos. Acabado el postre, Miguel Ángel se levantó, aduciendo que debía madrugar. Sus modales seguían siendo exquisitos, pero en su rostro había una sombra de crispación.

—Os agradezco la cena. Hemos discutido, y eso no es malo. Ahora, con acuerdo o sin acuerdo, yo me vuelvo a España, a ver qué se puede hacer. Vosotros podéis quedaros aquí, arreglando el mundo desde un bar del Soho.

En mi fuero interno, yo daba la razón a quienes reclamaban la legalización del partido comunista, pero también estaba de acuerdo con Miguel Ángel y de buena gana me habría ido con él. En Nueva York ya no podía esperar ninguna experiencia nueva. En su día había abandonado mi país para huir de una vida placentera, pero sin perspectiva de cambio a corto plazo, y ahora me estaba sucediendo lo mismo, precisamente por haberme ido.

Sin embargo, cuantas más vueltas le daba, más difícil veía la posibilidad de volver. En la delegación de la Cámara de Comercio me moría de tedio, pero tenía asegurada la manutención. Por otra parte, si bien la vida en Nueva York no me aportaba nada nuevo, me seguía ofreciendo continuas satisfacciones. La ciudad se había transformado en la quintaesencia del glamur, y yo, aunque seguía viviendo en una bohemia y una apatía impropias de mi edad, pasaba por ser un privilegiado a los ojos de los demás por el mero hecho de estar domiciliado en Greenwich Village. Se me suponía de vuelta de todo y yo me daba importancia a costa de las fantasías ajenas.

Finalmente, mientras perdía el tiempo en cábalas, las cosas se arreglaron solas.

Poco antes de la Pascua, cuando la nieve ya se había fundido y en los parques la hierba volvía a verdear, me llamó mi hermana para comunicarme que ella y su novio vendrían a verme, aprovechando las vacaciones.

—¡Qué bien! Me hace mucha ilusión. Mi apartamento es un cuchitril, pero si sois de buen conformar, nos apañaremos.

—Olvídate. Tenemos habitación en un hotel decente. O se viaja bien, o no se viaja. Además, no queremos molestar y preferimos tener independencia. Como puedes suponer, no vamos a verte a ti, sino a conocer Nueva York. De ti sólo se espera que nos hagas de cicerone tan bien como lo hiciste con mi amiga Araceli y su tía, la abadesa de Tordesillas.

Su tono era jovial y su actitud era comprensible. Sin duda tenía ganas de verme, como yo de verla a ella y, en definitiva, su independencia también era la mía, así que su fingido desapego me alegró sin ofenderme. De todos modos, reservé mesa en un par de restaurantes y compré entradas para el musical de moda aquella temporada: *Chicago*.

La visita de Anamari y Tomás salió a pedir de boca y en fin de cuentas compartimos más tiempo del previsto y más del que mi hermana y yo habíamos compartido nunca. Anamari estaba muy animada. Llevaba mucho tiempo encerrada en el pequeño mundo de la familia, sobre todo a partir de la muerte de nuestro padre, y quizá por primera vez podía disfrutar de cierta intimidad con su novio.

Con respecto a Tomás, el contacto frecuente me hizo modificar la primera opinión, poco favorable. Tal vez en Barcelona era un individuo anodino, como yo había imaginado, pero ahora Nueva York le había prestado singularidad y se me presentaba como un tipo simpático, acomodaticio, lleno de entusiasmo e infatigable. Era flaco, pero saludable de aspecto, tenía la cara larga, una mirada tranquila y una perpetua sonrisa afectuosa y divertida.

Hablaba poco, pero no decía bobadas. Era evidente que mi hermana le profesaba cariño y un extraño respeto: constantemente volvía hacia él la mirada como si buscara su aprobación.

La compañía de Anamari y Tomás me hizo conectar de nuevo con la familia, para lo bueno y para lo malo.

En mi ausencia se había abierto el testamento de mi padre y ya estaban en curso la liquidación de los derechos reales y los demás trámites.

Con mucha cordura, el testamento preveía la manutención de nuestra madre y disponía detalladamente una distribución equitativa del patrimonio restante entre los tres hermanos.

Anamari disentía de aquel reparto y se manifestó partidaria del sistema tradicional catalán, en virtud del cual el primogénito lo hereda todo y los demás hijos se quedan a dos velas. De aquel modo se evitaba la división de las fortunas. La disparatada afición de Anamari por las finanzas en abstracto le hacía prescindir de su propio interés.

—A mí ese sistema me parece abominable. Además, si yo heredara todo el patrimonio, no sabría administrarlo. A lo mejor tendría que habértelo dejado todo a ti.

—Por supuesto. Pero eso a papá nunca se le habría pasado por la cabeza.

El patrimonio a repartir consistía en una docena de pisos, un paquete de acciones y varias sumas de dinero repartidas en depósitos y cuentas corrientes. Más la casita del Ampurdán para los tres, *pro indiviso*.

Un tren de vida austero, el miedo a cualquier forma de ostentación heredado de los años terribles de la guerra y el endémico talante quejumbroso de los catalanes me habían hecho creer que llegábamos con apuros a fin de mes.

—No, si al final resultará que somos ricos.

—Eso depende de dónde pongas el listón.

—Como mínimo puedo volver a Barcelona y vivir sin agobio hasta que encuentre otro trabajo. Estoy acostumbrado a pasar con lo justo.

Tomás intervino en tono escandalizado.

—¿En serio estás pensando en dejar Nueva York y volver a España?

—Sinceramente, sí. Me iría mañana mismo si pudiera.

Anamari estaba de acuerdo con Tomás.

—Haz lo que quieras. Pero no te precipites. La herencia todavía está en trámites, puede llevar meses y generará gastos, aparte de los derechos sucesorios. Ya veremos cómo queda todo al final. Las herencias son un campo de minas.

—¿En qué sentido?

—Bueno, para muchas cosas los interesados han de estar de acuerdo. Y ahí podemos tener problemas. Me refiero a Agustín. Antes de venir hablé con él por teléfono para contarle lo que te acabo de contar y avisarle de que en algún momento tendrá que personarse en Barcelona. Me contestó que le era imposible y, como de costumbre, no aclaró cuál era el impedimento. A las malas, se puede arreglar todo en el consulado de donde esté residiendo, pero el asunto me dio mala espina. Ya te dije que tendrás que ir a verlo y meterlo en cintura.

Dejé pasar la admonición. Otros asuntos me preocupaban de una manera más inmediata.

—¿De dónde sacaría papá tanto dinero?

—La abuela paterna era rica. Al morir le dejó algo y él supo invertirlo con acierto. No todo ha de ser incompetencia en la familia. Los hombres infravaloráis a los padres.

—No lo dirás por la casa del Ampurdán.

A finales de la década anterior, mi padre se había empeñado en tener una casa en el campo. Después de mucho buscar, compró una construcción de piedra, antigua y tosca, con tejado a cuatro aguas y ventanucos estrechos, situada cerca de un arroyo seco y rodeada de un campo de rastrojos. Cuando no ululaba el viento se oía el destemplado graznar de las urracas y las cornejas. A mí la zona me parecía árida y sin gracia: no tenía playa ni montaña y los pueblos apestaban a cerdo. En la práctica, apenas usamos la casa. Mi madre iba de mala gana y a partir de un momento se negó a ir, alegando que se pasaba el fin de semana limpiando, ordenando y cocinando. El único entretenimiento era ir de un pueblo a otro a comprar vituallas. Para eso, era mejor quedarse en Barcelona, donde lo tenía todo a mano. Mi padre había comprado la casita porque alguien se quería deshacer de ella y se la ofreció, pero hizo la compra sin consultar antes con mi madre. Como en la mayoría de las familias de su generación, el marido no contaba con la mujer para nada y la mujer consideraba al marido un botarate.

Yo era partidario de vender la casa, pagar los impuestos sucesorios con el producto de la venta y repartirnos el sobrante. Mi hermana opinaba lo contrario.

—No nos precipitemos. El Ampurdán subirá de valor. Los barceloneses necesitan una segunda residencia. Para salir de la ciudad y como símbolo de estatus. El Maresme está arruinado y en el Pirineo hace frío y queda lejos. Si hace falta, pediremos un crédito o hipotecaremos los pisos, pero la casa del Ampurdán no se toca.

*

Una decisión trascendental sólo es un juego de la mente hasta que se da un paso irreversible para ponerla en práctica.

Tan pronto hubo concluido la visita de Anamari y Tomás, me personé en el despacho del señor Carvajal y le expuse mi intención de dejar el trabajo y regresar a España.

El señor Carvajal me invitó a tomar asiento en una de las dos butacas situadas frente a su mesa, destinadas a ser ocupadas por las visitas y en las cuales los empleados de la delegación nunca nos sentábamos. Cuando lo hube hecho, el señor Carvajal abrió un cuaderno de tapas negras, hizo una anotación y cerró el cuaderno.

—Como ve, he tomado debida nota de su notificación. La doy por firme y procederé a darle traslado a la instancia procedente por la vía reglamentaria. En breve se le comunicará el resultado de estas medidas, así como el plazo prescrito para que la renuncia surta efecto.

Asentí con la cabeza y estaba por irme cuando el señor Carvajal me detuvo con un ademán, se levantó y vino a sentarse en la butaca contigua a la mía.

—No le pregunto por los motivos que le han llevado a dar este paso. Creo conocerle lo suficiente para descartar cualquier desavenencia, sea conmigo, sea con alguno de sus compañeros. Huelga decir que respeto sus razones personales sin conocerlas. Sólo quería añadir que lamento profundamente su marcha, tanto por mí como por usted. Por mí, debido al afecto que le profeso, como sin duda le consta. Por usted, porque le he visto trabajar estos años y le auguraba un gran futuro en el marco de la administración pública. Es usted cumplidor, puntual, serio, respetuoso con sus superiores, no tiene ambición y nunca toma iniciativas.

Guardó un breve silencio y luego prosiguió con voz trémula, casi inaudible.

—Yo, en cambio, me he dejado tentar por la soberbia. Al ser jefe de delegación y con los trienios acumulados, me he creído un semidiós, y quizá, no sé, alguna vez, de forma involuntaria, me habré extralimitado... Como ya es de todos conocido, me han llamado de Madrid para reclamar mi presencia, Dios sabe con qué intenciones. De momento todo son buenas palabras, pero detrás del ritual y de la cortesía, yo percibo la sombra del cadalso.

Me abstuve de responder, porque sabía por experiencia que no había forma de convencerle de que, si le llamaban, era para proponerle un ascenso o un puesto de más prestigio y responsabilidad. El señor Carvajal miró por la ventana los rascacielos circundantes y un fragmento de cielo despejado y sin sol, como de acero. Antes de concluir su parlamento exhaló un suspiro.

—Todo se arbitrará conforme a lo regulado y se resolverá por sus pasos contados, pero si quiere irse ahora mismo, por mí no se prive: aquí no hay nada que hacer y esto es una puta mierda.

A la espera de la autorización del ministerio, empecé a disponerlo todo para una mudanza inmediata. Fiel a mi determinación de quemar las naves, di aviso de rescisión de alquiler a la empresa propietaria de mi apartamento. Aquel paso era más decisivo que mi renuncia laboral, porque, a diferencia de lo que ocurre en una sustancia tan maleable como la administración pública, el sistema inmobiliario no atiende a razones ni acepta arrepentimientos. La demanda de viviendas había crecido enormemente y, en consecuencia, se había disparado el precio de los alquileres. Al dejar mi apartamento, yo sabía que ya no podría encontrar otro en un barrio como Greenwich Village.

Hacía varias décadas que Nueva York había desplazado a París como capital del arte y al resto del mundo como capital financiera, pero, por causa de una crisis temporal o por los motivos que fuesen, la radiante metrópoli anterior a la guerra mundial perdió momentáneamente su encanto. El abandono y la inseguridad la convirtieron en un lugar indeseable, una ciudad proscrita. Un paquete de medidas fiscales encaminadas a fomentar la inversión y el consumo cambiaron el panorama, pero fue un cambio gradual, apenas perceptible, hasta que, de súbito, sucedió lo imprevisto: de un día para otro, todo el mundo aspiraba a tener una vivienda en Nueva York, o a pasar allí una temporada o, como mínimo, a hacer un viaje precipitado y extenuante. Los hoteles no daban abasto y las calles rebosaban de visitantes deseosos de admirar las características que unos años atrás les habían producido rechazo y aprensión. El presunto estilo neoyorquino se impuso hasta tal punto que en Europa algunos locales públicos eran reformados para reproducir los desconchados y la cochambre de los tugurios de Nueva York.

Por supuesto, aquel cambio de actitud no era gratuito. Seguramente reflejaba un cambio de sensibilidad que respondía a causas más profundas: un relevo generacional, la aparición de una nueva clase social menos condicionada por los modelos tradicionales, un nuevo modo de entender la estética y de vivir la vida. Sea como fuere, a los que llevábamos un largo periodo instalados allí, el fenómeno nos dejaba perplejos y sus consecuencias prácticas nos tenían consternados.

—La verdad, no sé cómo, pero pertenece al número de las princesas Mishkin, y también es la última de su clase.

—¡Je, je, je! ¡La última de su clase! ¡Je, je, je! Está bien dicho —rio el funcionario.

Una mudanza siempre desmoraliza a quien la hace, porque con el paso del tiempo hasta el asceta más estricto acumula gran cantidad de cachivaches. Cuando hube seleccionado lo necesario, lo bueno y lo bello, no quedó casi nada. Comprobar que me iba de vacío, como había llegado, era constatar que había perdido los años transcurridos en una ciudad tan llena de posibilidades, y aquella reflexión me producía una tristeza mezclada con desprecio por mi falta de empuje, de disciplina y de criterio.

Una tarde, al vaciar un cajón, encontré una hoja suelta con el teléfono que Monica Coover había anotado a la salida del Salón Borinquen. Sin reflexión ni propósito fijo, marqué el número. Si Monica hubiera tardado en responder, tal vez habría colgado, pero respondió de inmediato.

—Hola, Monica. Soy yo. Rufo Batalla. Perdona que te moleste, pero estoy haciendo el equipaje. Me voy de Nueva York definitivamente, no sé si volveremos a vernos y me quería despedir.

—No corras tanto. ¿Vuelves a España?

—De momento, sí. Luego, ya veré.

—No lo dices con alegría. ¿Por qué no nos vemos y me lo cuentas todo? Pasado mañana. Hotel Tayler, en la Séptima Avenida. No Taylor, como Elizabeth, sino Tayler, como el presidente. Habitación 1209. A las seis y media.

El hotel Tayler languidecía en las últimas estribaciones de la zona de teatros y ocupaba la totalidad de un rascacielos antiguo, estrecho, de ladrillo ennegrecido. Ventanales de ojiva y artesonados góticos le daban un aire truculento. En la marquesina había varias bombillas fundidas. Un recepcionista pálido y enjuto me vio cruzar el hall con vehemente desinterés. Subí en el ascensor hasta el piso 12 y anduve por un pasillo pobremente iluminado por apliques de latón. La moqueta y las paredes tenían manchas y flotaba un vago aroma de moho. Si el hotel había conocido una etapa de esplendor, llevaba décadas necesitado de renovación o, cuando menos, de saneamiento.

A las seis y media en punto toqué con los nudillos a la puerta de la habitación 1209. La puerta se abrió de inmediato y me encontré cara a cara con el príncipe Tukuulo.

A la sorpresa y el desconcierto siguió el enfado. Sin decir nada, di media vuelta y eché a andar a buen paso hacia el ascensor. El príncipe me alcanzó y me sujetó del brazo.

—Por favor, detente. Es una encerrona, estoy de acuerdo, pero mi ilustre esposa no tiene la culpa. Ha sido cosa mía, créeme. Y no te vayas. Si te vas, seguramente no nos volveremos a ver. Sólo te pido que me escuches un minuto.

En su voz había un tono de súplica inusitado. Me detuve a escasos metros del ascensor. Mientras él porfiaba yo le miraba con atención, tratando de determinar si su congoja era genuina o si me estaba engatusando una vez más.

—No nos quedemos aquí. Entra en la habitación. Sólo será un minuto. No pierdes nada ni hay motivo de recelo. No soy un marido agraviado, sino un amigo en apuros.

Su actitud, más que sus palabras, hacían flaquear mi decisión, pero no disminuían mi resentimiento contra él y contra Monica Coover. El príncipe adivinó mis pensamientos.

—Mi ilustre esposa no me dijo que habíais concertado una cita. Sólo me informó de que te ibas definitivamente de Nueva York. Yo la persuadí para que me revelara el resto. No podía dejar que te marcharas sin haber hablado contigo. No la culpes. Entre mi ilustre esposa y yo no hay secretos. Por supuesto, no nos hacemos un relato pormenorizado de nuestras acciones. Pero no hay secretos entre nosotros cuando callar puede tener consecuencias negativas, como en este caso. Ella misma me contó cómo en vísperas de Navidad la llevaste a una discoteca de Harlem, y cómo allí tuvisteis un mal encuentro con dos rufianes, que tú resolviste con mucha habilidad y sangre fría. En aquella ocasión no le dijiste nada de tu marcha. La noticia le ha pillado por sorpresa y le ha afectado profundamente. Ya sabes que te quiere mucho. Seguramente más que a mí. Tú ya conoces la naturaleza de nuestro matrimonio. Yo mismo te puse en antecedentes la primera noche, en Mallorca. Tampoco entre tú y yo ha habido secretos. Ahora apelo a nuestra vieja camaradería.

Mientras trataba de determinar la motivación oculta de las exhortaciones del príncipe, de la habitación que éste acababa de abandonar surgieron las notas de un piano tocado con técnica deplorable y desbordado sentimiento. Reconocí el *Impromptu* número 3 de Schubert y por un instante me olvidé de mi interlocutor, del lugar y de la circunstancia. El lapsus no pasó inadvertido al príncipe.

—Ya sé que eres un apasionado de la música clásica. Ven, entremos. Te llevarás una grata sorpresa.

Preferí no preguntar cómo tenía conocimiento de mi afición sin habérselo mencionado ni a él ni a su mujer, y accedí resignadamente a su proposición, porque en mi fuero interno abrigaba la esperanza de encontrar a Monica Coover sentada al piano.

Ya dentro comprobé que quien aporreaba sin acierto ni gusto el teclado de un piano vertical adosado a la pared era una mujer para mí desconocida, de escasa estatura y pelo entrecano recogido en un moño alto. A su lado, rígido y concentrado, el conde Salza pasaba las páginas de la partitura con mecánica precisión.

Al vernos entrar, el conde se detuvo bruscamente y se puso firmes, como un colegial sorprendido en la comisión de una diablura. Su rostro permaneció impertérrito y su mirada fría, pero no pudo evitar ruborizarse hasta la raíz del cabello. En una piel tan blanca, el efecto era casi cómico.

Sobresaltada por la acción de su acompañante, la pianista también se detuvo, miró por encima del hombro y luego, con un mohín de disgusto, cerró la tapa del piano, se levantó y vino hacia mí a pasitos cortos. El príncipe había cerrado la puerta de la habitación y se colocó a mi lado.

—Permíteme que te presente a una gran amiga y, como has podido juzgar por ti mismo, una gran artista. La baronesa Celestine von Holstein-Eguillor. Al conde Salza ya lo conoces.

La baronesa vestía una bata de percal color ceniza. Debía de tener unos cuarenta y cinco años de edad. Era enjuta de rasgos, con la tez color de cera, los ojos acuosos y cansados y unas manos estrechas y frágiles, surcadas de venas azules. Me tendió una y al hacer una reverencia cortesana trastabilló. Entonces me di cuenta de que tenía una pierna ortopédica.

—Les he preparado un té.

La baronesa hablaba con un marcado acento cuyo origen no pude precisar. Cojeando fue hasta uno de los armarios del salón tras el que se ocultaban un fogón eléctrico, una alacena y unos pocos enseres. Mientras calentaba agua en un cazo e iba trayendo tazas, platos y cucharillas, el príncipe me dio las oportunas explicaciones.

—La baronesa me cede generosamente el uso de su magnífica suite cuando la causa requiere celebrar un conciliábulo. Aquí nadie nos ve ni nos oye. Éste es un hotel tranquilo, apartado de la ruta turística, y las instalaciones son tan antiguas que no permitirían cámaras ni micrófonos ocultos. La baronesa lleva una vida retirada, consagrada a su música, a sus recuerdos... y a sus pleitos. ¿No es así, querida baronesa?

La magnífica suite constaba de un salón tan grande como poco acogedor. Los muebles eran viejos y baratos, las puertas del armario y del escritorio colgaban de sus goznes y las lámparas de mesa tenían pantallas de pergamino cuarteado. A través de unas ventanas de guillotina con unos cristales increíblemente sucios se veían el cielo de un gris pálido y la silueta en sombra de los edificios más altos de la zona.

La baronesa había acabado de servir el té en un juego de alpaca amarillenta y lo enriqueció con un plato cargado de galletas irregulares. El príncipe dio muestras de alegría.

—Ah, la baronesa ha tenido la gentileza de obsequiarnos con sus famosas galletas. Te van a encantar. La baronesa cocina tan bien como toca el piano.

A continuación, se dirigió al conde Salza, que permanecía en posición de firmes junto al piano.

—Conde, únase al ágape. Pero antes, tenga la bondad de ir a buscar a la persona que falta. Seguro que se ha quedado dormido.

El conde se dirigió a una puerta situada en el extremo opuesto del salón, la abrió y pronunció unas frases cortas en su idioma. Luego se hizo a un lado y dejó paso al staretz Protasio. Conservaba la misma sotana mugrienta, la barba enmarañada, el espeso ceño fruncido y la expresión demente que yo recordaba, a pesar de los años transcurridos desde nuestro primer encuentro en los jardines del hotel Formentor. Él me miró con desconfianza y yo, al verlo, no pude contener la risa.

—Bueno, ya estamos todos. Podemos empezar la fiesta.

Esta vez fue el príncipe el que dio muestras de desaprobación.

—El motivo de esta reunión, que a ti te produce hilaridad, reviste la máxima trascendencia para mí y para mis planes. No te puedo pedir el mismo nivel de compromiso. Todo esto, en definitiva, para ti sólo es un juego. Pero cualquier juego se vuelve tedioso si no se juega en serio. Sugiero que nos sentemos y hagamos los honores al té que nos ha preparado nuestra gentil anfitriona.

Con arrumacos y protestas de falsa modestia, la baronesa servía el té sin dejar de hablar conmigo, como si los demás no estuvieran presentes.

—Deberá usted disculpar la humildad de mis aposentos y de mis pertenencias. Las amables palabras de su Alteza Real no bastan para enmascarar la realidad.

—Oh, no, señora. La suite está de lo más bien. ¿Vive aquí de forma permanente?

—Tengo una permanencia provisional, por así decir. Desde hace varias décadas todo es provisional en mi vida. Sin embargo, no siempre fue así. Nací y me crie en un suntuoso palacio, en mitad de un extenso prado, al borde de un lago. Mi querido padre, el barón Christian von Holstein-Eguillor, descendía de una estirpe preclara que había luchado en las Cruzadas y que en breve se extinguirá conmigo. Como hija única me malcriaron. Nunca fui al colegio: tuve preceptores e institutrices, un anciano profesor de música húngaro, que de joven había oído a Franz Liszt impartir clases de piano, y a un joven profesor de baile italo-ruso, porque entonces yo todavía tenía mis dos piernas. Cuando los nazis subieron al poder, mi querido padre fue de los primeros en expresar su disconformidad con el nuevo régimen. Era contrario al ideario megalómano y a las prácticas bárbaras de aquellos fanáticos y consideraba a Hitler un patán, por no decir un payaso. Sin embargo, nunca olvidó cuál era su deber como aristócrata. Con repugnancia, pero sin vacilación, para evitar que el poder quedara enteramente en manos de la chusma, ingresó en el partido nacionalsocialista y pronto consiguió ocupar un alto cargo en la Gestapo. Por su cultura y refinamiento, fue destinado a París. Reacio a separarse de la familia en unos tiempos tan revueltos, mi querido padre nos llevó consigo, a mi madre y a mí. Pasamos los años felices de la ocupación en una suite del hotel Meurice, bien distinta a esta que usted ve. Aquélla fue una época maravillosa que hoy los ignorantes y los hipócritas se esfuerzan por denigrar. Se me altera la sangre cuando voy al cine y veo a unos supuestos héroes de la resistencia encarnados por actores que entonces se agolpaban a la puerta del hotel para hacerse una foto con Goebbels. Yo era una adolescente, pero los galanes más codiciados me cortejaban por ser hija de mi querido padre, porque, a decir verdad, nunca fui muy agraciada. Al producirse el desembarco enemigo en las funestas playas de Normandía, mi querido padre, viendo próximo el final, y como en el fondo nunca había congeniado con el Tercer Reich, se embarcó con rumbo desconocido. Rumores lo situaron ora en Chile, ora en el Paraguay. Hará unos diez años me dijeron que había muerto. Mi madre y yo tuvimos que abandonar París. Como habría sido insensato volver a Alemania, sometida a constantes bombardeos, nos fuimos a Budapest, donde mi familia tenía unos conocidos y donde todavía reinaba una relativa calma. No fue una decisión acertada: a poco de llegar, los alemanes se retiraron, no sin antes volar media ciudad, y los rusos, al entrar, volaron la otra media. En aquel pandemónium perdí la pierna que me falta. A causa de la penuria, mi madre murió de tifus. Acabada la guerra, regresé a París. Antiguos colaboracionistas, a los que mi padre había hecho favores, me consiguieron de tapadillo un trabajo como pianista en el bar de un hotel. No el Meurice, naturalmente, sino una casa de citas enmascarada de hotel, en una callejuela pútrida de Montparnasse. Cada noche, al acabar la actuación, fregaba el suelo con una bayeta. Finalmente di el salto a Nueva York. Aquí llevo años pleiteando, como ha dicho Su Alteza cuando nos ha presentado. El tema del litigio es el siguiente: durante la fructífera etapa de París, mi querido padre, amante del arte y la belleza, adquirió cuadros y alhajas. Antes de desaparecer, los puso a buen recaudo en Liechtenstein. Nunca los reclamó y yo, como legítima heredera, exijo que se me entreguen, pero primero las autoridades francesas y luego las americanas se niegan a darme la razón, alegando que en su día la adquisición no se hizo conforme a derecho. No es cierto: mi querido padre pagó el precio de mercado y las facturas obran en mi poder. Sin embargo, los dictámenes aducen que las compras se realizaron en condiciones excepcionales, con extorsión, y por unas sumas muy inferiores al valor real de los objetos. Ya ve usted cuánto fariseísmo. Es verdad que en el momento de las transacciones los artículos de lujo se cotizaban a la baja, pero ¿cómo se atreven a impugnarlas unos individuos que se enriquecen manipulando dolosamente la bolsa para obtener beneficios a costa de las clases ahorradoras? Dígame usted si no...

En aquel punto interrumpió la narración la voz estentórea del staretz.

—¿Callarás de una vez, maldita cotorra?

Sin ser visto por los presentes, el staretz había sacado una botella de vodka de las faltriqueras de su sotana y ahora, mediada la botella, presentaba signos inequívocos de embriaguez. El príncipe, que al igual que el resto se había limitado a dar unos sorbos al amargo té de la baronesa, dirigió una seña al conde Salza y éste arrebató la botella de las manos del staretz y vació el contenido en el fregadero sin atender a las desgarradoras súplicas del beodo.

—Repórtese, padrecito. ¿Dónde está esa caridad cristiana?

Sollozaba la baronesa y el staretz no aflojaba en sus invectivas.

—¡Tu padre era un criminal de guerra y tú eres una vieja embustera y tullida! Todo lo que cuentas es una sarta de mentiras. ¡El diablo se te lleve al infierno!

La atmósfera en la suite se había hecho irrespirable. El conde Salza levantó una de las ventanas y la estancia se llenó del estruendo proveniente de la avenida.

El aire frío y el repentino contacto con la atronadora realidad del tráfico cotidiano pusieron fin al arrebato del staretz. Sin transición pasó de la cólera a la mansedumbre. Se arrojó a los pies de la baronesa y besaba con unción sus zapatillas.

—¡Perdón! ¡Perdón, señora baronesa! ¡No quería decir lo que he dicho! No lo pienso. No sólo no lo pienso, sino que sé que lo contrario es la verdad. Si lo he dicho es porque satanás, que me habla al oído, me ha obligado a decirlo. Sin motivo alguno, simplemente por hacer el mal a un ser bueno e inocente. Soy un hombre malo, señora baronesa. Un hombre indigno de vestir estas ropas talares. A veces mi alma escucha la voz del Altísimo y otras, la de satanás. Así como Jesucristo descendió a los infiernos, así quien aspira al ideal ha de descender de tanto en tanto a las simas de la degradación.

El espectáculo era lamentable y al mismo tiempo denigrante. Por alejar de sí aquel esperpento maloliente, la baronesa trataba de golpearle con la pierna ortopédica, pero sólo conseguía perder el equilibrio. El príncipe contemplaba la escena con indulgencia, como quien contempla las travesuras de un perrito faldero. Los asistentes parecían cautivados por las bufonadas del staretz. Incluso el desconsuelo de la baronesa dejaba paso a una curiosidad no exenta de estima y el hierático conde Salza parecía estar al borde de soltar la carcajada. El staretz, consciente del éxito de su bufonada, redoblaba los aspavientos.

—Usted es una gran artista y yo siempre he sido un bruto, un bruto y un ignorante. De niño me acunaban los gruñidos de un cerdo.

Como yo no estaba acostumbrado a este tipo de comportamiento, la exhibición se me antojaba falsa y de una banalidad sin excusa. Al advertir mi incomodidad, el príncipe se sintió obligado a darme explicaciones.

—Siempre es lo mismo. Pero ¿qué le voy a hacer? No puedo prescindir del staretz y lo que representa. En mi país mucha gente siente una especial reverencia por los locos y los imbéciles. Mi madre, que había estudiado interna en Suiza, solía visitar los manicomios para escuchar las incoherencias de aquellos desgraciados, a los que atribuía, como otras muchas señoras de su clase y de su cultura, un valor profético, como si la noche tormentosa del cerebro de un orate quedara repentinamente iluminada por el relámpago de una sabiduría sobrenatural. Para el pueblo llano, cualquier manifestación de lo inefable da sentido a su vida y le permite adentrarse en los arcanos del tiempo y la naturaleza. Cargar con un tipo así es un incordio, pero cualquier proyecto de Estado ha de contar con el elemento de la mística popular. Ten paciencia. La función está a punto de acabar.

Efectivamente, el staretz se había levantado del suelo y recomponía los pliegues de su sotana. Por indicación del príncipe, el conde Salza cerró la ventana.

—Descanse, padrecito. Estoy seguro de que tanto la baronesa como el Altísimo le han perdonado. Querida amiga, ¿por qué no nos deleita con una sonata? La música amansa a las fieras.

La aludida se enjugó las lágrimas con el dorso de la mano y renqueó hasta el piano. La rabia contenida le hacía aporrear las teclas y se multiplicaban los errores. El staretz se había levantado y daba vueltas sobre sí mismo con los brazos en cruz, mientras cantaba a voz en cuello.

—¡Tra-la-la! ¡Tra-la-la!

El príncipe dio dos palmadas.

—*Pianissimo, prego, pianissimo.*

Cuando se hubo atenuado un poco la algarabía, me hizo una señal y ambos nos fuimos a secretear a un rincón.

—Aún no he tenido ocasión de aclararte el motivo de esta pequeña y bulliciosa reunión. Me dirás que con lo visto ya tienes bastante. Pero falta lo esencial. Es muy sencillo: se trata de llevar una carta a Tokio a la mayor brevedad.

Lancé una carcajada tan intempestiva que enmudeció el piano y detuvo sus corvetas el staretz.

—¿Tanto ruido para tan pocas nueces? ¡Por el amor de Dios! Si la primera vez que hablamos de esa dichosa carta le hubieras puesto un sello y la hubieras echado al buzón, hace un siglo que habría llegado a su destino.

El príncipe se frotó las manos y luego se las llevó a la cara.

—Tienes razón, tienes razón. Tu recelo está justificado. El asunto sufrió un retraso imprevisto. Sólo ahora se han allanado los obstáculos y todo se ha puesto de nuevo en marcha. Y ya te dije entonces que no puedo confiar la carta al servicio de correos. Podría caer en manos de terceros, con fatales consecuencias para mis planes y para todos los implicados. Los aquí presentes y muchas personas más, incluida mi ilustre esposa. La carta ha de llevarla alguien de confianza. Y sólo te tengo a ti. El conde Salza es muy eficaz para lo suyo, pero muy torpe para lo demás. No sabe idiomas y carece de tacto. Del staretz, mejor no hablar. Y tanto yo como mi ilustre esposa estamos atados de pies y manos. Nos conocen y nos vigilan. Al primer movimiento impedirían que la carta llegara a donde ha de llegar.

—¿Quién lo impediría? ¿Por qué medios? Y, en definitiva, ¿qué tiene de especial esa carta?

—No te lo puedo revelar. Incluso si aceptases la misión, yo debería mantener en secreto todo cuanto concierne a la carta. Por supuesto, lo irás sabiendo por sus pasos contados. El contenido del mensaje, su destinatario... Pero ahora es mejor mantenerte en la ignorancia. De este modo, si alguien te pregunta, sólo tendrás que decir la verdad: que no sabes nada.

—La suma de alicientes no me estimula. La operación es peligrosa, según veo, ¿y qué beneficios me reportaría?

—De momento, ninguno. Pero yo te suponía implicado en el proyecto general. Ya hemos hablado de eso anteriormente.

—Te diré la verdad. Después de nuestra conversación en el Waldorf Astoria, estaba dispuesto a llevar esa carta a Tokio. Me había hecho a la idea del viaje, lo había preparado cuidadosamente. Pero no volví a saber nada más de ti, ni de tus proyectos, ni de la maldita carta. Esperé en vano y durante la espera ocurrieron cosas decisivas para mí. Me refiero a mis propios proyectos personales. Ahora ya es tarde. Dentro de unos días dejo esta ciudad y regreso a mi país.

La baronesa había vuelto a tocar el *Impromptu* de Schubert con la misma torpeza. Cada vez se equivocaba en los mismos pasajes. Me sentí cansado de aquella farsa. El príncipe me puso la mano en el hombro.

—Tienes razón. Pero tus planes y los míos no son incompatibles. Si dentro de unos días te vas de Nueva York, nada impide que, en vez de volar directamente a Barcelona, pases por Tokio. Al fin y al cabo, en Barcelona no te espera un trabajo, ni nadie en especial. Puedes llegar dentro de tres días o dentro de diez. Ya sé que te preocupa lo que pasa en

España, pero lo que haya de pasar, pasará tanto si estás allí como si estás en las antípodas. En la vida política española tú no tienes ningún papel. De lo que ocurra, te enterarás por la prensa, estés donde estés. ¿Y qué tiene de malo un desvío a Tokio? Puedes quedarte unos días, conocer el Japón. El viaje merece la pena.

Muy a mi pesar, los argumentos del príncipe hacían mella en mi ánimo. En mi fuero interno sabía que el regreso no había de resultarme fácil. Estaba hecho a la vida en Nueva York, a una independencia que no sólo consistía en la posibilidad de hacer mi voluntad sin dar cuenta a nadie de mis actos, sino en la íntima indiferencia con respecto a mi entorno. En Barcelona, por el contrario, me esperaba una tupida red de vínculos personales y una situación general altamente inestable, cuyas oscilaciones por fuerza habían de afectarme en el terreno emocional y práctico. La proposición del príncipe me permitía retrasar siquiera unos días la temida confrontación con la realidad.

—¿Iría solo o me acompañaría alguien?

—El viaje lo harás solo. En Tokio te estará esperando el señor Melgares. Él te pondrá al corriente de todo. La carta no va dirigida a él. Pero él te dirigirá al verdadero destinatario. Has de ponerte en manos del señor Melgares.

¿Estuve aquí? ¿Habré de creer que éste he sido?

En el apartamento de Greenwich Village que había sido mi hogar desde que llegué a Nueva York sólo quedaba la cama, una lámpara de pie y una docena de cajas de cartón cerradas con papel adhesivo, en cuyo interior iban todas mis pertenencias terrenales: libros, discos y ropa. El resto lo había repartido entre amigos y conocidos o, si no había encontrado quien lo quisiera, lo había depositado en la acera, junto a los cubos de la basura, con la esperanza de que algún indigente lo aprovechara o los servicios sanitarios lo trasladaran al cementerio de los trastos inútiles. Ahora aquel espacio desnudo y sin porvenir me parecía angosto y desaseado, pero en él dejaba transcurrir las horas, sumido en la cuenta atrás de una etapa importante de mi vida, incapaz de tomar ninguna iniciativa más allá de la espera.

Una semana antes había recibido una escueta llamada del príncipe Tukuulo para informarme de que el vuelo a Tokio estaba cerrado y cumplimentados los requisitos del viaje. En breve alguien se pondría en contacto conmigo para hacerme entrega del billete y la carta, sobre la cual, a partir de aquel momento, yo asumía plena responsabilidad. Una vez efectuada dicha entrega, y hasta tanto no hubiese concluido con éxito mi misión, en ninguna circunstancia y bajo ningún concepto debía tratar de comunicarme con el propio príncipe ni con persona alguna de su entorno, salvo con el señor Melgares. A todo ello di mi conformidad, nos despedimos secamente y colgó.

En los días siguientes a aquella conversación, organicé el transporte de mis escasos bártulos y, en un gesto de largueza y con no poco esfuerzo por mi parte, cerré un cochambroso restaurante mexicano de Minetta Street e invité a un reducido grupo de amigos de la colonia española y a todos mis antiguos compañeros de la delegación de la Cámara de Comercio a celebrar mi despedida. El señor Carvajal y Paco Andrade, cada uno por su cuenta, se excusaron, alegando no estar en disposición de sobrellevar con buen ánimo lo que para ellos era un penoso trance.

—Demasiadas ausencias. Te aguaríamos la fiesta. Ya sabes que te queremos bien.

Los demás no se mostraron tan acongojados. Proliferaron las margaritas y acabamos cantando rancheras y coplas arrastradas de Conchita Piquer.

En un momento de la reunión Inma Fernández me dio un sobre que había llegado a mi nombre a la delegación. En el bullicio reinante me lo eché al bolsillo y me olvidé de él hasta que lo encontré a la mañana siguiente. De inmediato reconocí el florido membrete del Real Monasterio de Santa Clara y la precisa y afilada letra de la abadesa.

> Apreciado señor Batalla:
>
> El motivo de mi carta es comunicarle que en el día de ayer, festividad de san Marcial, mi so-

brina Araceli contrajo matrimonio en el monasterio de Pedralbes, cuya abadesa es buena amiga mía, debido a que ambas pertenecemos, como seguramente usted sabe, a la orden de las clarisas. Por motivos de trabajo y también, en parte, por motivos de salud, no me fue posible asistir personalmente a la ceremonia, pero no quería dejar de poner el hecho en su conocimiento, ya que me barrunto que Araceli no habrá tenido el detalle de hacerle llegar una participación. Si ahora me atrevo a inmiscuirme en este asunto no es por un torpe afán de cotilleo. Nunca pasó por mi ánimo el ser una correveidile. Pero si mi intuición no me engaña, durante la visita que mi sobrina y yo hicimos a Nueva York, y de la que guardamos un recuerdo tan grato como indeleble, entre Araceli y usted hubo, dentro de los límites de la más estricta honorabilidad por parte de ambos, una fugaz correspondencia, que podríamos calificar de *flirt*, si me permite el uso de este aséptico barbarismo. Si mi suposición es errónea, le ruego la disculpe y la eche al olvido. Si certera, le alegrará saber que el episodio ha concluido del modo más venturoso.

No quisiera dejar pasar esta ocasión para reiterarle lo que le dije en mi anterior misiva. En el orden divino que rige el universo, desde las galaxias infinitas hasta las más insignificantes moléculas, todos los elementos perseveran en la órbita y el rumbo que les ha fijado el Señor. No así la más noble de las criaturas, esto es, el ser humano, que a veces vaga perdido.

Querido señor Batalla, escuche los consejos de esta vieja abadesa que más sabe por vieja que por abadesa, y tome estado. No le propongo que entre en religión, aunque posee usted las cualidades necesarias para llegar lejos en el sistema de nuestra Santa Madre Iglesia, porque ese camino está vedado a quien no recibe el llamado del Señor, pero sí le insto a constituir sin tardanza una familia, si bien para este cometido le considero menos dotado.

Sepa que le recuerdo con sincero afecto, que no le olvido en mis plegarias y a diario le pido a Dios que le dé fuerzas para resistir las tentaciones y le socorra en caso de tribulación.

A eso de las seis de la tarde del día siguiente, oí sonar el teléfono arrumbado en el suelo del apartamento. Yo estaba leyendo y me había quedado adormilado. Contesté y, después de insistir varias veces, en vista de que nadie respondía, colgué y esperé. Obviamente alguien quería asegurarse de que yo estaba en casa y, una vez comprobada mi presencia, no tardaría en venir.

Diez minutos más tarde llamaban al timbre. Abrí y me encontré con Monica Coover. En la mano llevaba un sobre mediano, de papel grueso. Como no había previsto que fuera ella la portadora de los documentos, me quedé desconcertado, sin hacer ni decir nada.

—¿No me invitas a entrar?

Lo decía en tono burlón, pero en su voz había una nota de nerviosismo.

—El apartamento está hecho una ruina. Si hubiera sabido que vendrías tú, te habría citado en otro sitio.

—No seas bobo. He venido a verte a ti. La decoración me trae sin cuidado.

Me hice a un lado. Me entregó el sobre, entró y, sin prestar atención al deprimente estado de la vivienda, se quitó el abrigo, lo dejó sobre una pila de cajas y se sentó en la cama.

Yo cerré la puerta, abrí el sobre y miré el contenido.

—Rufo, deja eso. Sólo puedo quedarme un rato y no tenemos tantas ocasiones de estar juntos.

Dejé el sobre y me asomé a la ventana. En la calle no vi nada capaz de despertar mis sospechas.

—¿Te han seguido? ¿Te vigilan?

Monica dijo que no con la cabeza. Por si acaso, apagué la lámpara. La luz del atardecer dejaba el cuarto en penumbra.

Contra toda lógica, ni en aquella ocasión ni en las anteriores pensé que en la conducta de Monica Coover pudiera haber el menor intento de manipulación. Por más que se hubiera prestado repetidas veces a las maniobras de su marido, en todo momento tuve la certeza de que entre ella y yo existía la sincera y espontánea atracción que nos había unido en nuestro primer encuentro, cuando yo no sabía quién era ella ni ella quién era yo y nada podía relacionar nuestros actos con los disparatados proyectos del príncipe Tukuulo.

—Ayer una persona que cree conocerme me planteó la posibilidad de hacer carrera eclesiástica.

—¿Y aceptaste?

—No te rías. Si me avengo a conspirar con los pretendientes al reino de Livonia, no veo por qué no puedo aspirar al solio pontificio.

—Cuando seas papa ya no querrás saber nada de esta pobre anglicana.

—Eso no. Cuando sea papa tendrás las puertas del Vaticano abiertas de par en par. Claro que para entonces ya seremos dos ancianos.

—Tú no. Los hombres no envejecéis. Es vuestro privilegio. No envejecéis y tampoco maduráis. Toda la vida sois unos niños tontos. Mira el papa, cómo va vestido y las cosas que dice. Las mujeres envejecemos deprisa, pero aprendemos de la vida. No soy feminista. Es la verdad.

Me levanté de la cama, me cubrí con la colcha y volví a mirar por la ventana. Un hombre enfundado en una gabardina fumaba delante de un portal. Me quedé contemplando aquel paisaje tan conocido que pronto dejaría atrás y de repente me di cuenta de que veía la ciudad de un modo nuevo. Desde mi llegada la había mirado con los ojos del forastero que busca lo nuevo y lo distinto. Ahora, en cambio, Nueva York era el lugar donde se desarrollaba mi existencia. Era mi hogar y en breve se convertiría en un mero recuerdo. En aquel momento comprendí que no quería perder para siempre la ciudad, como no quería perder de nuevo a Monica, y aquella sensación me produjo un dolor casi físico.

—Monica, ¿por qué no nos vamos? Tú y yo. A cualquier parte. Lejos.

Como no respondía, me di la vuelta. Se había cubierto la cabeza con las sábanas.

—Hablo en serio.

—De eso no hay garantía. De todas formas, la oferta es tentadora. La consideraría de buena gana, pero no puede ser. Soy una reina consorte. No tengo reino ni tengo consorte, pero éste es el papel que he aceptado desempeñar.

Volví a la cama, me senté en el borde y di una palmada al bulto que se ocultaba bajo las sábanas.

—Sal de ahí y mírame a los ojos.

Monica asomó la cabeza y me miró con cara de interrogación.

—¿De veras crees lo de ser reina y todas esas fantasías que ni siquiera son tuyas?

—Igual que tú, que vas a llevar una carta que no sabes de qué va a la otra punta del mundo a cambio de nada.

—Sí, pero yo luego vuelvo a la realidad.

—Eso que tú llamas fantasías son mi realidad, Rufo. Yo te quiero, pero no soy como tú. Tú estás acostumbrado a pensar las cosas. Después haces tonterías, pero antes las piensas. Yo no. Yo no estoy acostumbrada a pensar. No sé si sabría hacerlo. Me da miedo ponerme a pensar y armarme un lío. Prefiero vivir al día. Ahora estoy aquí en la cama, contigo, y eso es lo único que me importa.

Supe que, a su manera, decía la verdad y me invadió de nuevo el desaliento. Me levanté y volví a la ventana. El individuo de la gabardina se había ido. Era noche cerrada y circulaban pocos coches, algunos taxis y un solitario autobús. A mis espaldas Monica lanzó un hondo suspiro.

—Nunca había hablado tanto rato seguido de mí misma. De ropa y maquillaje, horas y horas, pero de mí..., menudo aburrimiento. Anda, deja de mirar por la ventana y ven. Nadie me sigue ni nadie me vigila. ¿A quién puede interesarle una cabeza hueca como yo?

—Está bien. La persona que me auguró una exitosa carrera eclesiástica me dijo que no servía para marido.

—¿Cómo lo sabe? ¿Fuisteis novios?

—No. Tiene ochenta años y es monja.

—Será mejor que no siga preguntando.

Al cabo de un rato me desperté con la boca seca a causa de la calefacción. Como en la nevera no había nada, bebí agua del grifo. Monica preguntó qué hora era. La luz de la nevera permitía distinguir el reloj de la cocina.

—La una y media.

—Me tengo que ir.

—¿Tú sola, a estas horas, por Nueva York? Ni hablar. Quédate hasta que se haga de día.

—Eso no puede ser. Pide un taxi por teléfono.

—Te acompaño.

—No hace falta, de veras. Y es mejor que no sepas a dónde voy.

Bajamos al zaguán. Cuando llegó el taxi, Monica salió corriendo. La alcancé antes de que cerrase la puerta del vehículo.

—¿Tienes dinero?

—Hoy sí. ¿Quién dijo que no servías para marido?

—¿Cuándo nos volveremos a ver?

—No lo sé. Diviértete en el Japón. Y sé prudente.

It wasn't paradise.
It wasn't paradise.
It wasn't paradise.
But it was home.

En los aviones, especialmente en los viajes largos, me invade un sucedáneo de la felicidad. Poco después de despegar del JFK mis miedos y sinsabores habían quedado atrás. Hasta entonces lo había pasado mal. En el taxi, camino del aeropuerto, no quise volver la mirada y ver el perfil del Manhattan que, a partir de aquel momento, quedaría para siempre reducido a la categoría de tarjeta postal. Aun así, tuve que hacer un esfuerzo para contener las lágrimas. Por fortuna, al llegar al aeropuerto me absorbieron los trámites. Ahora volábamos sobre una mullida capa de nubes blancas. Cuando se abrían claros veía extensiones de tierra parda. Me reconfortaba pensar que estábamos cruzando el continente americano, hacia el océano Pacífico, y no el Atlántico, en dirección a España.

En Alaska hicimos una escala técnica. En la sala de tránsito había un oso blanco disecado en una vitrina. El taxidermista lo había inmortalizado en su pose más temible: erguido sobre las patas traseras, con las patas delanteras levantadas, las garras dispuestas para el ataque y la boca abierta. Aquella agresividad póstuma me pareció una humillación para el animal y una bajeza por parte de los curiosos que lo contemplábamos con desinteresada impunidad.

Al reanudar el vuelo y alejarnos de tierra firme, vi enormes icebergs flotar en un agua plomiza que no parecía tener límites. Aquella desmesura tuvo por efecto minimizar mis dolorosos recuerdos y convertir en una historia trivial los años vividos en Nueva York. Acunado por esta balsámica noción, me quedé dormido.

Al despertar, las luces de cabina estaban apagadas. Por la ventanilla se veía un cielo negro y sin estrellas. En la línea curva del horizonte brillaba un resplandor rojizo. En el asiento contiguo viajaba un americano grueso y tranquilo, que había consumido varios botellines de vodka hasta caer en un beatífico estupor. Ahora, sin embargo, miraba por encima de mi hombro. Me aparté para facilitarle la visión de las primeras luces del alba. Me dio las gracias y señaló al exterior.

—Bienvenido al Imperio del Sol Naciente.

Después balbució algo incomprensible y se volvió a dormir.

Al salir a la terminal de llegada me abordó un individuo.

—Soy Melgares.

Al decir esto dobló tres veces el espinazo. Yo esbocé una inclinación y le tendí la mano y él me atajó con un ademán imperioso.

—No se incline, no se incline. En el Japón la reverencia es un gesto complejo. Hay muchas reverencias, más de diez. Quizá veinte. Unas son femeninas, otras masculinas, unas de sumisión, otras de altiva indiferencia, reservadas a miembros de la familia imperial. Haga lo que haga, será malinterpretado. No dé la mano. Manténgase rígido. No sonría.

Amodorrado y un tanto cohibido por las admoniciones del señor Melgares, saqué la carta del príncipe Tukuulo, que guardaba celosamente en el bolsillo interior de la chaqueta e hice ademán de entregársela. Al verla se demudó el rostro rubicundo del señor Melgares.

—¡Por el amor de Dios, guarde esa carta! ¡Nadie debe verla, salvo la persona a quien va destinada! Y esa persona no soy yo. Yo sólo soy un humilde intermediario.

Al pronunciar aquella palabra volvió a hacer una reverencia.

—Mi trabajo consiste en ponerme a su servicio, velar por su seguridad y su confort y hacerle la vida grata hasta tanto la carta no llegue a su destino.

—¿Y eso cuándo será?

—Pronto. O tarde, según se mire. Estamos en Asia. Aquí el tiempo discurre de un modo distinto. Usted viene de América. Allí cada minuto cuenta. Aquí la eternidad y el instante son dos caras de la misma moneda. Se tendrá que adaptar.

—Lo intentaré. ¿Cómo me ha reconocido?

El señor Melgares se echó a reír. Tenía la boca grande y los dientes largos.

—¿Usted también cree que todos los occidentales somos iguales?

Él, desde luego, no lo era. Habría llamado la atención en cualquier parte, pero en Haneda resultaba una atracción de feria. Era pelirrojo, con la piel rosada cubierta de pecas y unos ojos azules, redondos y saltones. No medía menos de dos metros de altura, era enjuto de cuerpo, con los brazos muy largos y unas manos enormes. Vestía un terno marrón claro y una gabardina corta.

—Sin duda estará cansado. Es natural: el viaje es extenuante y el cambio de hora agrava la condición del viajero. Pronto podrá descansar. Tiene habitación reservada en un buen hotel. No de lujo. Un buen hotel para los parámetros japoneses. Se tendrá que adaptar. Ahora mismo le conduciré a su alojamiento. Antes hemos de llegar al centro de la ciudad, claro. El hotel está situado en pleno centro, si es que Tokio tiene centro. Mi coche está en el parking. Se puede ir al centro en tren. En coche el trayecto es más lento, pero más cómodo. Los transportes públicos van abarrotados a todas horas. Se tendrá que adaptar. No llegaremos con rapidez. Tokio es una conurbación inmensa. Las casas son bajas, por los terremotos, y aquí viven millones y millones de personas. Todos japoneses. Al principio eso es lo que más llama la atención del forastero.

Sin atender a mis protestas, había cogido mi maleta y caminaba por la terminal a grandes zancadas. Yo le iba a la zaga procurando no perderlo de vista. Por fortuna, su cabeza estrafalaria sobresalía entre la muchedumbre y le daba una nota de color.

Anduvimos un buen rato por el aeropuerto, no sé si porque era complicado llegar al aparcamiento o porque el señor Melgares se extraviaba continuamente. Como todos los rótulos estaban escritos en caracteres chinos, yo no podía hacer nada, salvo seguir a mi ceremonioso guía.

Finalmente llegamos al aparcamiento y, cuando hubo encontrado su coche, el señor Melgares lo saludó con otra reverencia.

—Es mi coche. A la disposición de usted. Disculpe la calidad y negligente mantenimiento del vehículo. Viniendo de América esto le parecerá un juguete de latón. Es un modelo japonés. Toyota. Desde hace años los japoneses intentan hacerse un hueco en el concierto económico mundial a base de fabricar imitaciones baratas de la tecnología occidental: radios, televisores, automóviles..., con todo se atreven. Son trabajadores, disciplinados y austeros en grado sumo. Cuando uno los conoce no puede dejar de admirarlos y menospreciarlos a partes iguales. Siempre fueron pobres y después de la guerra se morían literalmente de hambre. De madrugada pasaban camiones recogiendo los cadáveres. Eso duró bastantes años. Ahora están levantando cabeza.

Mientras me daba aquella información, íbamos recorriendo barrios extensos de casas de un solo piso, de aspecto sencillo. Al cabo de un par de horas le pregunté si faltaba mucho para llegar al centro.

—Oh, no, estamos en Nihonbashi. El mero centro.

Al decir esto, el señor Melgares hizo una reverencia aparentemente dirigida al nombre de la circunscripción. Como era tan alto y el coche tan bajo, al inclinarse se daba un coscorrón contra el parabrisas.

—No se extrañe. Esto no es América, y menos Europa. Desde el punto de vista arquitectónico, Tokio no vale nada. Durante la guerra los bombardeos lo dejaron convertido en un solar, pero antes tampoco era gran cosa. Los japoneses tienen una noción muy peculiar de la belleza, al menos desde nuestro punto de vista. Para ellos lo importante es la armonía. Bonito y feo son términos carentes de significado. Prefieren un conjunto feo pero armónico a algo bonito e inarmónico. El deporte nacional de Japón es ver cómo se pegan dos obesos mórbidos.

Algo debía haber de cierto en las aparentes sandeces de mi interlocutor. Desde que habíamos abandonado el aeropuerto, mi atención había estado puesta en los menores detalles que me permitieran identificar la realidad objetiva con la imagen que yo me había formado del Japón a través de los libros, los grabados y las películas, pero sólo veía un conglomerado urbano denso, impersonal y desprovisto de exotismo.

De repente, el señor Melgares frenó bruscamente en mitad de una avenida. Se disculpó por la maniobra y la justificó diciendo que había avistado un lugar donde dejar el coche.

—Hemos tenido mucha suerte. En Tokio no hay forma de aparcar en la calle. Seguramente alguien se acaba de ir. Un milagro.

Bajó del coche y dedicó una reverencia al coche y otra al parquímetro.

—No estamos cerca del hotel. Ni mucho menos. En realidad, en este barrio no tenemos nada que hacer. Pero no se puede dejar pasar una oportunidad así. Si le parece, aprovecharemos para comer algo. Así luego le dejo en la puerta del hotel y no ha de volver a salir. Le conviene reponerse de la fatiga del viaje. Tiene mucho trabajo por delante y la vida en Tokio es muy agitada. La filosofía de esta gente consiste en buscar la paz interior, pero en la práctica llevan un cohete pegado al culo.

Entramos en un restaurante pequeño y escasamente amueblado.

—Espero que la comida le resulte tolerable. El primer encuentro de los occidentales con la cocina japonesa suele ser traumático. Comen pescado crudo y algas. Sentarse en el suelo es otro problema. Por no hablar de los palillos. Como es natural, en estas condiciones a nadie se le ocurriría abrir un restaurante japonés en un país civilizado.

A servirme de los palillos había aprendido en los restaurantes chinos. Lo demás me era del todo nuevo.

El pescado crudo me pareció delicado y sabroso, al igual que el resto, aunque luego me quedó un sabor extraño y un poco empalagoso en el paladar.

La habitación del hotel era angosta y la decoración, austera. Antes de dormirme, con no pequeño esfuerzo, deshice la maleta y escondí la carta como mejor pude entre la ropa. Una vez más tuve la tentación de abrirla y una vez más la rechacé, porque sólo el misterio de la carta daba sentido a aquel viaje improcedente.

La nouvelleté des choses nous incite plus que leur grandeur à en rechercher les causes.

Me desperté al romper el día. Como el señor Melgares había quedado en pasar a buscarme a las once, decidí salir a dar una vuelta.

La calle era ancha, el tráfico, denso. Sin saber a dónde iba, eché a andar en medio de la gente. En una cafetería de aspecto americano tomé un café y un bollo. Luego seguí vagando, confuso y desorientado, por un lugar que no significaba nada para mí y rodeado de una muchedumbre absorta en sus cosas y totalmente ajena a mi existencia.

Al cabo de un rato llegué a la puerta de un parque público cercado por una barda de ladrillo. La puerta de entrada estaba enmarcada por dos columnas gruesas pintadas de rojo y rematadas por dos travesaños paralelos del mismo color. A cada lado de la puerta, en sendas hornacinas, había unas estatuas muy grandes que representaban guerreros con facciones de demonio blandiendo espadas. No parecían amigos, pero tampoco daba la impresión de que fueran a luchar entre sí. Debían de proteger el recinto y no daban miedo, pero infundían respeto. A aquella hora el jardín estaba casi desierto. Caminé hasta un diminuto estanque y regresé al hotel, a esperar al señor Melgares.

De aquel día y del siguiente guardo imágenes fragmentarias y desordenadas. No me gusta hacer turismo: las impresiones se acumulan con una rapidez que me impide asimilarlas y pronto dejo de prestar atención a lo que veo. Esta actitud, unida al desajuste horario y al desconcierto de no saber cuál era el objeto de mi presencia en Tokio, me hacía ir de un sitio a otro como en un sueño inconexo. Luego, a solas en mi habitación, apenas recordaba lo que había hecho durante la jornada.

Como muchos occidentales, el señor Melgares tenía en muy poca estima el Japón moderno. Todos aquellos detractores habían sentido por el país y su cultura una fascinación estética e intelectual a partir de la concepción que ellos se habían formado, y luego habían sufrido una tremenda desilusión al comprobar la rapidez y la facilidad con que la sociedad japonesa se desprendía de sus valores tradicionales para absorber sin reservas el modo de vida americano. Y como suele ocurrir en el terreno emocional, las víctimas no achacaban la decepción a su propio error de juicio, sino a una alevosa traición por parte del objeto de sus fantasías.

Según él mismo me contó, diez años atrás el señor Melgares había viajado al Extremo Oriente atraído, como tantos jóvenes de la época, por la filosofía budista. Su intención inicial había sido recluirse una larga temporada en un monasterio situado en la cumbre del monte Hua, cerca de la población de Weinán, en la provincia de Shaanxi, pero en aquellos años la China estaba inmersa en la Revolución Cultural, y los informes que le llegaban le disuadieron de emprender el viaje. Por este motivo, recaló en el Japón, donde florecía una escuela de budismo originaria de la China denominada Chan y, en su variante japonesa, Zen.

Lo que sucedió allí fue una cadena de desengaños inapelables. Por alguna razón que no llegó a explicitar, quizá por considerarla obvia incluso para alguien tan ignorante en la materia como yo, el señor Melgares llegó a la conclusión de que los japoneses, del mismo modo que prosperaban en el terreno económico a base de vender imitaciones baratas de electrodomésticos, cámaras fotográficas y automóviles, se imponían en el terreno intelectual vendiendo un simulacro de budismo aderezado con elementos de confucianismo, taoísmo, yoga y artes marciales, para uso de hippies, ejecutivos descerebrados y amas de casa desencantadas de la vida.

—Fíjese usted en lo que le digo: en la primera mitad del siglo XX los judíos monopolizaron la cultura occidental, y en la segunda mitad pasará lo mismo con los japoneses. Pero lo harán porque venden fruslerías muy bien empaquetadas.

A mí aquel análisis me parecía tan banal como la banalidad contra la que iba dirigido.

—Si aborrece el país, ¿por qué sigue aquí después de tanto tiempo?

—Ah. No tengo oficio ni beneficio. Conozco el país y la lengua y me gano la vida haciendo de guía, como ahora con usted.

—Yo no quiero hacer visitas guiadas. No quiero conocer los secretos de la cocina japonesa. Estoy harto de ver templos. Todos son iguales. Yo he venido con un propósito concreto. Y usted no para de darme la paliza, señor Melgares. No se ofenda.

—No me ofendo. Es parte de mi trabajo. Nadie queda satisfecho. Pero la culpa no es mía, sino del Japón. Ser guía en París, en Venecia..., eso lo puede hacer cualquiera.

Se sirvió otro cuenco de sake y suspiró. Él tampoco prestaba atención a lo que yo le decía.

—Además, yo ya no podría vivir en otra parte.

De las pláticas del señor Melgares deduje que la originalidad del Japón no se ofrece a los ojos del forastero, como ocurre en Nueva York o en algunas capitales europeas, sino que se oculta tras un velo tan opaco que el visitante acaba dudando de si realmente habrá algo detrás. En aquella incógnita insoluble estribaba el atractivo del país.

En la mañana del cuarto día de mi estancia en Tokio, esperé al señor Melgares en la recepción del hotel a la hora convenida, pero no se presentó.

La recepción era una pieza tan reducida como el resto del hotel. Aparte del mostrador, tenía una mesita baja y dos butacas de cuero sintético. Una de las butacas la ocupaba una japonesa de aspecto frágil y aire apocado. Parecía muy joven y vestía como una oficinista. Sobre las rodillas tenía un cartapacio abierto. Lo estudiaba con aparente detenimiento y, de vez en cuando, levantaba la cabeza y me lanzaba miradas con un disimulo que hacía más evidente su indiscreción.

Al cabo de media hora de plantón, opté por volver a la habitación. Al adivinar mis intenciones, la chica dejó el cartapacio sobre la mesita, se levantó y vino a ponerse delante de mí. Sin darme tiempo a reaccionar, hizo tres reverencias seguidas. Después de cada reverencia dejaba escapar una risita nerviosa, se tapaba la boca con la palma de la mano y pronunciaba una frase atropellada.

—Tukuro no Kimi.

Le pregunté si hablaba inglés y esta pregunta redobló su confusión.

—*Very little, very bad.*

—Pues no sé qué vamos a hacer.

—Ah, eso no es problema. Hablo un español perfecto.

—Haber empezado por ahí. ¿Qué quieres?

—Tukuro no Kimi.

Como no entendí la expresión ni tenía interés alguno en entenderla, me encogí de hombros e hice ademán de dirigirme al ascensor. Ella estaba tan apurada que por un momento pensé que se desmayaría. Me dio pena.

—¿Te envía el señor Melgares?

Hizo una reverencia al oír aquel nombre.

—Melgares-sensei no vendrá hoy. Yo soy tu acompañante de sustitución.

Regresó al lugar que ocupaba antes, recogió el cartapacio de la mesita y me lo mostró.

—Muchas cosas para ver en Tokio.

—¿Cómo te llamas?

—Norito.

—No me gusta hacer turismo, Norito.

Abrió el cartapacio y me mostró la foto de un templo.

—Maldita sea, otro templo. ¿Está lejos?

—Para las distancias de Tokio, no. En términos generales, sí.

Resignadamente seguí a mi nueva guía.

Norito no tenía coche y me llevaba a todas partes en metro, lo que resultó una experiencia muy estimulante. Aunque el servicio era frecuente, los vagones iban siempre abarrotados y como, por lo general, yo era el único ejemplar occidental en medio de aquella masa humana, por primera vez tenía conciencia de estar realmente en un lugar extraño y nuevo. En las estaciones se producían momentos de incertidumbre, porque a veces, en medio de una multitud frenética, perdía de vista a Norito. Los rótulos estaban en caracteres chinos y yo, abandonado a mi suerte, no habría sabido ni dónde estaba ni a dónde había de ir. En estas ocasiones Norito también pasaba grandes apuros, pero mi estatura le permitía localizarme con rapidez. Entonces me agarraba de la manga y, sin hacer ningún comentario, tiraba de mí como si arrastrara una maleta. Estas pequeñas peripecias me divertían.

En la mañana del primer día, después de una hora y media de viaje subterráneo y dos transbordos, llegamos a un templo bastante grande, situado en medio de una barriada populosa, fea y desmantelada. Por suerte, el templo estaba separado del entorno urbano por un muro de piedra y rodeado de un jardín no muy grande, pero tranquilo y bien cuidado, que me hizo pensar en el *hortus conclusus* de la imaginería piadosa.

En la entrada, un castaño empezaba a echar brotes de un verde brillante. Junto al muro había un arriate de bambús enanos. Anduvimos por un sendero que bordeaba un estanque. Entre plantas acuáticas se movían unas carpas de colores. En un rincón del estanque había un curioso mecanismo, consistente en un tronco de bambú de unos cincuenta centímetros que oscilaba sobre un eje. Una fuente iba llenando el tubo hasta que el peso lo hacía volcar y derramar el agua en el estanque, con lo que recuperaba la posición inicial. Al chocar, el bambú producía un sonido de madera seco, como de castañuela.

En el interior del templo había varias estatuas que representaban deidades, unas con sonrisa y gesto benévolo, y otras con la fiereza que ya había visto el primer día en el jardín cercano al hotel. Estas últimas, con facciones de energúmeno, los ojos desorbitados y la boca abierta, me recordaron a los títeres de la cachiporra a gran escala. Norito me explicó que no eran criaturas salvajes ni malvadas, sino protectoras, aunque con mal carácter. Según había podido colegir de mis lecturas, la mitología japonesa proviene de una mezcla de religiones y no tiene reparo en yuxtaponer la deidad al personaje de cómic. A mí aquel panteón me parecía poco serio, pero preferible al opresivo ejército de santos que había presidido mi infancia, personajes desabridos y empeñados en rivalizar entre sí en padecimientos y dolores.

Norito me dijo que aquellas figuras heterogéneas representaban bodhisattvas. Un bodhisattva era un individuo que había seguido el camino de la perfección, pero antes de dar el paso definitivo y alcanzar el nirvana, había preferido permanecer en el mundo para ayudar al prójimo. Unos bodhisattvas eran amables y otros, muy fieros. Los bodhisattvas fieros castigaban severamente la injusticia, el abuso y algunas debilidades del alma humana. Yo le expliqué que en la religión cristiana sucedía lo mismo. A los seres humanos la idea de un dios todopoderoso les viene grande y sacan de donde sea unos intermediarios a los que asignan funciones concretas y a los que se pueden dirigir en caso de necesidad. Entre los cristianos, san Antonio ayuda a las chicas a encontrar novio, santa Bárbara desvía los rayos en las tormentas y san Cristóbal previene los accidentes de tráfico. De mi tono Norito dedujo que yo era un descreído, pero se abstuvo de mostrar conformidad o desagrado hacia mi postura.

En el templo había bastantes fieles. Los observé y también me agradó su talante despreocupado, muy distinto de la forzada actitud de arrepentimiento o de éxtasis que se espera de los católicos en la iglesia. En aquel templo los devotos circulaban con aire de estar haciendo algo rutinario y práctico a la vez, como quien recorre las distintas secciones de unos grandes almacenes. Unos quemaban incienso o dejaban unas ofrendas sencillas, otros enganchaban papelitos con sus ruegos. La propia Norito no dejaba de inclinarse o de dar tres palmadas cuando convenía, sin perderme de vista ni aminorar el ritmo de la visita. En conjunto, el ambiente infundía al visitante un sencillo bienestar. Tuve la impresión de que los japoneses tenían mejor integrada la religión en su vida cotidiana que los católicos o, al menos, de un modo más prosaico. Aunque sus creencias debían de ser tan absurdas como las de cualquier otra religión, tal vez allí habían transferido a la vida social las normas estrictas y el meticuloso ritual de la liturgia, y relegado la intervención divina al terreno utilitario y ornamental.

De camino a la salida tuvimos que hacernos a un lado del sendero para dejar paso a un cortejo nupcial. Los novios, con sus kimonos aparatosos, sí parecían sacados de un grabado. La novia debía de ser una belleza según los cánones locales: tenía el óvalo de la cara en forma de pepita de melón, por usar la expresión sacada de un relato de Tanizaki, llevaba la cara enharinada y los labios de un rojo casi fosforescente, lo que la hacía del todo inexpresiva, y se movía con gestos mínimos y maquinales, como un autómata con las pilas casi agotadas. El novio iba vestido de samurái, pero tenía cara de oficinista y la expresión huidiza y acobardada de todos los hombres que van a contraer matrimonio. Sin motivo alguno la pareja me inspiró una mezcla de fascinación y condescendencia. El resto de la comitiva iba vestida a la manera occidental. Un par de señores, de chaqué; el resto, de negro, y las señoras, con modelos de alta costura y pamelas. Un fotógrafo corría de un lado para otro.

Norito me comentó que las bodas públicas, como aquélla, eran una moda reciente. Antiguamente, las ceremonias matrimoniales se celebraban en las casas. Ahora, sin embargo, primaban las costumbres americanas. Yo le dije que aquel vestuario y aquel ceremonial, que en Tokio parecía una costumbre importada de los Estados Unidos, en Nueva York habría parado la circulación.

Norito se apresuró a pedirme perdón. Quién era ella para hacer un comentario tan fútil y tan fuera de lugar.

Quizá por ser japonesa y encontrar normal todo lo que nos rodeaba, Norito no me abrumaba con observaciones y exégesis, como había hecho el repelente señor Melgares. La discreción con que Norito cumplía con sus obligaciones de guía me resultaba mucho más satisfactoria y en su compañía el desasosiego inicial fue dejando paso a una tranquila curiosidad y una cierta indiferencia al paso de los días. Ella también fue perdiendo parte de su timidez inicial y acabamos conversando sin envaramiento, aunque yo percibía en su trato un respeto casi reverencial que, en aquel momento, consideré idiosincrático.

A veces Norito me contaba episodios aislados de su vida. De adolescente y casi sin saber cómo, se había quedado embarazada de un compañero del instituto. Su familia, pese a ser muy quisquillosa en lo tocante a las apariencias y al qué dirán, no le hizo ningún reproche, pero la obligó a dar al niño en adopción. Por entonces las condiciones de vida eran todavía muy precarias y la medida no carecía de lógica. Norito obedeció y desde entonces nunca volvió a saber nada de su hijo. Más tarde se casó con un joven aprendiz de farmacéutico, del que se divorció al cabo de cuatro años. En el ínterin había asistido a una escuela de idiomas donde había aprendido español y portugués. Le gustaban los idiomas y le parecían un buen medio de ganarse la vida. A Norito le atraía todo lo extranjero y, paralelamente, lamentaba la excesiva facilidad con que sus compatriotas asimilaban las costumbres y la forma de pensar de otras culturas, por más que fueran ajenas e incluso antagónicas a las tradiciones ancestrales del Japón.

Yo le replicaba que los rasgos que para ella constituían la quintaesencia de la cultura japonesa habían sido importados siglos atrás de la China y de Corea, que todas las civilizaciones se habían desarrollado de la misma manera y que su actitud, en el fondo, era arrogante, ya que se basaba en la creencia de que el Japón no necesitaba de nadie para sobrevivir y afrontar los cambios con éxito.

Norito me pedía perdón, pero no se apeaba del burro.

—Para un occidental es muy difícil comprender la manera de pensar de los japoneses.

—Cuando yo era niño, en Barcelona, había un tonto en mi barrio. Nadie entendía lo que hacía ni lo que decía y esto le hacía creer a él que los tontos eran los demás. La mitad de la inteligencia es entender, la otra mitad, hacerse entender.

Norito se deshacía en excusas y reverencias, pero seguía pensando lo mismo.

He went to sea, and entering the regions so well known to his imagination, found them strangely barren of adventure.

Una mañana, cuando ya empezaba a olvidar la razón por la que llevaba seis días en Tokio entregado al ocio, Norito me dijo que hiciera el equipaje.

—¿A dónde vamos?

—Hemos de entregar la carta, Tukuro no Kimi.

—¡Oh, la carta! Por fin algo se mueve. Pero no entiendo lo del equipaje.

Norito abrió su bolso y sacó una pequeña carpeta rectangular.

—Nos vamos de Tokio. Aquí están los billetes.

—¿Nos vamos, en plural?

—Yo debo acompañarte. Te pido mil perdones.

En el suelo, junto al mostrador de recepción, vi una bolsa de viaje de cuero negro.

—No te daré el gustazo de hacer más preguntas y ver cómo pones esa cara de pasmarote.

Subí a la habitación e hice la maleta. Al bajar, Norito había pagado la cuenta del hotel y un taxi nos esperaba en la calle. Norito le dio la dirección del aeropuerto.

En Haneda, le di el pasaporte a Norito y me dejé guiar sin poner trabas hasta que estuvimos dentro del avión.

A poco de despegar atravesamos una zona de turbulencias. No era época de tifones, pero soplaban fuertes vientos. Ni siquiera cuando hubimos superado la zona de nubes cesaron los bandazos. Los pasajeros guardaban silencio. Al cabo de una hora, se restableció la calma. Reaparecieron las azafatas muy sonrientes. Habían cambiado el habitual uniforme, vagamente militar, por unos kimonos claros con estampados de flores. Repartían toallitas calientes y preguntaban en japonés y en inglés si queríamos algo de beber. Pedí un bloody mary. Mientras esperaba que lo trajeran, decidí abordar a Norito, que había permanecido a mi lado, encogida y callada, mientras duró la inestabilidad atmosférica.

—¿Puedo saber a dónde estamos yendo?

—A Bangkok.

—¿Allí he de entregar la carta?

Norito se excusó de no saber más. Lamenté la ausencia del señor Melgares. Era un pelmazo, pero seguramente me habría aclarado un poco la situación.

—Si he de entregar la carta en Bangkok, ¿por qué me he tirado una semana en Tokio como un idiota?

Norito se tapaba la boca con la mano para ocultar su risita nerviosa.

—Yo me limito a seguir las instrucciones que tú mismo diste antes de venir.

—¿Yo di instrucciones?

—Al señor Melgares. Tú eres quien manda, Tukuro no Kimi.

La azafata me sirvió la bebida y dejó en la bandeja una bolsita de cacahuetes salados. Di unos sorbos, eché hacia atrás el respaldo del asiento y cerré los ojos. Una vez más había entendido demasiado tarde la treta del príncipe. La carta misteriosa no contenía nada: sólo era un pretexto para embarcarme en un viaje cuyo destino y propósito no se me había dado a conocer, pero en el cual yo debía hacerme pasar por otro. El desvío de Tokio había servido para borrar posibles pistas de mi paradero y seguramente del paradero del príncipe.

—Norito.

—¿Qué?

—Más vale deshacer el malentendido cuanto antes. Yo no soy el príncipe Tukuulo. Yo no soy Tukuro no Kimi.

Norito reflexionó un rato. Luego sonrió.

—Ah. Incógnito. Ya entiendo. ¿Cómo debo llamarte a partir de ahora?

—Rufo. Rufo Batalla.

Norito hizo una reverencia tan profunda como le permitía el cinturón de seguridad.

—Será como tú deseas, Batara-san.

Opté por dejar las cosas como estaban. Llegado a aquel punto, no me cabía otra salida que llevar la impostura hasta el final. En mi fuero interno sabía que el príncipe me había utilizado sin reparos, como en ocasiones anteriores, pero no lo creía capaz de hacerme incurrir en peligros físicos ni ilegalidades graves. Al fin y al cabo, yo había aceptado la misión atraído por las sorpresas inherentes a la peripecia. Y si yo había de representar al príncipe, el que todo saliera bien redundaba tanto en su interés como en el mío. Decidí no dar más vueltas al asunto, estar alerta y esperar nuevos acontecimientos.

Después de comer, descabecé un sueño. Al despertar aún era de día. El cielo estaba despejado y por la ventanilla vi una enorme extensión verde. El mapa me confirmó que sobrevolábamos Vietnam.

Muy poco sabía yo de aquel país, condenado al silencio informativo a raíz del dramático final de una guerra que había ocupado el centro del escenario mundial mientras duró. Una generación de norteamericanos había crecido con aquel conflicto como único referente ético y moral. Ahora de aquel movimiento sólo quedaban unas canciones condenadas al archivo de la nostalgia y unas películas violentas e inverosímiles. Probablemente el silencio evitaba admitir la inutilidad de tantos muertos y tanta destrucción. Los responsables del conflicto seguían en sus puestos, ocupados en otros problemas más acuciantes, o gozaban de plena impunidad en un cómodo exilio, mientras los protagonistas directos de la barbarie trataban de sobreponerse al horror, al sufrimiento, a la ruina y a las pérdidas. Abandonado a su suerte, Vietnam debía hacer frente a una nueva situación para la que tantos años de guerra mal podían haberlo preparado. La economía del país estaba deshecha y las posibilidades de reconstrucción eran escasas en un mundo que no veía con buenos ojos aquel tipo de hazañas. En la China, Mao agonizaba y el país se disponía a enterrar sus fantasías revolucionarias y a emprender un nuevo camino hacia el desarrollo material. La Unión Soviética de Brézhnev era un gigante anquilosado y dispuesto a pactar con quien fuera para lograr la distensión política. Antes de caer en desgracia, Nixon había ofrecido a unos y otros un pacto tácito encaminado a enterrar estériles discordias y cooperar en beneficio de una economía común. En este nuevo panorama, el vencedor de una guerra incómoda quedó oculto por una cortina, tras la cual se oía el áspero lamento de las ejecuciones sumarias y los campos de reeducación, un ruido sórdido que hería los oídos de quienes desde el exterior se habían enfrentado a su propio país para defender a Vietnam, muchas veces a costa de grandes sacrificios. Los epílogos de las guerras siempre son capítulos molestos, que contradicen la trama violenta pero incuestionable que los precede.

Aterrizamos en Bangkok ya anochecido.

Al salir de la terminal el aire era espeso, caliente y pegajoso. Subimos a un taxi desvencijado, pero con un aire acondicionado operativo. Norito mostró al taxista una hoja impresa con el nombre del hotel. El taxista se rio y dijo que hablaba inglés, francés, alemán y holandés y que podía llevarnos a donde quisiéramos. Restaurantes típicos, masajes y locales para hombres, para mujeres y mixtos. Yo le dije que estábamos cansados y que queríamos llegar cuanto antes al hotel y accedió refunfuñando.

Fuimos bien hasta que nos metimos en unas calles anchas, pero abarrotadas. Quizá el taxista tomó aquella ruta para mostrarnos los atractivos del lugar, o para alargar el trayecto y cobrarnos más.

En las fachadas se superponían los anuncios de neón. Unos en el acaracolado alfabeto tailandés, otros en alfabeto latino. Estos últimos tenían nombres sugerentes. Hot & Spicy, Chit-chat Girls, Not in Kansas. El ambiente, sin embargo, no era festivo. Como las aceras estaban ocupadas por puestos de comida y tenderetes rebosantes de ropa, zapatos y cacharros, los viandantes habían invadido la calzada. Los vehículos avanzaban con exasperante lentitud, a merced de la buena voluntad de los peatones, que se apartaban para dejarlos avanzar medio metro y luego los envolvían de nuevo. El aire estaba quieto y todo parecía sumido en una neblina formada por el humo oleoso proveniente de los puestos de comida y los tubos de escape de los coches y las motos. Ni con las ventanillas del taxi cerradas nos librábamos de las tufaradas. A menudo la circulación se desviaba porque había un hombre con aspecto cadavérico tendido en el suelo, en medio de la indiferencia general.

Había gente asomada a las ventanas o sentada en los alféizares, con las piernas colgando hacia fuera. Los peatones nos miraban con aire huraño.

Norito estaba inquieta y había mudado su habitual impavidez por un fingido desdén aristocrático.

—¿Asustada?

—Este lugar es horroroso.

—Bueno, al menos ha conseguido borrarte de la cara esa risita boba.

—Eres odioso, Batara-san.

L'on n'avait pas le temps de prendre haleine et l'on s'étourdissait au lieu de s'amuser.

Apartado del centro y rodeado de un extenso jardín, el hotel era un oasis por fuera y el palacio de Aladino por dentro. Estaba decorado con profusión de dorados y tenía una refrigeración tan potente que apenas llegado empecé a estornudar.

Dejé a Norito en el mostrador rellenando formularios y me acerqué a una cristalera. Rodeada de arbustos se veía la piscina iluminada y un muro de árboles recortados contra el cielo.

Cansados del viaje, nos fuimos directamente a dormir. En el pasillo, antes de despedirnos, Norito me anunció que al día siguiente saldríamos pronto.

—Vaya, yo pensaba que nos quedábamos unos días aquí, en plan ricacho.

—No, no. Bangkok es el principio del viaje. Un coche nos recoge a las nueve para llevarnos a otro lugar.

—Pero en Bangkok hay muchas cosas que ver. Templos, un mercado flotante. Lo he leído en la revista del avión.

—Te pido mil perdones. Pero como siempre dices que no te gusta hacer turismo...

Detecté un cierto retintín en su voz.

—Estás tú muy marisabidilla, ¿eh?

Norito hizo una profunda reverencia.

—Buenas noches.

Con implacable puntualidad, a la mañana siguiente vino a recogernos un viejo Ford Falcon abollado y despintado, pero muy limpio y confortable por dentro. El chófer tenía rasgos malayos, vestía a la europea, chapurreaba el inglés e invocaba a Alá al menor incidente.

Al principio el trayecto discurrió junto a un río caudaloso, de aguas quietas color de chocolate. Luego dejamos el río a nuestra espalda y nos dirigimos al oeste, a juzgar por la posición del sol, a través de un valle de exuberante fertilidad. Los campos de labranza estaban cubiertos de lodo. Grupos de mujeres recogían algo de los surcos dobladas en ángulo recto, con la falda arremangada y protegidas del sol por sombreros anchos de paja. Entre los surcos había cebús sueltos, inmóviles, con las patas hundidas en el barro.

Como la refrigeración del coche era deficiente, abrí la ventanilla. Entraba un aire cálido, cargado de aromas penetrantes, y por encima del petardeo del motor se oía el zumbido de las cigarras y los extraños graznidos de las aves.

Me di cuenta de que nunca había contemplado una cultura agrícola en estado puro. Aquella sensación bastó para borrar la impresión inhóspita de la víspera y reemplazarla por el atractivo irracional de los países tropicales.

Pasado el mediodía, al coronar una loma, avistamos una playa larga, de arena blanca, y un mar tranquilo y radiante. Pregunté dónde estábamos y el chófer respondió que aquélla era la bahía que cerraba el golfo de Siam y que no tardaríamos en llegar a nuestro destino, cerca de Pattaya, en la provincia de Chon Buri.

Tal como el chófer nos había dicho, al cabo de muy poco dejamos la carretera para meternos en un sendero de tierra batida que terminaba delante de una cabaña grande, hecha de troncos, sustentada por pilotes y rodeada de una amplia veranda. Estaba situada a escasos metros del mar y rodeada de árboles frondosos. En el vértice del tejado, junto a la veleta, se había posado una gaviota. A simple vista era un lugar idílico.

Norito y yo nos apeamos y subimos por una escalera empinada que daba a la terraza. En la baranda de la terraza bailoteaba un monito con la cara pequeña y arrugada y grandes patillas. Al vernos lanzó un chillido, saltó a la rama de un árbol y se escondió entre el follaje. El chillido del mono asustó a la gaviota. En un sillón de mimbre estaba sentado un monje budista, con la cabeza rapada, nariz gruesa y mejillas enjutas. En el regazo de la túnica tenía un cuenco con cereales y fruta. Comía y daba de comer al monito y la perturbación producida por nuestra llegada le incomodó visiblemente. Sin decir nada se levantó y se metió en la cabaña por una puerta batiente.

Detrás de nosotros venía el chófer cargado con el equipaje. Dejó las bolsas en el suelo de la terraza y dio varias palmadas. Después de una corta espera salió por la puerta batiente una mujer desgreñada, vestida con una camiseta azul marino y un pareo floreado.

—Disculpen. No los esperaba hasta la tarde. El viaje desde Bangkok es corto, pero como llegaron ayer supuse que se quedarían a recorrer un poco la ciudad.

El inglés no era su lengua materna, pero lo hablaba con fluidez y de su actitud se deducía que regentaba el establecimiento. Debía de frisar la cuarentena, era delgada, alta, de porte altivo y facciones europeas con un vago aire foráneo probablemente adquirido por el contacto permanente con personas de otras etnias. Sin duda había sido guapa y habría conservado buena parte de su atractivo si se hubiera arreglado y hubiera disimulado su malhumor.

—De todos modos, ya tengo listas las habitaciones. En esta época el hostal no está lleno. En realidad, está vacío. Y el servicio no llega hasta dentro de un rato. Si tienen hambre, puedo indicarles dónde encontrarán algo de comer.

Se dirigía siempre a mí, con cierta deferencia, y acto seguido hacía ademanes imperiosos a mis dos acompañantes, como si quisiera recalcar que aquél era un establecimiento público, pero que allí se hacía su santa voluntad. El chófer masculló algo en thai y ella le contestó con una frase tajante.

—No se queden aquí. Entren. Encontrarán las habitaciones sin dificultad. Elijan las que más les gusten y acomódense mientras pago a su conductor. El regateo llevará un rato. No se alarmen si oyen gritos: forman parte de la representación.

Dejamos a la mujer enzarzada en una agria disputa con el chófer y cruzamos la puerta batiente. Dentro reinaba una penumbra fresca y olía a flores. En el vestíbulo había una mesa baja, tres butacas de mimbre y un mueble bar. La cuarta silla era la que el monje había sacado a la terraza antes de nuestra llegada. De la sala partía un pasillo corto con dos puertas a cada lado. Como las cuatro puertas estaban abiertas de par en par, inspeccioné las habitaciones y opté por ocupar una de ellas. Norito se metió en la de enfrente. Por la ventana de mi habitación, a través de la mosquitera, se veía sobresalir el remate dorado de una pagoda entre las copas de los árboles. Supuse que el monje había salido del hostal por otra puerta y se había reintegrado a su monasterio.

En la habitación había una cama de hierro y una silla. Un cuarto de baño diminuto y un armario estrecho completaban el alojamiento. Todo estaba limpio y parecía nuevo.

Deshice el equipaje y me tumbé en la cama. Colgado del techo, daba vueltas con lentitud un ventilador de aspas muy largas. Del exterior llegaban los inquietantes ruidos de la selva y el acompasado romper de las olas en la arena.

Al cabo de un rato me levanté, me lavé la cara y las manos y salí de la habitación con la intención de averiguar dónde estaba y cuál era el propósito de mi estancia en aquel lugar.

En la sala encontré a la mujer sentada en una de las butacas. Ya se había desembarazado del chófer y parecía de mejor disposición. Con un gesto me invitó a sentarme. Cuando me hube sentado estuvimos un rato en silencio. Tuve la sensación de estar siendo examinado con una atención desmedida. Finalmente, la mujer sonrió.

—Perdone mi aspecto y el mal recibimiento que les he dispensado hace un rato. Como no los esperaba me había quedado traspuesta. Ni siquiera oí al monje. Entra y sale como Pedro por su casa. El monasterio no está lejos y si va de camino a alguna parte, hace un alto, le invito a un refresco y él me cuenta chismes. Los curas lo saben todo.

A aquella observación nada tenía yo que añadir, por lo que seguí callado. Después de una breve pausa, ella continuó.

—Soy Madame Kwank. El nombre completo no hace falta: no tendremos tiempo de trabar conocimiento. Aquí los forasteros duran poco. Antes no era así. Cuando vinimos mi marido y yo, el paraíso terrenal era una mala copia de Pattaya. Luego lo vimos cambiar. Mi marido murió y yo no pude o no quise irme. El negocio va viento en popa. Se preguntará usted por qué una loca le cuenta su vida cuando lo que usted quiere en este preciso momento es comer algo.

—Las dos cosas me interesan.

—Claro, claro. Pero hay prioridades. Vayan a comer. Quizá luego haya ocasión de hablar de naderías. O no, tanto da. Aquí mismo está la playa. Arena blanca, agua transparente, sin bichos. Al final de la playa verán un cañizo. Dan buen pescado, marisco fresco y cerveza helada. Dense un baño, coman y quedarán como nuevos.

—Me parece un buen plan. Sólo que no tengo bañador.

Norito había salido de su habitación. Con su habitual sigilo, no habíamos notado su presencia. La oímos dar palmadas y saltitos de alborozo.

—¡Yo sí he traído bañador! Siempre meto uno en la maleta.

Nos dedicó dos reverencias y volvió a su cuarto a cambiarse.

Madame Kwank ladeó la cabeza y me miró fijamente.

—Me desconcierta usted. Viene a Pattaya sin bañador y se trae una acompañante. Todos los hombres traen bañador y se buscan aquí la compañía.

—Norito es mi secretaria. Y nadie me explicó a dónde venía. Ni siquiera ahora sé muy bien dónde estoy.

—Conmigo no ha de disimular. Conozco el motivo de su viaje. Y también sé quién es usted. Si soy indiscreta es porque me lo imaginaba de otra manera. Tampoco eso importa. Busque lo que busque, lo encontrará en Pattaya, si está dispuesto a pagar su precio.

Norito se reunió con nosotros. Se había cambiado en un abrir y cerrar de ojos y ahora llevaba un kimono ligero de algodón y unas chancletas de madera que repiqueteaban sobre el entarimado. Madame Kwank le dirigió una mirada condescendiente y luego calculó con descaro mis medidas.

—A lo mejor puedo conseguirle un bañador. Los clientes olvidan muchas cosas al marchar y nunca las reclaman. Todos pasan por Pattaya furtivamente. Las prendas que dejan se las doy a los nativos o las lavo y las guardo. Algunas las echo a la hoguera.

Salió por una puerta disimulada detrás del mueble bar y reapareció en seguida con un montón de ropa y un gorro de paja como los de las campesinas que habíamos visto desde el coche. A mí me dio la ropa y a Norito, el gorro.

—Esto es el trópico. Cúbrete la cabeza o se te cuarteará este cutis de melocotón en almíbar. Y usted mire a ver si hay algo de su talla en esta pila.

Como Norito no dominaba el inglés, se limitaba a escuchar y sonreír.

Me fui a mi cuarto, me probé varios bañadores y acabé encontrando uno que me venía bien. También encontré una camiseta descolorida por el sol. En la sala me esperaba Norito con dos toallas. Como no había rastro de nuestra anfitriona, bajamos a la playa.

En cuanto pisamos la arena, Norito se quitó el kimono y las chancletas. Llevaba un traje de baño negro y pasado de moda. Quise hacer un comentario jocoso, pero ella echó a correr, se lanzó de cabeza al agua y se fue nadando mar adentro como una campeona. Pronto la perdí de vista.

El sol era abrasador. Para no quemarme, me zambullí. El agua estaba tibia y era tan clara que se veían muchos peces de colores zigzaguear como en una pecera. En el fondo ondulaba una alfombra de algas de un verde cobrizo. Me dejé acunar por el suave vaivén de las olas hasta que pasó por mi lado Norito como un torpedo. Salí del agua y mientras nos secábamos le recriminé su imprudencia.

—No deberías haber ido tan lejos. Podía haber tiburones.

—Los tiburones no saltan la barrera de coral.

—Ah. ¿Y tú dónde aprendiste a nadar tan bien?

—En el Japón también hay mar.

Nos pusimos la ropa y anduvimos por el borde hasta el chiringuito que se veía en el extremo opuesto de la playa. Era una construcción tosca, hecha de troncos sin desbastar, con el techo de yute trenzado. De la parte trasera salía una columna de humo blanco. A la sombra del cobertizo había cuatro mesas. Una de las mesas estaba ocupada por cuatro occidentales de mediana edad. Iban en traje de baño, acababan de comer, a juzgar por los restos esparcidos por el suelo, y ahora bebían cerveza. Al vernos entrar nos miraron con extrañeza y luego se desentendieron de nosotros.

Fui a la barra, en uno de cuyos extremos ardían unas varas de incienso delante de un pequeño buda de cerámica. Detrás de la barra había una portezuela y por ella salió un individuo enjuto, de piel oscura, con un sarong sucio y un birrete negro. Le pregunté en inglés si nos podía dar de comer. Reflexionó y luego sonrió como si acabara de hacer un descubrimiento sorprendente.

—Tengo una langosta grande.

—Está bien. Traiga la langosta y dos cervezas, por favor.

—Sin tardanza, tuan. Siéntese a la mesa.

Me senté y Norito me imitó. Había estado observando a los cuatro hombres.

—No me gustan. Son raros.

—Lo mismo pensarán ellos de nosotros.

—Es diferente. Me gustaría saber qué están haciendo cuatro occidentales en Pattaya, a estas horas, sin trabajar.

—Yo preferiría saber qué hacemos nosotros aquí, en Pattaya, en Tailandia. ¿Tú lo sabes? Norito, dime la verdad.

El dueño del chiringuito trajo las cervezas y nos aseguró que la langosta no tardaría en llegar. Cuando se fue me quedé mirando fijamente a Norito. Parecía consternada. Finalmente lanzó un suspiro y bebió un sorbo de cerveza antes de contestar.

—Yo no te mentiría. Y menos aún te traicionaría. Pero no sé cómo responder a tu pregunta. Mi trabajo consiste en acompañarte hasta Pattaya. Nunca había estado aquí. Cuando nombraron este lugar, ni siquiera sabía dónde estaba. A partir de aquí ya no tengo instrucciones. Mañana por la mañana te vendrán a buscar al hostal, otra persona se ocupará de ti y yo volveré a Tokio.

Bajó los ojos, guardó silencio y luego, sin levantar la mirada, inclinó levemente la cabeza y susurró como si se dirigiera a la mesa y no a mí.

—Ha sido un gran honor.

Incluso Buda era, en esencia, un hombre normal.

De mi propio destino no sabía nada, pero no tardé en averiguar qué hacían en Pattaya los cuatro hombres que habían suscitado las sospechas de Norito.

Acabado el almuerzo emprendimos el regreso al hostal. Al llegar, Norito prefirió quedarse en la playa. Yo subí a mi cuarto, me duché, me puse ropa limpia y a continuación, como en el hostal no había nadie ni nada que hacer, decidí dar un paseo por las inmediaciones.

Salí a la veranda, bajé la escalera y eché a andar por el camino de tierra batida. Caía la tarde y la brisa marina mitigaba un poco el calor. A ambos lados del camino la vegetación formaba una pared verde impenetrable. No era agradable avanzar por aquel desfiladero, con una humedad asfixiante y perseguido por nubes de mosquitos, pero seguí para no darme por vencido. Al doblar un recodo, el camino y la vegetación se convirtieron sin transición en un extenso baldío, al fondo del cual estaba el mar. En la costa se levantaban las primeras construcciones de la ciudad. Me sorprendió comprobar que el hostal, en apariencia tan apartado de la civilización, en realidad estuviera tan cerca del núcleo urbano.

Declinaba el sol y varias embarcaciones pesqueras convergían hacia un puerto situado en el otro confín de la ciudad, fuera de mi vista.

A medida que me acercaba y los detalles se hacían más precisos, advertí que las casas presentaban un aspecto de pobreza y abandono que contrastaba con la exuberancia de la naturaleza.

Cuando me adentré en las calles de la ciudad ya era oscuro y reinaba una actividad frenética. Yo estaba sorprendido. El hostal, la vegetación, la playa y la visión de las barcas me habían transmitido la imagen de una lánguida población pesquera, suspendida en el tiempo. Ahora, en cambio, me encontraba metido en una vorágine inusitada.

Las calles paralelas a la línea de costa eran anchas y luminosas; las perpendiculares eran callejones estrechos y lóbregos. Por las fachadas colgaban marañas de cables. Sonaban varias músicas estridentes superpuestas. La mayoría de los locales eran bares; otros anunciaban masajes y espectáculos. A la puerta de algunos locales estaban apostados unos matones fornidos pero tranquilos de aspecto, quizá por lo temprano de la hora. Ciclomotores, motocarros y algunos *rickshaws* serpenteaban pacientemente entre los viandantes, que ocupaban la calzada. De las aceras se habían adueñado los tenderetes de comida y una cantidad ingente de putas.

De repente oí una voz que me interpelaba. Encontrar a un conocido en aquel lugar me pareció el colmo de la casualidad, pero el misterio se resolvió de inmediato y sin sorpresa, al reconocer a uno de los cuatro clientes del chiringuito de la playa.

Como si fuéramos viejos camaradas, vino hacia mí y me golpeó el hombro.

—Vaya, veo que al final se ha librado de aquel merengue azucarado que le acompañaba y se ha decidido por el producto local.

—La verdad es que no he venido a eso.

Me miró con estupefacción.

—Entonces, ¿a qué ha venido?

Sin darme tiempo a improvisar una respuesta satisfactoria, sus tres compañeros se sumaron a nosotros. Mi recelo inicial se disipó al ver que mostraban hacia mí la complicidad infantil de quienes se disponen a cometer una barrabasada. Los cuatro parecían ir un poco achispados, pero sus modales eran refinados. Aunque entre sí farfullaban un dialecto que no reconocí, a partir de nuestro encuentro se pasaron sin dificultad al inglés. Estos detalles y su indumentaria modificaron la impresión que me habían causado a la hora del almuerzo. El que me había abordado dijo llamarse Stanley. Como acompañó la información de un guiño, deduje que era un seudónimo inventado para sus correrías por aquel lugar. Otro se llamaba Garufa y al tercero le apodaban *le vieux navarrés*. El cuarto llevó la discreción al extremo de ocultar incluso su nombre ficticio. Yo dije que me llamaba Bobby y que venía del Japón, aunque vivía en Nueva York.

—Es raro. Los japoneses suelen ir a desahogarse a Corea. Pero esto es mejor: aquí hay más variedad y el personal es más amable.

Garufa afirmó con gravedad.

—Eso y las drogas.

Sus palabras hacían cada vez más extraño el que alguien hubiera elegido aquel lugar como etapa de mi peregrinación. Stanley levantó la mano como si pidiera la palabra.

—La noche es joven y hemos de reservar lo mejor para el final. Vamos a comer algo y a tomar unas cervezas.

Sus compañeros secundaron la propuesta y me sumé por no hacerles un desaire.

Fuimos inspeccionando los puestos de comida callejeros. Unos exhibían bandejas con una especie de tasajo y pescado desecado; otros, unos barreños de plástico en los que flotaban fideos y bolas blancas, como requesón, en un caldo semitransparente. En otros puestos se apilaban frutas de todo tipo, y en otros, golosinas. Aquellas especialidades locales, expuestas a la intemperie, me inspiraban poca confianza, pero no soy remilgado y al ver a mis compañeros comer sin aprensión y con ruidoso deleite me animé a probar. Todo resultó exquisito. A veces un ingrediente picaba como un demonio y había que combatir el ardor con tragos de cerveza.

Al vernos deambular tan animados, muchas chicas nos hacían señales desde la puerta de bares y discotecas y adoptaban poses sugerentes, o se acercaban y murmuraban algo parecido a un sencillo ofrecimiento. Algunas se atrevían a colgarse del brazo de uno de nosotros, pero un amago de negativa bastaba para hacerlas abandonar el intento de inmediato sin dar muestras de despecho. Todas sin excepción eran muy jóvenes y guapas y llevaban vestidos mínimos y muy ceñidos.

A pesar del calor húmedo, el olor a comida, el estruendo de los altavoces y el acoso de las putas, el ambiente era sosegado y festivo. Al cabo de muy poco estábamos los cinco contentos y locuaces.

Mis acompañantes conocían bien la ciudad, donde habían estado con anterioridad, elegían los locales con aplomo de expertos y se mostraban muy dispuestos a servirme de guía y a informarme sobre las costumbres del lugar. La conversación confirmó mi primera impresión acerca de aquella población insólita, pero hizo aún más confusa la razón de mi presencia allí.

Según me contaron, por la belleza de su emplazamiento, su paisaje y sus playas, la pequeña población pesquera de Pattaya había sido, en un pasado no lejano, un refugio exclusivo para deleite de unos pocos privilegiados. Luego, durante los años de la guerra en Vietnam, Pattaya había servido de albergue temporal para los militares norteamericanos de permiso. La presencia de un grupo numeroso de hombres jóvenes, alejados de sus hogares, con poder adquisitivo e impelidos por el ansia de compensar las penurias sufridas en el frente, convirtió lo que había sido un remanso de calma en el mayor burdel del continente. Acabada la guerra, Pattaya siguió creciendo, por la fama adquirida, y acabó siendo lo que era ahora: punto de destino de un turismo proveniente del mundo occidental, que acudía en demanda de placeres variados a precios irrisorios.

—Aquí puedes tener un bombón toda la noche para ti por lo que en Nueva York te cuesta una hamburguesa. Las chicas son atractivas, cariñosas, limpias y sin enfermedades.

Le vieux navarrés me dio con el codo en las costillas.

—Y no olvidemos el aspecto experimental. Aquí puedes probar cosas que no harías en tu lugar de residencia, donde la gente te conoce y los rumores corren, y hay que ser estricto hasta en los devaneos. En cambio, en Pattaya, ¡campo libre! Niños, travestis, *ladyboys*... todo a pedir de boca.

—Yo, con lo habitual, ya me doy por satisfecho.

Le vieux navarrés, molesto por mi comentario, me miró fijamente.

—Ya veo: eres un romántico y estas cosas te parecen reprobables. ¿Estás casado? ¿Tienes hijos?

—No.

—Lo suponía. Basta con verte y oírte hablar. Nosotros, en cambio, estamos todos casados. Entre los cuatro tenemos siete hijos. Somos maridos y padres ejemplares un día sí y otro también. De cuando en cuando, una vez al año, como máximo, venimos a Pattaya y durante unos días hacemos auténticas barbaridades. De este modo mantenemos el equilibrio en nuestras vidas y en las de nuestras familias. A la pregunta de quién es más útil a la sociedad, si tú o nosotros, la respuesta es evidente.

No quise llevarle la contraria en este punto, pero le hice notar que aquel equilibrio y aquella meritoria contribución a la sociedad implicaba la explotación de personas menos afortunadas. Stanley, que quería mantener la concordia y seguir disfrutando de la noche, dio su parecer.

—No te dejes llevar por escrúpulos parroquiales. El trabajo de estas chicas es menos duro que el del resto de la población. Nadie las maltrata ni las ultraja. Más bien se las protege y se las cuida. Ya has visto cuánto personal de seguridad vela por el orden público en la calle, y lo mismo sucede dentro de los locales. Estas chicas son una fuente de ingresos, parte del patrimonio nacional. Con lo que ganan, envían dinero a sus familias, en el campo. Y al cabo de unos años, cuando empiezan a perder la lozanía, regresan a su pueblo con buenos ahorros y se casan sin problemas.

—Algunas pillan a un incauto que se enamora y se las lleva a su país. Ocurre con frecuencia. Estas chicas, además de su belleza y de sus habilidades particulares, tienen un carácter alegre, una inteligencia viva y son muy dulces de trato. Míralas: qué tranquilas y alegres se las ve. Las mujeres saben estar en la calle. En la calle y en cualquier parte. Los hombres vamos de un sitio a otro. Las mujeres están donde están.

Garufa me tomó del brazo, en un gesto paternal.

—El peligro que se cierne sobre el visitante romántico, como tú, es caer en una trampa sentimental. Los que se dejan atrapar, no tanto por las chicas como por sus propias fantasías, invariablemente acaban mal. Ellas a todo dicen que sí, porque también alimentan sus propias fantasías, aunque de otro tipo: vivir en Francia o en California, lejos de la miseria, rodeadas de lujo y seguridad. Inevitablemente la decepción es mutua y la pareja sufre y entra en crisis.

El cuarto miembro del grupo, que hasta entonces había permanecido en silencio, extendió los brazos, como si quisiera abarcar a todos los presentes.

—En definitiva, lo mejor es que cada cosa se quede donde Dios la puso.

Una barba mediada y el bigote cuidadosamente rasurado daban a su semblante aires de pastor protestante decimonónico. Por si aquél era su estatus, opté por responderle en sus mismos términos.

—¿Tú crees que Dios organiza el funcionamiento de este burdel?

—Nadie conoce sus designios. Por otra parte, aquí Dios está fuera de su demarcación. Éste es territorio budista.

—¿Es diferente?

—Sin duda alguna. El budismo es una religión antigua y sabia y, como todas las grandes religiones, tiene su faceta estricta, destinada a los exégetas y a los místicos, y su faceta permisiva, destinada al común de los creyentes. En ambas facetas, el budismo predica hacer el bien y evitar el mal, pero no emite juicios morales. No es doctrinario, aborrece el dogmatismo y es tan reacio a condenar las faltas ajenas que entre los bonzos, quizá para dar ejemplo, abundan los sinvergüenzas y los pícaros de poca monta.

¿Sólo nosotros en esta ciudad, entre tantos, los únicos sensatos?

Entretenidos con la conversación pasaba el tiempo y mis cuatro compañeros estaban ansiosos por consagrar el resto de la velada a la finalidad manifiesta de su viaje. Me propusieron cortésmente que los acompañase, pero preferí reintegrarme a mi hostal. Lo visto no me parecía atrayente y, no obstante las garantías de seguridad, siempre existía la posibilidad de acabar metido en un lío, en cuyo caso, mi posición habría sido más comprometida que la suya. No insistieron y es probable que les alegrara verme desaparecer.

Como estábamos en medio del tumulto, pensé que si emprendía el regreso a pie sería objeto de continuos requerimientos, de modo que paré un motocarro y después de convenir un precio, me instalé en el asiento posterior y me dejé llevar.

Con lentitud, perseverancia y profusión de bocinazos dejamos atrás el gentío. Al abandonar las últimas casas noté la brisa del mar. En el cielo flotaba una luna redonda y brillante. Por el camino sólo se oía el petardeo del motocarro y los ruidos breves y chillones procedentes de la espesura. El trayecto era corto. Al llegar miré el reloj y vi que eran las diez. Pagué la cantidad apalabrada y cuando el motocarro se fue sentí la calma que debía de reinar en aquel paraje en su pasado perdido. En el hostal no había ninguna lámpara encendida, pero la luz de la luna me bastó para subir la escalera. En la veranda encontré a la dueña del hostal sentada en la butaca que había ocupado el monje budista aquella misma mañana. Recordé lo que me habían dicho un rato antes acerca de los monjes budistas y me pregunté si las visitas regulares de aquel monje eran tan casuales como ella me había explicado a nuestra llegada. También recordé su nombre: Madame Kwank.

—No le esperaba tan pronto. Estaba mirando la luna y pensaba servirme una bebida. ¿Le apetece algo? A pesar de las apariencias, el bar está abierto. Y la primera consumición va incluida en el precio del alojamiento.

—Bueno. La verdad es que venía con la intención de irme a dormir, pero es temprano. Estuve dando vueltas por la ciudad, me encontré con unos conocidos y, por raro que le parezca, estuvimos hablando de religión. Yo no he venido a Pattaya como los demás. Lo digo y nadie me cree.

—Pues es raro. En Pattaya creer las mentiras de cada uno forma parte del comercio local.

—¿Norito se ha ido a dormir?

—Su secretaria, si se refiere a ella, se ha ido, pero no a dormir. Le estuvo esperando toda la tarde y al anochecer, al ver que usted no volvía, hizo el equipaje y se marchó.

—¿Sin dejar ningún recado para mí?

—No. Ya sabe cómo son los japoneses.

—No, no lo sé. ¿Cómo son?

—Muy suyos. Traiga otra butaca. A esta hora se está muy bien en la terraza, aquí arriba no hay mosquitos y una copa antes de dormir le sentará de maravilla.

Mientras ella trajinaba en el mueble bar y en la nevera, yo fui al cuarto de Norito. La puerta estaba abierta, el armario vacío y la cama sin deshacer. Al salir saqué una butaca a la terraza. Madame Kwank había colocado en una mesita dos vasos con hielo y whisky, una cubitera llena y una botella de whisky mediada. Ella llevaba una bata de algodón blanco, suelta y sin mangas, iba descalza, fumaba y arrojaba la ceniza al suelo. Bebimos en silencio hasta que Madame Kwank reanudó el diálogo donde lo habíamos dejado unas horas antes.

—Cuando vinimos a Pattaya nos pareció que habíamos tomado una decisión acertada. Mi marido había estado trabajando en Indochina. Contrajo una variedad de paludismo. Usted probablemente lo llamaría malaria. Le afectó gravemente al hígado y al riñón. Aun así, no quiso volver a Europa. Invertimos todo el dinero ahorrado durante aquellos años en comprar este caserón sobre la playa. Conocíamos Pattaya: el clima no era nocivo para la salud de mi marido y el lugar era una maravilla. Contábamos con atraer un turismo refinado, cosmopolita. En el puerto pueden fondear yates grandes. Todo salió al revés de como lo habíamos planeado. A los pocos años mi marido murió y Pattaya se convirtió en lo que es ahora. Usted ya lo ha visto. Y eso es sólo el principio. Pronto vendrán los grandes hoteles y los bloques de apartamentos. Supongo que era inevitable. Si Dios no le hubiera echado del Paraíso, Adán lo habría convertido en un burdel.

—Pero usted sigue en Pattaya. Podría vender el hostal. Si las cosas son como dice, le darían una fortuna por el emplazamiento.

—Sí, claro, ya lo sé. Todos actuamos de una manera contradictoria. Yo le he contado mi vida, ahora dígame usted qué hace aquí. Vino con una geisha que lo ha plantado sin darle explicaciones, va a la ciudad y se vuelve cuando empieza la juerga. No me conteste si no quiere. No le pido una revelación. Los enigmas ajenos han dejado de interesarme. Pero estamos solos y de algo hemos de hablar.

Arrojó el resto del cigarrillo hacia la playa, encendió otro, rellenó los vasos y se me quedó mirando con expresión burlona.

—Según me han contado, está casado por razones políticas, aunque no le atraen las mujeres.

De todos modos, la oferta local satisface todas las tendencias, incluso las más caprichosas.

—No se crea todo lo que le han contado de mí.

—¿De verdad pretende recuperar el trono de un país inexistente? ¿O es sólo una tapadera?

—Primero dígame usted por qué sigue regentando un hostal vacío en un sitio que desprecia.

—Por inercia. Y no siempre está vacío. La tasa de ocupación es alta. Mañana le puedo enseñar los libros de contabilidad.

—Como filosofía existencial, la suya deja bastante que desear.

A la luz de la luna sus facciones carecían de expresión y el tono de su voz era neutro.

—Hace unos años un viajero se dejó el suplemento dominical de *Le Figaro*. Nunca he comprado prensa extranjera: no me interesa lo que pasa en el mundo. Pero guardo ese ejemplar y de cuando en cuando lo leo y lo releo. Puedo recitarlo de memoria: los teatros, los cines, los conciertos, las exposiciones, si este año la falda se lleva más o menos corta. De todo eso ya no debe de quedar nada, pero para mí está ahí, fijo, en París, esperándome día tras día. Nostalgia de la peor especie, por descontado. Y aún peor: sólo estuve una vez en París, de paso, no hice nada ni vi nada. Pero ya sabe que no hay peor nostalgia que la nostalgia de lo que nunca hemos tenido. Usted pensará que soy una loca. Quizá lo sea. No tiene importancia. En este rincón del mundo la nostalgia es inevitable y no hace daño. Es como estas lianas que cuelgan de los árboles. Son parásitos y tan abundantes que a menudo ocultan el árbol entero. Pero al árbol le trae sin cuidado: él hunde las raíces en la tierra y de la tierra y la humedad saca la savia. Conmigo es igual: me saltan las lágrimas cuando pienso en París, pero pertenezco a esta tierra, vivo aquí y me moriría si me trasplantaran. ¿Esta explicación le sigue pareciendo una pobre filosofía existencial o está a la altura de sus expectativas?

Al volver la cara hacia mí percibí en ella una expresión irónica y desvalida. Callé para que siguiera hablando, si eso era lo que deseaba hacer. Madame Kwank volvió a dirigir los ojos hacia la luna y guardó un largo silencio antes de reanudar su soliloquio.

—Le cuento estas cosas a modo de prolegómeno. Cuando haya bebido un par de whiskies más le invitaré a pasar la noche conmigo. Le gusten las mujeres o los hombres, en este momento no tiene elección. Cuando uno está en el quinto pino, no puede ser exigente. Yo sigo esta norma: cuando pasa por aquí un occidental que no da asco, hombre o mujer, lo aprovecho. Por la compañía. Estoy harta de dormir sola. Con los nativos no quiero tener tratos, salvo lo imprescindible para las cosas cotidianas. Son feos, pequeños y miserables. No me juzgue mal: ellos piensan lo mismo de los blancos. Un sano racismo posibilita la convivencia. Nos necesitamos y punto. De vez en cuando aparecen un jovencito o una jovencita cargados de sentimientos humanitarios y en un abrir y cerrar de ojos se lían con un nativo. Cuando pasa eso, me echo a temblar. El mundo ya tiene bastantes problemas para que vengan Romeo y Julieta a complicarnos la vida.

Se interrumpió de golpe. Arrojó el cigarrillo con ademán enojado y se levantó.

—Olvídese de lo que le he dicho. Buenas noches.

Yo también me levanté.

—Puede quedarse un rato más. Aún queda whisky y hielo. No hace falta que recoja nada. Mañana por la mañana vienen dos mujeres de la limpieza.

—Estaba pensando aceptar su proposición. A mí también me vendrá bien la compañía.

Se volvió hacia mí con una mezcla de recelo y encogimiento. Quizá sólo había estado fanfarroneando. Vaciló un instante y luego me indicó con un movimiento de cabeza que la siguiera.

C'était une vraie nuit d'Orient où le ciel bleu disparaissait sous la profusion des astres.

A la alcoba de Madame Kwank se accedía por una escalera corta y empinada oculta bajo una trampilla situada detrás del bar, y constaba de un dormitorio con un austero cuarto de baño anexo y un balcón sobre el mar. Por el balcón abierto se oía el ruido de las olas rompiendo en la playa y la luz de la luna envolvía la pieza en una penumbra casi funeraria. En aquella modesta cabina reinaba un orden meticuloso.

A solas los dos, se mostró cautelosa, casi esquiva. Se la notaba desconcertada por la diferencia entre lo que creía saber acerca de mí y mi conducta real, y sus movimientos tenían algo de tentativo, como si esperase el rechazo en el momento menos pensado. Me costó un rato conseguir que dejara de lado sus conjeturas y pasara de la contención a una espontaneidad rayana en el arrebato.

Sólo cuando hubo fumado con avidez un cigarrillo recuperó el tono burlón tras el que se refugiaba habitualmente.

—Si de veras no te gustan las mujeres, lo disimulas a la perfección. ¿Debo darte las gracias? ¿O un rey no ha de hacer distingos entre sus súbditos?

—Digamos que ha estado bien, sin hacer teoría política. Y deja ya de decir tonterías. Esto no es un careo. Esto es aquí y ahora y a ti no te voy a engañar. Me gustan las mujeres en general y esta noche me gustas tú en particular.

—¿Y lo que cuentan?

—Ficción barata. Los periódicos dicen mentiras. Yo cuento cuentos, pero no digo mentiras.

Como si quisiera burlarse de mi declaración, un pajarraco lanzó un graznido agudo y extemporáneo. Madame Kwank se echó a reír.

—Es un papagayo. Tiene el nido en una rama justo al lado del balcón. Es un buen vecino: nunca entra, lo oye todo y cuando me ve flaquear hace sonar la alarma.

—Sólo te faltaba el loro para parecerte a Robinson Crusoe.

—También eso es literatura. ¿Qué eres en realidad: un rey o un farsante?

Me habría gustado contarle la verdad, pero acabábamos de conocernos y ni siquiera la reciente intimidad despejaba mis reservas. Por otra parte, si creía haber tenido un lance con un temerario paladín de sangre real y descubría que se había ido a la cama con un funcionario cesante de la Cámara de Comercio, se habría llevado un buen disgusto. Probablemente, como había hecho Norito, se habría negado a tomar en serio mi confesión.

—Da lo mismo. Los reyes y los farsantes lo son porque los demás los creen.

—En general, quizá es así, pero ahora te lo estoy preguntando a ti. ¿Qué eres?

—Depende. Si se lo preguntas al rey, te responderé que un farsante, pero si se lo preguntas al farsante, te diré que un rey.

—Ah, la paradoja de Epiménides. Todos los cretenses son mentirosos...

Volvió a graznar el pajarraco.

—Todavía queda mucha noche por delante y éstas no son horas de adentrarnos en este terreno. Y menos con un loro impertinente.

Fui al balcón con intención de cerrarlo. Al asomarme para alcanzar el postigo con la mano, vi un nativo con sarong y turbante caminar furtivamente por la playa. Si hubiera levantado los ojos me habría visto, pero se limitaba a lanzar miradas hacia el mar y hacia la selva, como si esperase una señal. Cada cinco pasos se detenía, escudriñaba la oscuridad y seguía andando. Pronto rebasó la esquina del hostal y lo perdí de vista. Me quedé pensando en lo fácil que le resultaría a cualquiera entrar en aquel edificio aislado, a sabiendas de que allí sólo iba a encontrar a una mujer indefensa.

—Hay un tipo merodeando por la playa. ¿Sabes quién es?

Al no recibir de Madame Kwank contestación a mi pregunta, me di la vuelta y la vi tendida de través, con la cabeza colgando. Incluso a la exigua luz de la luna advertí que tenía los ojos en blanco y una palidez cadavérica en el semblante. Corrí a su lado. Estaba fría y respiraba con lenta irregularidad. Mis pobres intentos de reanimarla resultaron infructuosos.

Salí de nuevo al balcón. Si hubiera pasado alguien habría gritado pidiendo ayuda, pero la playa estaba desierta. No se me ocurría otra cosa que salir corriendo hasta un lugar habitado, pero mientras me vestía me asaltaron dudas: tanto la ciudad como el templo budista quedaban lejos y no me parecía prudente abandonarla en aquel estado.

Incapaz de resolver el dilema, acomodé en la cama el cuerpo exánime de Madame Kwank, la cubrí con un pareo y me senté en el suelo a esperar.

No sé qué habría hecho si ella se hubiera muerto y yo me hubiera encontrado a solas con un cadáver. Tal vez habría recogido mis bártulos y habría huido cobardemente. Dando vueltas a aquella alternativa insoluble, me quedé dormido sin darme cuenta.

Una voz ronca me arrancó de mi sueño tan bruscamente que me incorporé de un salto. Sentada en la cama, Madame Kwank me miraba atemorizada, como si mi reacción le pareciera injustificada. La luna había desaparecido y el cielo se iba tiñendo de gris.

Me senté en la cama y la abracé, no sé si para infundirle calma o para recibir amparo.

—¿Estás bien? Tenías un aspecto muy poco tranquilizador. ¿Qué te ha pasado?

—Lo siento. No lo puedo evitar. A veces pierdo el conocimiento sin motivo aparente y sin previo aviso. Hasta ahora siempre me he recuperado después de un rato, sin hacer nada. Mientras dura el ataque no siento ningún dolor. Y después tampoco. Y tengo visiones bonitas. A menudo estoy con mi marido, charlando, como en los buenos tiempos. Una vez se presentó Henry Fonda y me sacó a bailar.

—Pues a mí me has dado un susto tremendo.

—¿Lo ves? Con una mujer mayor tienes experiencias que una jovencita no te sabría proporcionar.

A medida que iba recobrando la normalidad, tuve la sensación de que la alteración ponía de manifiesto una personalidad desequilibrada.

—¿Qué dicen los médicos?

—No he consultado a ninguno. Si me encuentran algo, me dirán que me vaya de aquí, que me instale en un sitio civilizado y que cambie de vida. Este clima y la soledad lo pudren todo. Y como no me quiero ir, evito a los médicos. Además, en este poblacho, si entras en un hospital, sales con gonorrea; o no sales.

—Todo esto está muy bien, pero no puedes seguir así, en este sitio infernal, sin nadie que te cuide y con problemas de salud.

—Si tanto te preocupa, quédate conmigo. Tú me cuidarás, llevaremos juntos el hostal, y cuando quieras, podrás salir a perseguir surfistas por la playa.

No sabía si hablaba en serio o en broma.

—No podría quedarme aunque quisiera. Tengo otros planes. Y no me gustan los chicos, caramba.

—Lo entiendo. Tú quieres ajustar tu vida a tus planes, como yo la mía a los míos. Ya te lo he dicho: el clima y la soledad nos vuelven egoístas. Pero no importa. Hoy por hoy, a mí no me va mal. Y a veces, como tú mismo decías hace un rato, algo sale bien, si no nos empeñamos en complicar las cosas. Me quedaré aquí. Si me muero, tanto da en este sitio como en otro. Y si no me muero, me acabaré convirtiendo en una vieja concubina ilustrada. En cambio, si siguiera tu consejo y me fuera a París, acabaría de *concierge*, con un perrito faldero y el pelo teñido de henna.

Cerró los ojos y consideré terminada la conversación y nuestra noche en común. Antes de retirarme le pregunté si quería algo. Me pidió que cerrara los postigos del balcón. Estaba fatigada, quería dormir un poco más y pronto entraría el sol. Al hacer lo que me pedía vi en la playa media docena de fardos grandes. Alguien los había dejado allí silenciosamente y ahora nadie parecía vigilarlos.

Salí de la alcoba y fui a mi cuarto. Recordando lo que me había anunciado Norito unas horas antes, me duché, hice el equipaje y lo saqué a la sala. Al ponerme el reloj vi que eran las seis.

En el mueble bar encontré un botellín de zumo de naranja. Me lo bebí y salí a la veranda. El sol iluminaba un mar tranquilo, por el que avanzaba lentamente un sampán.

¿Quién manda a un idiota meterse en tratos que no entiende?

En la veranda, la mesita y las dos butacas de mimbre en las que Madame Kwank y yo habíamos conversado la víspera centelleaban al dar el sol en la capa de humedad nocturna que las envolvía. El aire todavía conservaba el frescor de la noche. Me acodé en el pretil y traté de poner orden en los acontecimientos de las últimas horas.

Como por mi carácter circunspecto he sido poco dado a los lances fortuitos, mis encuentros con diversas mujeres siempre me han producido una profunda impresión. Ahora, sin embargo, lo pintoresco del escenario, los complejos motivos de aquella mujer perturbada, el sobresalto producido por su inesperado trance y, sobre todo, el haberla conquistado usurpando la identidad de otra persona, en una parodia involuntaria de Don Juan, me impedían analizar lo ocurrido con claridad y, en mi fuero interno, desterraba el episodio a la esfera de lo imaginario.

Me sacó de aquellas reflexiones advertir que el sampán, en vez de virar hacia la izquierda para dirigirse al puerto situado en el extremo opuesto de la ciudad, como habría sido lógico para una embarcación de su calado, mantenía rumbo hacia el punto que ocupaba el hostal. Aunque llevaba desplegadas las dos velas trapezoidales, navegaba a motor, a juzgar por la rapidez de su avance en un mar sin viento y por la estela de espuma que iba dejando a su paso. Cuando estuvo más cerca distinguí las siluetas de dos hombres asomadas a la borda, como si escudriñaran la playa. A unos veinte metros de la rompiente, el sampán se detuvo y echó el ancla. El murmullo de las olas me impedía oír las voces, pero debieron de impartirse órdenes, porque al punto cuatro tripulantes echaron al agua una balsa hecha de troncos de bambú y saltaron tras ella. Uno llevaba una especie de faldellín, otro, un taparrabos de tela gruesa y dos, unos pantalones muy anchos que les llegaban por debajo de la rodilla. Todos se cubrían la cabeza con pañuelos de colores vivos. Se metieron en el agua sin quitarse la ropa y, agarrados a los costados de la balsa, nadaron hasta hacer pie. Luego siguieron caminando y arrastrando la balsa hasta depositarla en la arena.

Distraído en la contemplación de la maniobra, realizada con pericia y rapidez, no me di cuenta de que alguien subía la escalera. Cuando me volví, el intruso ya había alcanzado la veranda. Era un nativo vestido con sarong, blusón de mangas abullonadas, chaleco de fieltro y turbante. De inmediato reconocí al individuo que unas horas antes había visto merodear por la playa desde el balcón de la alcoba. Era un hombre como de cincuenta años de edad, de corta estatura, piel tostada y enjuto de complexión. En el cinturón de cuero labrado llevaba un puñal largo, de hoja curva, como los que había visto en Pattaya, en los escaparates de las tiendas de recuerdos.

Cuando llegó a donde yo estaba nos quedamos el uno frente al otro, sin saber qué hacer. Yo adopté una actitud desafiante y él daba muestras de una cierta timidez, pero era evidente de qué lado estaba la autoridad. A mis preguntas respondió con un ademán de impotencia: no entendía mi idioma ni contaba con que yo entendiera el suyo. Finalmente se puso la mano abierta en el pecho y exclamó: Puskas. Como yo no reaccionaba, repitió la operación dos veces. Puskas, Puskas. Por hacer algo, me señalé a mí mismo y dije: Kubala. A mi gesto respondió con una amplia sonrisa. No sé si consideró hechas las presentaciones de rigor o si acabábamos de resolver una charada, pero a partir de entonces se estableció entre nosotros una relación de amo y criado.

Con muestras de urgencia, el nativo señaló el sampán y me sugirió que fuera a buscar mi equipaje. Como lo había dejado en la sala, cumplí la orden sin demora. Con brusca amabilidad me arrebató la bolsa de la mano y echó a andar hacia la escalera. Antes de seguirle volví la cabeza con la esperanza de que Madame Kwank se hubiera despertado y presenciara la escena. Tal vez ingenuamente, pensaba que, en un caso de apuro, lo ocurrido entre nosotros había de ponerla de mi parte. Pero en el interior del hostal reinaba una quietud que contrastaba con la actividad de los tripulantes del sampán.

Al llegar a la playa en pos de mi acompañante, todas las cajas estaban apiladas en el centro de la balsa. Subimos y los marineros volvieron a empujar la balsa hacia el sampán. La marea empezaba a bajar, la mar estaba llana y no costaba mantener el equilibrio. Los marineros se movían con mucho cuidado para que no se mojaran los fardos. Luego los fueron subiendo uno a uno al sampán, los colocaron sobre la cubierta y los taparon con una lona embreada. A mí me hicieron sentar en un banco de madera, en la popa. En la proa había un bulto grande, también cubierto por una lona, como una estatua a punto de ser inaugurada solemnemente.

Yo me preguntaba en qué consistía el cargamento que estábamos transportando, qué relación podía tener el príncipe Tukuulo con aquella gente y cómo debía comportarme si optaba por seguir suplantando su personalidad. Y mientras me hacía aquellas preguntas, aumentaba el sonido del motor, el sampán navegaba cada vez más deprisa y no tardé en perder de vista la costa.

Una vez establecido el rumbo y fijada la velocidad de crucero, los marineros se sentaron a descansar. De una trampilla emergió un nuevo individuo que repartía cuencos. Yo no había comido nada desde la tarde anterior y di a entender que me moría de hambre. Me pasaron un cuenco lleno de arroz con unos diminutos trozos de pescado seco y un botellín de agua. Comí con los dedos, como vi hacer a los demás, y muy a gusto.

A medida que pasaba el tiempo aumentaba el calor. Para evitar una insolación, abandoné el banco y me tendí sobre la cubierta, a la sombra de las velas, donde, arrullado por el vaivén del sampán, no tardé en quedarme dormido.

Me despertaron gritos y carreras. Como el mar seguía en calma y en el cielo no había ni una nube, no entendí la razón de tanto alboroto hasta que retiraron la lona del bulto de proa y lo que yo había tomado por una estatua resultó ser un cañón montado sobre una plataforma giratoria. Todos los tripulantes empuñaban puñales y armas de fuego: mosquetones, pistolas y un par de kaláshnikovs.

Vi al nativo que había venido a buscarme al hostal y le pregunté por señas la causa del zafarrancho.

—¿Qué está pasando aquí, Puskas?

Muy sonriente me indicó que permaneciera agachado y que no me preocupase por nada. Como no podíamos entendernos con palabras, me trataba como si fuera un niño. Ante mi resistencia a obedecer, apuntó con el dedo a estribor. Miré hacia donde señalaba y vi aproximarse un barco bastante grande. Mi primera reacción fue pensar que nos atacaban. Luego pensé que a lo mejor éramos nosotros los que nos preparábamos para el abordaje. Ninguna de ambas cosas formaba parte del programa y me asaltó un miedo cerval hasta que decidí resignarme a lo que el destino hubiera dispuesto. Si me mataban, pensé, no pasaría nada grave. De mí no dependía la subsistencia de nadie y como siempre había sido tacaño en mis afectos y practicado el desapego en mis relaciones con las personas y los lugares, mi desaparición no causaría un dolor profundo ni siquiera a los más allegados. Tranquilizado por estas consideraciones, me puse en pie y estuve contemplando lo que ocurría a mi alrededor como quien está viendo una película. Al final casi lamenté que no pasara nada. El otro barco siguió su rumbo y nos cruzamos a cierta distancia sin que por su parte hubiera respuesta a nuestros preparativos bélicos. Tal vez ni siquiera llegaron a percibirlos. Cuando se hubo perdido en la distancia, los tripulantes del sampán guardaron las armas, cubrieron el cañón con la lona y volvieron a sus ocupaciones o se tumbaron a descansar.

Después de aquel conato de batalla naval, la travesía continuó sin novedad y al cabo de unas horas el tedio sucedió a la excitación de lo desconocido y el peligro inminente. El mar seguía sereno y el cielo sin nubes. De cuando en cuando rompían la monotonía del paisaje pequeños islotes cubiertos de vegetación.

El sol ya rozaba el horizonte cuando avistamos una isla de regulares dimensiones. Como el sampán iba derecho hacia ella y la tripulación mostraba una discreta animación, di por sentado que aquél era el destino final de nuestro viaje.

Costeamos hasta llegar a la boca de una cala oculta. En un promontorio un foco lanzó destellos intermitentes. El sampán maniobró hasta atracar junto a un muelle natural formado por unas rocas planas y un marinero saltó a tierra y lo amarró a una argolla empotrada en el suelo. El sol aún no se había puesto, pero los árboles lo ocultaban y la cala estaba sumida en la penumbra. Apenas se distinguían las caras de los tripulantes, congregados en cubierta. A mi lado se colocó el sigiloso Puskas, para cuidar de mí o para vigilarme, según fuera mi comportamiento. Transcurridos unos minutos salió de la espesura una docena de hombres que portaban antorchas. Mientras avanzaban hacia nosotros en procesión, los tripulantes del sampán tendieron una pasarela hasta la arena. Los de tierra formaron una doble fila frente a la pasarela y se quedaron quietos, como si esperasen a alguien. Transcurrió otro rato hasta que de la oscuridad se destacó un individuo bajo y fornido, vestido con un traje de dril y tocado con sombrero de paja. Caminaba por la arena erguido y se apoyaba en un delgado bastón de caña, pero tenía las piernas cortas y unos zapatos delicados de piel blanca le hacían avanzar con lentitud. Su vestimenta, su porte y la deferencia que todos le mostraban lo identificaban como el cacique de aquellas tierras. Subió a bordo por la pasarela, el capitán salió a su encuentro e intercambió con él unas frases lacónicas; luego se dirigió a Puskas y éste me señaló a mí y murmuró algo. El cacique se mostró satisfecho, se colocó delante de mí y me alargó la mano con cordial formalidad.

—Alteza, bienvenido a Ju Ju Island. Es un honor recibirle en mi casa. Le agradezco mucho que se haya tomado la molestia de desplazarse hasta aquí, a pesar de la distancia y de sus múltiples ocupaciones. Yo soy tuan Patam Rahül. Hemos intercambiado cartas, pero el buen fin de nuestra negociación requería un encuentro personal. De ahí que insistiera tanto en su presencia. Confío en que mis mandantes le hayan tratado con respeto y eficacia, y a partir de ahora espero que mi hospitalidad le compense de las molestias del viaje.

Hablaba un inglés tan impecable como sus modales. Le di las gracias y le tranquilicé acerca del buen trato recibido hasta el momento. Me escuchó con distraída cortesía, impartió unas órdenes al capitán del barco y me tomó del brazo.

—Dejemos a la marinería ocuparse de sus cosas y vayamos a mi residencia. Le mostraré sus aposentos, cenaremos y se podrá retirar a descansar. Mañana nos espera una larga jornada de trabajo.

Je ne fais d'autre office que celui d'un grison qui rend les lettres.

Tuan Patam y yo, seguidos del sigiloso Puskas con mi bolsa de viaje, descendimos a tierra por la pasarela y, flanqueados por cuatro de los hombres que portaban antorchas, anduvimos por la arena y después por una trocha entre la maleza.

Antes de abandonar la playa volví la mirada y al incierto resplandor de las antorchas vi a los tripulantes del sampán descargar los fardos embarcados en la playa de Pattaya.

Recorridos unos doscientos metros, la trocha se abrió a un calvero rodeado de una empalizada de troncos. Al fondo de la explanada delimitada por la empalizada se levantaba una mansión de dos pisos, de estilo colonial, con porche, paredes blancas y tejado de pizarra. Las ventanas estaban iluminadas. A la izquierda de la mansión, a unos cincuenta metros de distancia, había un caserón grande y sólido, de tres plantas. Sólo en la planta baja parecía haber actividad. El resto del edificio estaba a oscuras. Una torre de vigilancia, provista de un potente reflector y una ametralladora, protegía el conjunto de posibles incursiones externas. En aquel momento el reflector estaba apagado y nadie montaba guardia, pero su presencia confería al conjunto un lóbrego aspecto de penal.

La luna había salido e iluminaba la escena.

Tres individuos con túnicas blancas salieron a recibirnos al porche de la mansión. La algarabía nocturna de los animales ocultos en la espesura que nos rodeaba no me impidió distinguir un zumbido constante, parecido al de un telar, procedente del caserón. Me pareció raro que alguien estuviera trabajando a aquella hora en un lugar tan lejano de la civilización.

Ante la puerta, tuan Patam me invitó a entrar con cortesía teatral. Al hacerlo se quitó el sombrero y la luz de las lámparas me permitió examinar sus facciones. Llevaba el cráneo rasurado e iba pulcramente afeitado; sus rasgos diminutos sugerían mezcla de razas y el color de su piel era verdoso. Al hablar movía las manos, pequeñas y delicadas, con amanerada delicadeza, y usaba un discreto perfume masculino.

Cumplida su misión, se marchó nuestra escolta, uno de los criados se hizo cargo de mi bolsa de viaje y Puskas se quedó en el porche, sentado sobre sus talones, como un perro fiel. Tuan Patam dio orden de subir la bolsa a la habitación que me había sido asignada y luego se dirigió a mí con una vaga sonrisa.

—Si le parece bien, cenaremos dentro de quince minutos. No hace falta que se cambie. Como habrá podido observar, esto no se parece en nada a una corte europea. Aquí las costumbres son muy sencillas.

Dado lo escaso de mi equipaje y lo astroso de mi aspecto tras los incidentes de la noche anterior y las posteriores horas de navegación, intuí sarcasmo en su campechanía, pero no le concedí la menor importancia.

Durante las largas horas de navegación había estado reflexionando sobre mi insólita coyuntura y había llegado a la conclusión de que podía comportarme como me diera la gana. El príncipe Tukuulo me había encomendado aquella misión sin advertirme de que debía suplantar su personalidad ni darme instrucciones sobre cómo había de representar su papel, por lo que cabían dos posibilidades: o bien confiaba plenamente en mi lealtad a su causa y en mi capacidad de improvisación, o bien le traía sin cuidado el resultado de la gestión en curso. En ambos casos el margen de maniobra era ilimitado. Sin embargo, después de ponderar la situación con detenimiento, comprendí que poco podía decidir acerca de mi conducta. Era evidente que el príncipe concedía algún valor al resultado de mi viaje: no podía pensar que hubiera organizado aquella farsa compleja, cara y peligrosa con el único propósito de gastarme una broma. Y tampoco era arbitrario el hecho de haberme ocultado el plan. Si me hubiera propuesto abiertamente la impostura, yo me habría negado a seguirle el juego. Astutamente había dejado que la treta fuese emergiendo de forma gradual, de tal modo que cuando yo conociera su verdadera magnitud, ya no hubiera vuelta atrás. En efecto, poner de manifiesto el fraude era impensable. Por dos veces lo había intentado y en las dos había chocado con la incredulidad de quienes preferían seguir el dictado de su fantasía antes que aceptar una revelación decepcionante. Cuánto peor no habría resultado una confesión similar en una isla incomunicada, cuyos habitantes se dedicaban a negocios turbios e iban a todas partes con una metralleta.

Cuanto más analizaba mi posición, más absurda la encontraba. Y lo más absurdo de todo era mi propia actitud. En vez de estar indignado con el príncipe, me sentía halagado por su indudable confianza en mi capacidad de engaño. También en este sentido el príncipe había actuado con cordura: si me hubiera dado instrucciones concretas, yo me habría convertido en un actor inexperto y timorato. Al dejarlo todo en mis manos, lo más probable era que yo actuase con acierto y con espontaneidad. Por lo demás, y según llevaba visto hasta aquel momento, poco se esperaba de mí, salvo aparentar ser lo que los demás creían que era. Y como el modelo original ya era, en cierto modo, un personaje de ficción, sólo tenía que dejarme llevar por la lógica de la situación.

Mientras deshacía el equipaje, me aseaba e iba pensando estas cosas, me llamó la atención un ruido de pasos y voces frente a la mansión. Me asomé a la ventana y, a través de la espesa tela que la protegía, contemplé una extraña ceremonia.

En el centro del calvero los marineros habían hecho una pila con los fardos embarcados en Pattaya y ahora formaban un círculo alrededor de la pila. El capitán del sampán hablaba con un hombre alto y delgado, vestido de blanco. Un sombrero de ala ancha me impedía verle la cara. En una mano sostenía un cuaderno y en la otra un bolígrafo con el que hacía anotaciones según lo que decía el capitán. Finalizado el recuento, el capitán dio una orden, los marineros volvieron a cargar los fardos y se dirigieron al caserón.

Me habría gustado ver cómo acababa la ceremonia, pero debía acudir al vestíbulo a encontrarme con mi anfitrión. Apagué la luz, salí de la habitación y bajé las escaleras.

En el vestíbulo me esperaba un criado, que me precedió hasta la puerta del comedor y allí se hizo a un lado. Dentro había una mesa larga, dispuesta para dos comensales. En un extremo estaba sentado tuan Patam y en el otro me senté yo.

La cena fue larga y estuvo presidida por un estricto formalismo y una permanente exhibición de buenos modales.

—Me encomiendo a la benevolencia de Vuestra Alteza. Éste es un punto perdido en el vasto mapamundi. Terra incognita, lo habrían llamado nuestros ancestros. Apenas recibimos visitantes, y ninguno de la categoría de Vuestra Alteza. Le ruego disculpe nuestra falta de refinamiento.

Era evidente que en aquel momento el único deseo de un bergante como mi anfitrión era sentirse miembro de la jet set, y que la compañía de un chisgarabís de sangre azul, auténtico o falso, como yo, colmaba sus anhelos. Por mi parte, no me faltaban recursos para satisfacerle. Conocía íntimamente al príncipe Tukuulo y a su entorno, había vivido varios años en Nueva York y con anterioridad había dirigido en Barcelona una revista del corazón.

—Yo, por el contrario, he sido invitado a innumerables mesas, y en ninguna he recibido un trato tan cortés y tan esmerado como en ésta, tuan.

El orgullo iluminó el rostro de mi anfitrión.

—¡La magnanimidad es la principal virtud de los monarcas!

Mientras íbamos dando cuenta de los platillos que dos criados nos iban sirviendo en cadena, le deleité con anécdotas y chismes inventados para la ocasión. De cuando en cuando trataba de llevar la conversación hacia el propósito concreto de mi viaje, pero cada vez mis argucias chocaban con un muro infranqueable, hecho de obstinación, astucia y candidez.

Concluida la cena, tuan Patam introdujo un cigarrillo en una boquilla larga, de laca carmesí, y fumó un rato en silencio, como si estuviera eligiendo sus palabras con sumo cuidado.

—Tan pronto salga el sol, si Vuestra Alteza no dispone lo contrario, le mostraré las instalaciones y ultimaremos los detalles de la transacción. No se preocupe por el despertador. El trajín le despertará al romper el alba. Le deseo felices sueños y me permito hacerle una recomendación. Oiga lo que oiga y pase lo que pase, no salga de sus aposentos durante la noche. Éste es un lugar selvático y abundan los animales dañinos. Serpientes venenosas. De día se ven y no es difícil evitarlas, si uno sigue el camino marcado y no se adentra en la maleza. En cambio, en la oscuridad, son letales. Habrá observado la protección de las ventanas: uno no se quiere despertar con una cobra en la cama, ¿no le parece? Si es prudente, no le pasará nada. Tigres no he visto, pero dicen que algunos merodean por la jungla. Cómo llegaron a la isla es un misterio. Los nativos aseguran haber visto sus huellas y oído sus rugidos espeluznantes. Tal vez sea pura fantasía. Los nativos son dados a fabular. Como nosotros. En eso, al menos, todos los hombres somos iguales. Pero cierto o falso, no hay cuidado: un tigre no saltaría la cerca. Las serpientes, en cambio, se escurren por cualquier rendija. De los nativos, por el contrario, no debemos temer nada. La holgazanería los vuelve inofensivos. Viven sometidos a los fantasmas de sus antepasados, a los tabús y a otras bárbaras prácticas. Diezmados continuamente por los tifones y las enfermedades, se extinguirían si no fuera por nosotros. Nos abastecen de pescado, marisco y fruta y nosotros les proporcionamos artículos de primera necesidad que traemos de Pattaya. Les agrade o no, su supervivencia depende de nosotros, ellos lo saben y son los primeros interesados en nuestra seguridad. Por lo demás, los animales peligrosos que nos rodean también nos defienden de posibles ataques exteriores. Todo consiste en saber cuándo se está dentro y cuándo se está fuera. Y no digo más. Ya he aburrido bastante a Vuestra Alteza. Descanse y mañana será otro día.

*

Como me había sido anunciado, me despertó un estruendo terrible.

Corrí a la ventana a ver qué ocurría. En el cielo se anunciaban las primeras luces del amanecer. Fuera, en mitad de la explanada, había un helicóptero Cobra. El motor rugía y las aspas levantaban gigantescas tolvaneras al girar. Al cabo de unos segundos el aparato despegó y se dirigió hacia el sur. Pronto lo perdí de vista y el ruido del motor fue decreciendo hasta desaparecer por completo.

Pese a la brevedad de lo ocurrido, ni por un instante pensé que hubiera sido un sueño. Presa de palpitaciones volví a tenderme en la cama.

Los helicópteros de combate Cobra, de dieciséis metros de longitud por cuatro de altura, patines de aterrizaje, torreta con ametralladora y misiles en los costados, habían sido el símbolo de la guerra de Vietnam, como los tanques lo fueron de la Segunda Guerra Mundial o los elefantes de Aníbal de las guerras púnicas. Pero una cosa era ver la imagen de un Cobra en la pantalla del televisor o incluso en una sala de cine y otra muy distinta era experimentar la potencia de aquella máquina de guerra a escasos metros de la ventana del dormitorio.

Cuando me hube repuesto de la impresión, comprendí el sentido de aquel insólito espectáculo. La víspera habíamos traído un cargamento en el sampán y ahora la mercancía emprendía viaje a un nuevo destino.

Me levanté, me duché, me vestí y salí en busca de tuan Patam.

Lo encontré tan risueño y acicalado como lo había dejado la víspera.

—Vuestra Alteza conoce sobradamente la naturaleza de nuestras actividades. Ahora, si le parece bien, me gustaría mostrarle su funcionamiento práctico.

Con aquella propuesta puso punto final a un austero desayuno, en el transcurso del cual ninguno de los dos hizo mención del helicóptero que acababa de despegar.

Salimos al exterior. A la luz del día, el recinto no había perdido su aspecto carcelario, pero un par de ruidosos papagayos azules, posados en la alambrada, introducían un poco de jovialidad en el ambiente.

Acompañados de sus graznidos, nos dirigimos al edificio contiguo, ante cuya puerta montaban guardia dos hombres armados. Tuan Patam me explicó que la vigilancia venía a ser una pura formalidad.

—Todos los que trabajan aquí entran y salen continuamente. Cualquiera se podría llevar algo. No hace falta decir que eso sería un grave error. La contabilidad de las existencias es muy precisa; el hurto sería detectado sin tardanza y no sería castigado según el valor de la sustracción, sino por la gravedad de la traición. Y, en última instancia, ¿de qué serviría lo robado en una isla donde sólo estamos nosotros y los nativos? Por otra parte, cuando la puerta está cerrada, se necesitaría una carga explosiva colosal para reventarla o para agujerear el muro. Este edificio, en apariencia vulgar, es tan seguro como el Banco de Inglaterra, con la ventaja añadida de la insularidad.

—¿Ha habido alguna tentativa?

—No. Nadie dispone de los medios ni tiene la audacia necesaria. El ejército podría, si quisiera..., pero en este sentido no hay cuidado.

Hube de aceptar por fuerza la lógica de su argumentación: pocas dudas ofrecía la connivencia gubernamental con las gentes de la isla si éstas podían utilizar un helicóptero de combate con fines comerciales.

En aquel momento, surgió del interior del edificio el individuo que yo había visto la noche anterior ocupado en llevar la contabilidad de los fardos. Tuan Patam se interrumpió e hizo las oportunas presentaciones.

—Alteza, quiero presentarle a tuan Warum. Así le llamamos, con humorístico afecto, por su temperamento meticuloso e inquisitorial. Nunca da una acción por acabada si no la ha fiscalizado personalmente hasta el último detalle. Gracias a esta exigencia para con los demás y para consigo mismo, nada escapa a su observación y eso, para nosotros, es de vital importancia. Tuan Warum procede de la banca suiza, donde ostentó cargos de la máxima responsabilidad, hasta que un buen día decidió cambiar el inexorable clima de los Alpes por las sensuales brisas de esta isla tropical. *Nicht wahr, tuan Warum?*

No supe si hablaba con ironía, pero di por sentado que el mote preservaba el anonimato del circunspecto contable y su presencia en la isla provenía de algo oscuro en su pasado. A todo ello respondió el interpelado con un rápido movimiento de cabeza, sin apartar de mí una mirada desconfiada y escrutadora.

Los tres pasamos a una vasta nave iluminada por unos fluorescentes colgados del techo y ocupada por unas veinte mesas. En cada mesa había un hombre enfrascado en su trabajo, ajeno a cuanto ocurría a su alrededor. Todos o casi todos eran chinos. Algunos consultaban números en hojas perforadas y otros manejaban ábacos con mucha destreza y celeridad. Presidía la nave una estatua de alabastro que representaba una mujer de rostro ovalado y facciones serenas, con las manos cruzadas sobre el regazo, y que no era otra que Guan Yin, la Diosa de la Misericordia. Tuan Patam hizo una profunda reverencia ante la estatua y tuan Warum le imitó con gesto más servil que devoto. A continuación, para no alterar aquella atmósfera de trabajo y concentración, tuan Patam prosiguió sus explicaciones en un susurro.

—A esta parte del edificio la llamamos el convento. Aquí trabajan y viven los empleados de la empresa. La reclusión es obligatoria, por razones obvias. Los dormitorios y las demás dependencias están en las dos plantas superiores.

En un extremo de la sala tableteaban los teletipos. Al fondo, unas puertas transparentes dejaban ver varios ordenadores en plena actividad. Los cristales estaban empañados, porque los ordenadores exigían una temperatura muy baja para su correcto funcionamiento. Los que los manejaban iban muy abrigados.

Unos años atrás, un amigo economista me había mostrado unas máquinas parecidas en la oficina central de un banco de Barcelona. En aquella ocasión, mi amigo, que conocía mi ignorancia en cuestiones científicas, se limitó a decirme que las computadoras realizaban cálculos aritméticos complejísimos a gran velocidad y sin posibilidad de error. La informática aplicada a la empresa privada estaba todavía en sus inicios y causaba asombro y preocupación. La posibilidad de realizar operaciones inalcanzables para la mente humana producía inquietud e inseguridad a los profesionales de la contabilidad, que se veían superados por una máquina, pero seguían asumiendo la responsabilidad de los resultados. Las máquinas facilitaban el trabajo, pero también podían cometer errores tremendos sin que el sentido común se lo advirtiese. Nadie sabía hasta dónde podía llegar su extraordinaria capacidad y, si bien ofrecían un futuro rico en posibilidades, también abrían la puerta a todo tipo de fraudes si caían en manos de técnicos desaprensivos que supieran utilizar en beneficio propio la eficacia y complejidad de un sistema mecánico ciego y amoral por naturaleza. De momento, sin embargo, el elevado coste de compra y mantenimiento de las computadoras ponía el procesamiento informático de datos fuera del alcance de los malhechores, o eso creía el atribulado ciudadano.

—Aquí se recibe y se almacena información procedente de todo el mundo, y en función de esta información y de cálculos muy precisos, se toman las oportunas decisiones. Ahora, para concluir, bajaremos a la cámara del tesoro.

Precedido por mi anfitrión y seguido por tuan Warum descendí por una escalera de caracol hasta que nos cerró el paso una puerta acorazada. A una señal de tuan Patam, tuan Warum accionó ruedas y manivelas, la puerta giró sobre sus goznes y entramos en una sala rectangular, larga y estrecha. A lo largo de las paredes se alineaban anaqueles sobre los que había cajas de metal verde, de regular tamaño, cada una pulcramente clasificada mediante una combinación de letras, números y algo parecido a ideogramas. En el pasillo central, como en el vestíbulo de la planta baja, se levantaba sobre un pequeño pedestal otra estatua de madera. Pero en esta ocasión la que presidía la pieza no era la benévola Diosa de la Misericordia, sino el feroz Acala, también llamado Acalanatha o Candamahâroshana, el Inamovible, uno de los Cinco Reyes de la Sabiduría. Lo rodeaban llamas de madera teñida de rojo, en la mano derecha empuñaba una espada y con la izquierda sostenía una cuerda.

—Sin duda Su Alteza deseará ver el contenido de las cajas. No de todas, claro. En este momento, si mis cálculos no fallan, hay más de doscientas. Una cata será suficiente.

Bajo la mirada atenta y expectante de los dos hombres, elegí una caja al azar. La tapa estaba sujeta con un simple pasador. Lo corrí y levanté la tapa con prevención. Dentro había fajos de billetes de banco muy bien ordenados. La divisa me era desconocida. En cajas sucesivas reconocí dólares y yenes. Comprendí que aquel almacén guardaba una fortuna incalculable.

Mi rostro debió de reflejar la estupefacción ante aquel inesperado descubrimiento. Al notarlo, tuan Patam se frotó las manos y no pudo reprimir una risita. La luz de los fluorescentes acentuaba el color verdoso de su piel.

—¿Sorprendido, Alteza?

—Sí, francamente, nunca habría imaginado...

—La magnitud del depósito. Es natural. Si le interesa, tuan Warum puede darle cifras, globales o pormenorizadas. De lo contrario, le propongo que volvamos a la casa y concretemos los detalles de nuestro acuerdo mientras tomamos unas cervezas bien frescas.

In those unfortunate countries, indeed, where men are continually afraid of the violence of their superiors, they frequently bury or conceal a great part of their stock... This is said to be a common practice in Indostan, and, I believe, in most other governments of Asia.

Según me contó tuan Warum, el fabuloso negocio que tuan Patam administraba con tanto orgullo como eficacia era un subproducto de las sangrientas contiendas que habían asolado la región a lo largo de varias décadas. Primero durante la guerra con Francia por la independencia de Indochina y más tarde durante la guerra de Vietnam, Ju Ju Island se convirtió, al principio, en la salvaguardia económica de muchas personas que, por temor a las represalias de uno u otro bando o por simple temor a la incertidumbre, deseaban poner a salvo una parte de su capital y, más tarde, en el depósito del dinero procedente del mercado negro que siempre florece a la sombra de los conflictos armados. Ahora, alcanzada una paz precaria, algunos lugares, como Pattaya, que durante la guerra habían servido para dar reposo y esparcimiento al personal militar de permiso, recibían un flujo creciente de turistas deseosos de aprovechar las infraestructuras destinadas al placer y la disipación a bajo costo. Todo aquello había generado una extraordinaria acumulación de riqueza cuyos orígenes no permitían que aflorase legalmente. Por otra parte, con guerra o sin ella, la inestabilidad política y económica de la región hacía que Ju Ju Island inspirara más confianza que las instituciones oficiales. Con el tiempo, el volumen de capital llegó a tal extremo que tuan Patam se vio obligado a reconvertir lo que inicialmente era un depósito seguro en un centro de inversiones tan irregulares como la procedencia del dinero. Y por aquel motivo estaba yo allí.

En aquel punto tomó la palabra tuan Patam.

—Mi intención, al hacer venir a Vuestra Alteza, era mostrarle la magnitud de los recursos disponibles y la seriedad de la gestión. No soy un charlatán ni un vulgar estafador. Por el contrario, soy yo quien asumo los riesgos sin contrapartida. No le niego que quería conocer personalmente a Vuestra Alteza, por más que ya tuviera excelentes referencias. En este negocio mucho depende del instinto y todo se fía al valor de la palabra. Aquí no se firman contratos ni hay más garantía que la confianza mutua, por lo que son superfluos los notarios y los jurisconsultos.

No podía hacer otra cosa que manifestar mi asentimiento en términos inequívocos y dejar que mi anfitrión prosiguiera con sus explicaciones.

—En los círculos bursátiles internacionales sin duda se consideraría una locura invertir en el futuro de un reino cuya existencia, sin ánimo de ofender a Vuestra Alteza, todavía es incierta. Pero entre los magnates de las finanzas y nosotros media un abismo. ¿Qué otros horizontes se nos abren? Esto es el paraíso fiscal de los pobres, Alteza. Hemos de apostar por las iniciativas más inverosímiles. Y lo mismo cabe decir de Vuestra Alteza, sin establecer, por supuesto, un parangón con nosotros. ¿Quién invertirá en un proyecto de porvenir tan aleatorio? Un proyecto, al mismo tiempo, cuya viabilidad requiere de grandes desembolsos sin plazo de amortización.

—¿Y no corremos el riesgo de que ahora, acabada la guerra, el Gobierno se incaute de los depósitos? Ningún gobierno rehusaría unos ingresos tan suculentos.

Tuan Patam sonrió con benevolencia, como si estuviéramos comentando una chiquillada.

—El Gobierno actual nunca haría una cosa semejante. Su posición en el poder es precaria: su legitimidad es dudosa. No así su inoperancia. Entre la población reina el descontento y la represión apenas puede contener una revuelta. La economía se sustenta en actividades marginales, como ya ha visto Vuestra Alteza en las calles de Pattaya. El dinero que acabamos de ver es producto del sacrificio individual de muchas personas que nada deben y nada esperan del Gobierno. Si les tocan este dinero, habrá una revolución y rodarán cabezas. Y los americanos se guardarán mucho de volver a enviar tropas a la selva. No, Alteza, el Gobierno no ignora nuestra existencia, pero nos deja hacer. Ni siquiera hemos de recurrir al soborno. Pequeñas muestras de gratitud en fechas señaladas; con eso basta y sobra. La economía del país no podría funcionar sin nosotros, como no podría funcionar sin la prostitución, el contrabando, el juego y otras actividades similares que no hacen mal al conjunto de la sociedad y permiten vivir a mucha gente. En última instancia, la moral no es de la incumbencia de la administración pública. La única amenaza que se cierne sobre nosotros son los piratas y el único momento delicado es el transporte de la mercancía. Vuestra Alteza fue testigo de un pequeño incidente que resultó ser una falsa alarma. Pero también este peligro lo tenemos bajo control. A decir verdad, los piratas no son un peligro real. Sus barcos son auténticas cafeteras al mando de delincuentes que no tienen la menor idea de navegación y con una tripulación de patanes embrutecidos por el alcohol y las drogas. Se ceban en las pequeñas embarcaciones de cabotaje y en los yates de recreo. Ahí son sanguinarios y despiadados. Pero basta enseñarles la boca de un cañón para ponerlos en fuga.

Después de aquella digresión, la conversación se adentró en un terreno técnico por el que me abstuve de seguirle. Las remesas de dinero y su localización, las sociedades interpuestas y los testaferros no guardaban relación con mi cometido: yo sólo había ido hasta aquella remota isla a causar buena impresión a un delincuente adinerado y aquel objetivo parecía haberse alcanzado a plena satisfacción de las partes. A partir de ahí sólo tenía que dejarle hablar.

—Por lo demás, Alteza, esto es Asia. Ya sabe lo que decía Rudyard Kipling. Aquí las cosas se rigen por otra filosofía y se rinde cuenta a otros dioses. Y tome nota de lo que le digo: el futuro está en Asia. No en Japón, como muchos creen. Japón aspira a convertirse en una gran potencia económica, pero no lo conseguirá. Los japoneses son muy trabajadores y disciplinados y les sobra empuje, pero no tienen recursos naturales y en el terreno de las manufacturas su sistema político es un lastre. Créame, Alteza, el futuro de la economía mundial pasa por el Sudeste Asiático.

Concluida la conversación, sellamos nuestro convenio con un apretón de manos. Luego, tras una breve pausa, tuan Patam exhaló un hondo suspiro.

—Es una lástima, pero ya no tengo ningún motivo para retener a Vuestra Alteza. Nada me agradaría más que seguir contando con su presencia en mi casa, pero entiendo que le reclaman sus obligaciones. Todavía es temprano, el sampán está listo para zarpar, la travesía es larga y, por varias razones, no conviene navegar después de anochecido.

Me declaré dispuesto a partir y mientras volvía a mi cuarto y hacía una vez más el equipaje, mi anfitrión impartió las órdenes pertinentes. Al reunirme de nuevo con él vi recortarse en el marco de la puerta la silueta del sigiloso Puskas, dispuesto a reanudar sus funciones de servidor y de guía. Recorrimos nuevamente el camino hasta la playa, acompañados de tuan Patam, del que me despedía de la manera más ceremoniosa.

El sampán soltó amarras y pronto la pequeña isla, sus misteriosos habitantes y su fabuloso tesoro se convirtieron en un punto diminuto en la lejanía.

A heavy mist had descended upon the land: the mist penetrating, enveloping, and silent.

Durante varias horas navegamos sin contratiempo. La corriente nos era favorable y el trayecto de vuelta se me habría hecho corto de no haberse producido una avería en el motor. De repente todo el mundo corría por la cubierta del sampán, que seguía avanzando a vela, a merced de la brisa, a un ritmo desesperante. De cuando en cuando emergía por la escotilla un mecánico con una llave inglesa en la mano y el rostro ennegrecido, daba unos gritos y volvía a desaparecer.

Como de costumbre, nadie me daba explicaciones. Sólo Puskas venía ocasionalmente a mi encuentro, me prodigaba sonrisas, me pedía disculpas por señas y me auguraba una pronta reanudación del viaje, mientras el sampán se mecía en mitad del mar. Por dos veces el motor se puso en funcionamiento, con acompañamiento de explosiones y humaredas pestilentes, y por dos veces se volvió a parar. El sol avanzaba con rapidez hacia el horizonte.

Poco antes del ocaso columbramos dos barcos que se dirigían hacia nosotros, uno por el costado de babor y el otro por el de estribor. Como medida precautoria, fue retirada la funda del cañón de proa. La visión del cañón bastó para detener el avance de los dos barcos, pero aquella precaución revelaba a las claras sus intenciones.

Para complicar las cosas, a medida que menguaba la luz se iban formando bancos de niebla. Con excepción del mecánico, que persistía en sus intentos de reparar la avería con más ruido y humo que resultados prácticos, toda la tripulación estaba en cubierta con las armas preparadas. Puskas se puso a mi lado. Me miró fijamente, señaló el puñal malayo que llevaba en la faja y murmuró: kris. Le sonreí para infundirle ánimos. A decir verdad, yo no creía que los piratas intentaran el abordaje, en el supuesto de que fueran piratas los ocupantes de aquellos barcos. Si yo había visto con mis propios ojos cómo el dinero salía de la isla en helicóptero, los piratas no podían ignorar aquel hecho y debían de saber que la bodega del sampán iba vacía. La verdad es que estaba muy tranquilo. Las personas de carácter débil damos la impresión de que nos crecemos en la adversidad, cuando precisamente la falta coraje es lo que nos hace renunciar a la lucha, darlo todo por perdido de antemano y presenciar lo que sucede como si no fuera con nosotros.

Con la oscuridad dejaron de graznar las aves marinas y se hizo un silencio tenso. Alguien encendió un reflector tratando de perforar la niebla. Al instante sonó una detonación y el que había encendido el reflector lo volvió a apagar. Cuatro linternas de aceite colgadas del mástil eran el único alumbrado y todos procurábamos alejarnos de ellas para no ofrecer un blanco fácil, por más que la niebla afectase por igual a los dos bandos.

Así transcurrió un largo periodo, como si el tiempo se hubiera detenido. Los tripulantes del sampán se fueron acurrucando por los rincones y se fueron quedando dormidos. Yo permanecí despierto hasta que me venció la fatiga y me adormecí sin darme cuenta.

No sé cuánto rato dormí, pero aún era de noche cuando me despertó la presión de una mano que me tapaba la boca. Quise moverme y varias manos me sujetaron los brazos y las piernas. A la claridad lechosa de las linternas que flotaban en la niebla distinguí unos rostros fantasmales a escasos centímetros del mío. Alguien puso un machete ante mis ojos y dejé de oponer resistencia. Entonces me taparon la cabeza con una bolsa de tela áspera que apenas me dejaba respirar, me levantaron en vilo, me llevaron al costado del sampán y me arrojaron por la borda.

Caí sobre lo que debía de ser un bote de goma. Unas mantas que olían a pescado amortiguaron el golpe y el ruido. Subieron al bote mis secuestradores e, impulsados por remos, empezamos a movernos en silencio.

Después de un rato volvieron a izarme, me depositaron sin miramientos en un suelo duro y me quitaron la bolsa de la cabeza. Me encontré en la cubierta de un barco bastante grande, rodeado de individuos de tez oscura, con pinta de antropófagos. Uno de ellos se plantó delante de mí y pronunció unas frases guturales en un idioma desconocido. Le pregunté si hablaba inglés. Emitió un gruñido, dio una orden y a empellones me hicieron bajar por una escalera de madera, recorrer un pasillo angosto y entrar en un cuartucho vacío, sin ventana ni luz. Cerraron la puerta y me quedé en tinieblas. El cuartucho era tan bajo de techo que no podía estar de pie, y tan estrecho que sólo podía sentarme con las rodillas dobladas. Oí ruido de motores y el barco empezó a desplazarse.

Mi situación no era halagüeña. Sin duda me llevaban a un lugar seguro donde me retendrían hasta que alguien pagara un elevado rescate. Sólo aquel plan justificaba que los piratas se hubieran atrevido a apoderarse de mí en medio de una tripulación armada dispuesta a defenderme. Una actitud por ambas partes que sólo se debía a que unos y otros me tomaban por un príncipe. Mantener el engaño no conducía a nada, pero revelarlo, en el supuesto de que pudiera hacerlo, sin duda había de provocar una reacción violenta ante lo que, a sus ojos, era una burda estafa.

Cavilando estas cosas perdí la noción del tiempo.

De repente se abrió la puerta. En el pasillo había una claridad tenue que me permitió ver la forma de una persona que entraba en el cuartucho. Instintivamente me arrimé a la pared. La sombra vino hasta mí y para mi sorpresa oí la voz de Norito que me instaba a no hacer ruido. Susurraba y respondí en el mismo tono.

—¿Cómo has llegado hasta aquí?

—Nadando.

—¿Para qué?

—Vaya pregunta: para sacarte de este enredo.

—¿No me vigila nadie?

—Había un hombre delante de la puerta, pero lo he noqueado.

—¿Con un golpe de karate?

—No, hombre. Con un tablón. Y no perdamos más tiempo. Huyamos.

—¿Cómo?

—Como he venido: a nado.

—Estamos en alta mar.

—Estamos pasando cerca de un islote. Podemos llegar con un pequeño esfuerzo.

—¿Y si nos descubren?

—Por probar nada se pierde. Vamos.

Me cogió de la mano y salimos al pasillo. A tientas encontramos la escalera. Fuera había escampado la boira y se anunciaba la mañana. En cubierta no había nadie. Gateamos hasta el costado del barco y nos pusimos a horcajadas en la borda. A lo lejos distinguí una masa oscura, que debía de ser la isla anunciada por Norito, pero había una cierta altura hasta el agua, y el mar, de noche, infundía respeto. Al advertir mi indecisión, Norito me dio un empujón y acto seguido saltó ella. En la quietud de la noche, el chapuzón alertó a los piratas de nuestra fuga.

Hubo gritos, carreras y un disparo al aire. La confusión nos dio una ventaja momentánea. Yo nadaba con todas mis fuerzas. Norito, mucho más habilidosa, me sacaba ventaja. Por dos veces temí perderla y otras tantas la encontré esperándome para seguir nadando a mi lado y darme ánimos.

Los piratas arriaron el bote de goma, subieron y encendieron el motor fueraborda. Estaba a punto de salir el sol y nos localizaron sin dificultad.

Yo estaba al límite de mis fuerzas.

—¡No puedo más!

—No hables y sigue nadando. Estamos muy cerca.

Era verdad: la playa estaba a la vista. Pero los piratas nos tenían a su alcance. Oía perfectamente sus gritos y sus risas. Los pulmones y los brazos ya no me respondían. Me hundí y el agua se cerró sobre mi cabeza. Decidí que era mejor volver a la mazmorra que morir ahogado. Volví a la superficie, me di media vuelta y levanté los brazos.

The pirates were out looking for the lost boys. They were going round and round the island, but they did not meet because all were going at the same rate.

Al encararme a nuestros perseguidores advertí que éstos, pese a estar a escasos metros de su presa, no tenían puestos los ojos en mí, sino en la playa. Intercambiaron unas frases precipitadas, dieron un golpe de timón al bote y emprendieron el regreso al barco con tanta celeridad como la que habían puesto para atraparnos. Con tanto alivio como extrañeza por aquel súbito cambio de actitud, me volví hacia la isla y vi un hombre flaco y harapiento que agitaba un trapo amarillo en la playa. Sin darme tiempo a pensar, oí a Norito redoblar su apremio.

—Se retiran. No claudiques. Falta poco.

Lentamente conseguí llegar hasta donde hacía pie. A trompicones salí del agua y me dejé caer en la arena. Norito se sentó a mi lado. El hombre del trapo amarillo vino a nuestro encuentro. Yo apenas podía articular palabra, pero hice un esfuerzo y le hablé en inglés.

—Gracias.

Nuestro benefactor movió la cabeza de lado a lado para expresar su incomprensión. Por sus rasgos era malayo, pero tenía la piel sonrosada. Entre los jirones de su ropa asomaban sus extremidades descarnadas. Por señas traté de hacerle entender que huíamos de los piratas. Abrió una boca desdentada y levantó la mirada al cielo.

—*Banditi. Cattivi.*

—¿Habla italiano?

—*No signore, solo un po'.*

Me miraba a mí, miraba a Norito y luego nos mostraba el trapo amarillo. Finalmente tomó una decisión.

—*Aspetta qui. Io prendo il Santo Padre Scimmio.*

Se fue andando con paso inseguro por la arena hasta desaparecer detrás de unos matorrales. Norito y yo nos miramos con perplejidad.

—¿Tú te aclaras?

—No, pero al menos nos hemos librado de una buena.

—Pues aprovecha el paréntesis de calma para contarme qué pintas tú en este enredo.

A trompicones y azorada como si confesara una

travesura, Norito dio cuenta de sus acciones en las últimas horas.

Aunque el trabajo para el que había sido contratada por el señor Melgares en Tokio terminaba a nuestra llegada al hostal de Pattaya, la actitud de Madame Kwank, a la que primero calificó de mujer equívoca y sibilina y acto seguido y sin ambages de lagartona, suscitó su desconfianza, por lo que decidió simular que regresaba a Bangkok, cuando, en realidad, permaneció oculta y vigilante toda la noche. Vio cómo unos hombres depositaban fardos en la playa y, cuando aquéllos se hubieron ido, inspeccionó su contenido: grandes sumas de dinero, comida, ropa de casa y prendas de uso personal. De madrugada, al ver que un desconocido me conducía a un sampán, no dudó en meterse en el fardo de la ropa, aprovechando su tamaño diminuto y su complexión esmirriada, según se definió ella misma con sonrojo. De aquel modo viajó hasta Ju Ju Island, por donde también estuvo merodeando sin que nadie notara su presencia. Al día siguiente, al advertir mi partida, volvió a esconderse en la bodega del sampán. Era la única que no dormía en el instante del secuestro y no dudó en arrojarse al agua y nadar en pos del bote hasta el barco pirata, donde esperó el momento oportuno para poner fuera de combate al vigilante y hacer posible mi escapatoria.

Cuando hubo acabado su relato, me quedé pensando un rato y luego la miré con fijeza.

—Y todo esto, ¿por qué lo has hecho?

En vez de contestar, se puso a lloriquear.

—Eh, eh, te has portado como un verdadero samurái. Has sido para mí un bodhisattva, ¿a qué vienen ahora estas lagrimitas?

—He pasado mucho miedo. Y llevo más de dos días sin comer.

La llegada de un nuevo personaje interrumpió el diálogo. A pesar de tener el cutis tostado por el sol era evidente su origen europeo. Era orondo, calvo, con una espesa barba negra. Vestía un overol de algodón y calzaba sandalias. Su cara ancha y benévola reflejaba preocupación. Al llegar a nuestro lado nos examinó un instante y luego habló en un inglés macarrónico.

—Gracias a Dios, veo que no están heridos. Pizpireto me ha contado la peripecia. Han tenido mucha suerte. Aquí están a salvo. Pero lo primero es lo primero.

Terciada al hombro llevaba una cantimplora. Nos ofreció agua y bebimos con avidez.

—De la comida nos ocuparemos en seguida. Es evidente que han perdido todas sus pertenencias. Y están empapados. Podría proporcionarles ropa, pero seguramente la rechazarán.

—Perdone que le interrumpa. No sé dónde estamos. ¿Es usted el Santo Padre Scimmio?

El hombre rio de buena gana, recuperó la cantimplora y se la colgó del hombro.

—Oh, no. El Santo Padre Scimmio subió al cielo hace años. La causa de beatificación ya está en curso. Pero éste no es lugar para conversar. El sol ya está alto. Acompáñenme hasta la Casa y me ocuparé de ustedes.

Mientras caminábamos por la playa, nuestro acompañante nos informó de que lo que él denominaba la Casa era una institución fundada por el Santo Padre Scimmio a imagen de la famosa Casa Sollievo della Sofferenza, que el padre Pío había impulsado en San Giovanni Rotondo y que el propio Pío XII había inaugurado en 1956.

El padre Scimmio, gran admirador del padre Pío, había decidido seguir su ejemplo en aquella remota isla del golfo de Siam. En la actualidad, la Casa de la isla, rebautizada como Piccola Isola di San Giovanni, albergaba a más de cincuenta desventurados.

Dejamos la playa y nos adentramos por un camino de tierra batida. Nuestro acompañante se detuvo repentinamente.

—Debo pedirles mil perdones. No paro de hablar y ni siquiera me he presentado. Soy el padre Salvia e Burro. En realidad, es una versión humorística de mi verdadero nombre. Aquí procuramos introducir una nota de humor cuando se tercia la ocasión.

—Mucho gusto, padre. Yo soy Rufo Batalla. Y ésta es Norito. Le ruego que satisfaga mi curiosidad. ¿Por qué dieron media vuelta los piratas? ¿Tanto respeto tienen a la institución?

—No, ésos no respetan nada. Pero a la isla no se acercan. En esta ocasión estaban muy ocupados en apresarlos y no se percataron. Por eso tuvo que salir Pizpireto y hacer la señal.

—¿Qué señal?

—La del trapo amarillo. Ah, ya hemos llegado.

En una explanada se levantaba un complejo formado por dos edificios simétricos de hormigón, con ventanas estrechas, rodeados de un seto que crecía a su antojo. Uno de los bloques estaba rematado por una cruz; el otro dejaba salir una columna de humo blanco por una chimenea de latón.

—Los propios internos cocinan y se ocupan de la limpieza y el orden. No son muy competentes ni en lo uno ni en lo otro, pero no se les puede exigir mucho, dada su condición.

Nos detuvimos delante del seto. Enmarcadas en las ventanas del edificio, nos observaban varias siluetas contra un fondo oscuro. Al verlas, el padre Salvia e Burro se echó a reír.

—Pizpireto les habrá hablado de ustedes y están ansiosos por verlos. Es natural. En la isla nunca pasa nada digno de mención y jamás recibimos visitas. Seguramente querrán salir a saludarlos. No se inquieten, yo se lo impediré.

Nos dejó solos en la parte exterior del seto. Los internos agitaban los brazos para atraer nuestra atención y Norito les respondía haciendo reverencias.

No tardó en regresar el jovial sacerdote con unas pocas vituallas.

—Un pan precintado y un par de latas de atún en escabeche. Con esto se tendrán que conformar. Tampoco les he traído ropa seca. Aquí cerca hay un riachuelo donde pueden bañarse y lavar la ropa que llevan. Si la ponen al sol, se secará en seguida. El agua del riachuelo es fresca y potable. Vengan conmigo, los acompañaré.

Nos alejamos de la Casa por un sendero y en cinco minutos llegamos a la orilla de un arroyo claro, de unos dos metros de anchura. Revoloteaban varias libélulas.

Con diligencia y energía, el padre Salvia e Burro empezó a arrancar los juncos más altos y gruesos que crecían en la margen del arroyo. Cuando tuvo media docena, buscó un paraje llano, cubierto de hierba, y los fue clavando en la tierra blanda hasta formar un círculo. Luego recogió del suelo hojas de palma y con nuestra colaboración formó una choza precaria, que contempló con satisfacción.

—Si no hace viento, esta cabaña los resguardará de la intemperie. Si hace viento, adiós cabaña. Les dejo una caja de cerillas, pero si encienden fuego, vayan con cuidado. No queremos un incendio en la isla. Ahora les dejo. Desde la Casa intentaremos ponernos en contacto por radio con Bangkok para que vengan a buscarlos. Mientras tanto, descansen y repongan fuerzas. Después de todo lo que han pasado, estarán rendidos.

—No sé cómo agradecerles su hospitalidad.

—Eso es fácil: cuando regresen a sus países, hablen de nosotros. Nadie se acuerda de nuestra existencia y necesitamos ayuda continuada. Incluso las personas buenas fingen ignorar que existimos, y si se dan por enteradas, procuran alejarnos de sus pensamientos, como quien ahuyenta un mal sueño. Ya han visto cómo han reaccionado los piratas. No le temen ni al mismísimo diablo, pero basta con que nos identifiquemos para provocar una desbandada.

Inició el camino de regreso a la Casa, se detuvo al cabo de unos pasos, dio media vuelta y volvió junto a nosotros. Antes de hablar se frotó las manos con nerviosismo, como si no encontrara las palabras adecuadas para lo que se proponía decirnos.

—Es posible..., más bien es probable que se acerque algún interno. A menudo salen a pasear por las inmediaciones de la Casa. Después de todo, son enfermos, no reclusos. Si los ven, no se espanten. Ellos son conscientes del efecto que producen en la gente sana y no se les acercarán. Sobre todo, no traten de agredirlos.

—¿Agredirlos? ¿Por qué habríamos de hacer una cosa semejante?

—Nunca se sabe. Hay un temor atávico..., e infundado, porque, en contra de la creencia popular, la lepra no se contagia con facilidad y menos aún por simple contacto. Entre nosotros, que convivimos con ellos, los casos de contagio se pueden contar con los dedos de una mano. Pero persiste una imagen secular, terrible, de resultas de la cual los pobres enfermos son tratados peor que si fueran fieras dañinas o criminales empedernidos. Ustedes no les tengan miedo. Son inofensivos. La enfermedad los debilita física y espiritualmente. Las dos cosas son malas, pero lo peor es el rechazo. Y la injusticia.

Cuando se hubo ido di rienda suelta a mi desesperación.

—¡Habría preferido seguir con los piratas!

Norito se lo tomaba con calma.

—Ya has oído lo que ha dicho el buen padre: no hay peligro de contagio. Además, el miedo no es un antídoto. Y yo estoy desfallecida. Me voy a bañar al río. Llevo encima suciedad de varios días y varias noches.

Fue hasta el borde del arroyo, se quitó la ropa, la dejó bien doblada en un montón y se metió en el agua. A pesar de la amenaza que flotaba en el ambiente, el lugar donde nos encontrábamos reunía todos los encantos naturales imaginables. Decidí imitarla y chapoteamos un rato. Luego nos tumbamos en la hierba. A Norito aquella situación inverosímil le parecía la mar de divertida.

—Somos como Tarzán y Eva.

—Tienes la mitología un poco liada, pero la idea general es ésa.

Cuando estuvimos secos, comimos con avidez. Luego nos metimos en la cabaña y nos acostamos en la alfombra que formaba la hierba. Dentro reinaba una temperatura cálida y la luz que entraba a través del follaje creaba una atmósfera irreal.

—Me parece que descansaremos poco.

Nuestras ropas están secas
Y nuestros corazones en paz,
Lavados por el agua de las montañas.

No sopló el viento, la choza resistió el paso de las horas y nosotros no salimos salvo a beber el agua fresca del arroyo. A ratos dormitábamos. De cuando en cuando se oía ruido de pasos alrededor de la choza, acompañado de susurros y risitas. Cuando esto sucedía yo me despertaba sobresaltado y Norito se reía.

—No tengas miedo.

—No es miedo. Es un mínimo de decoro. ¿Qué pensarán estos pobres desgraciados?

—Cada cual pensará lo que quiera, ¿a quién le importa? La isla está incomunicada del resto del mundo. Y si alguien hablara de nosotros, ¿quién creerá que hemos hecho vida conyugal en una leprosería?

Al caer la tarde el padre Salvia e Burro anunció su visita con una discreta tosecilla y acto seguido metió la cabeza en la choza. Como aún teníamos la ropa secándose fuera, nos quedamos un poco confusos. El buen padre resolvió la situación con una sonrisa afable.

—Después de varios años en la Casa, es una agradable sorpresa encontrar seres humanos con todas sus partes enteras.

Traía un cartón de leche y dos latas de carne en conserva. Se disculpó de la escasez y la pobreza de los alimentos: era todo lo que había encontrado con garantía de no haber sido manipulado por los asilados en la Casa. También traía buenas noticias: tras varios intentos infructuosos, se había establecido contacto por radio con las autoridades de Bangkok y éstas, a su vez, habían informado a las embajadas de España y de Japón de nuestra presencia en la isla y de las circunstancias que nos habían llevado hasta allí. En aquel momento se estaban tomando las medidas oportunas para venir a recogernos cuanto antes y proceder a nuestra repatriación. Dicho esto, esbozó una bendición, nos dio las buenas noches y se fue.

El signo no pasó inadvertido a Norito.

—¿Tú crees que nos ha casado?

A mí la noticia de nuestro inminente salvamento, en vez de alegrarme, me había sumido en una profunda tristeza.

—Lo que voy a decir es absurdo, pero éstas habrán sido las horas más felices de mi vida.

—No te pongas nostálgico. Hasta que vengan a recogernos quedan unas cuantas.

—Da lo mismo. Nos sacarán de aquí y luego, qué. Yo no quiero separarme de ti por nada del mundo. Ya no podría estar con otra.

Norito sonrió con un cierto desdén.

—Ya lo sé. Al parecer las japonesas producimos un efecto fulminante en los occidentales, al menos durante un rato.

—¡Por favor! Te hablo de sentimientos y tú me sales con un nacionalismo de almanaque. Estoy loco por ti.

—Quizá estás loco, pero no por mí. Hace un par de días, cuando creíste que me había ido del hostal de Pattaya, te faltó tiempo para meterte en la cama de aquella bruja.

—No sabes cómo me arrepiento. Pero pensaba que ya no te volvería a ver.

—Sí, claro, la culpa es mía. Además de loco eres tonto.

—¿Cómo podía imaginar que seguirías velando por mí? Ni siquiera sé por qué lo hiciste.

—¿Ves como eres tonto? Lo he hecho todo por ti, Batara-san. Por ninguna otra razón.

De la sinceridad de los sentimientos de Norito no tenía motivos para dudar.

De un modo fragmentario, con una mezcla de timidez e impudor, ella misma me confesó que se había enamorado de mí al margen de su voluntad, sin apenas darse cuenta, mientras trataba de mostrarme los puntos de interés en Tokio y yo lo encontraba todo mal. En su trabajo siempre había tratado con gente curiosa, cuando se trataba de meros turistas, o expeditiva cuando hacía de intérprete en encuentros profesionales. Mi postura obcecada y estúpida, sin embargo, no le había molestado, tal vez porque tras ella intuía un carácter a la vez apático e inquieto con el que se identificaba. Tampoco había influido en su atracción hacia mí el creer que yo era un príncipe exiliado, casado y, para colmo, gay. Simplemente se había visto dominada por un amor irracional y del todo imposible. Y cuanto más se decía a sí misma que aquel arrebato no tenía sentido, más me amaba. Cuando le confesé no ser quien le habían dicho, me creyó al instante, porque mi confesión confirmaba lo que su intuición ya le había dicho, por más que en aquel momento prefiriera no pensar en las posibilidades que se le abrían y dejar que todo siguiera como hasta entonces.

—Si te hubiera dicho lo que sentía, te habrías burlado de mí.

—Desde luego, me habría llevado una buena sorpresa.

Yo también era consciente del abismo que nos separaba. Pero, al igual que ella, estaba dominado por una pasión tan intensa como repentina. No la perspectiva de una separación, sino el mero hecho de no tenerla a mi lado siquiera un instante me producía un desgarramiento emocional e incluso físico que no me dejaba lugar para ninguna otra consideración. Por lo demás, las diferencias y los obstáculos que nos separaban nos permitían ser tal cual éramos, sin condicionamientos que distorsionaran nuestra más íntima naturaleza, como sólo podía darse en una isla desierta entre dos personas sin pasado, sin futuro y sin ropa.

En la quietud de la noche se oía a lo lejos romper las olas, porque la isla era pequeña y allí donde uno estuviera tenía el mar muy cerca.

A wind blew out of a cloud, chilling
My beautiful Annabel Lee;
So that her highborn kinsmen came
And bore her away from me

A la mañana siguiente el padre Salvia e Burro nos encontró modosos y compuestos cuando vino a informarnos, muy ufano, de que la noche anterior, casi de madrugada, habían conseguido establecer contacto con la policía de Bangkok y de que en el curso del día vendría una embarcación a recogernos y a reintegrarnos a la civilización o, cuando menos, al mundo de los sanos de cuerpo. Dicho esto, se fue y a mí me invadió una pesadumbre rayana en la desesperación: aquel rescate oficial no auguraba nada bueno.

A media tarde volvió el amable sacerdote y nos dijo que frente a la playa estaba atracada una lancha rápida de la policía tailandesa. Nos despedimos con efusión de nuestro benefactor, fuimos a la playa y embarcamos. A bordo de la lancha, los policías nos miraban con aprensión y procuraban evitar cualquier contacto con nosotros.

En un par de horas llegamos a la desembocadura del río Chao Phraya, lo remontamos y nos adentramos en la población hasta llegar a un pequeño embarcadero donde nos esperaban los representantes de nuestras respectivas embajadas. Por parte de la embajada de España había un hombre joven, vestido con traje y corbata, que tan pronto puse el pie en el muelle, vino hasta mí, me tomó del brazo, dirigió dos frases breves a los policías que permanecían en la lancha y me condujo hacia un coche, mientras su homólogo de la embajada de Japón hacía lo mismo con Norito. Aquella precipitación me inquietó y le pregunté a dónde íbamos.

—Al consulado.

—¿Tan deprisa?

—Cuanto antes nos alejemos de la policía local, mejor. Viniendo de donde vienen, prefieren soltarlos sin más trámite, pero no conviene desaprovechar la ventaja.

—¿Y a ella? ¿A dónde la llevan?

—Al consulado de su país, supongo.

—¿Y cuándo nos reuniremos?

—Eso ya no depende de mí. Una vez aclarada la situación de los dos, podréis hacer lo que os parezca.

En el coche mencioné que era amigo de Miguel Ángel Giménez de la Huerta y de otros diplomáticos destinados en Nueva York. Mi acompañante los conocía. Él se llamaba Alfonso Marimón, era natural de Cádiz y llevaba dos años en Tailandia.

Antes de llegar al consulado, inicié el confuso relato de mis andanzas que había urdido durante el viaje en lancha para no revelar lo que había estado haciendo en los últimos días y justificar de alguna forma mi condición de náufrago en la isla del Santo Padre Scimmio. Por fortuna, mi acompañante interrumpió la explicación y dio por buenas mis mentiras antes de que yo acabara de exponerlas. Más tarde él mismo me comentó, en confianza, que existía un acuerdo tácito entre las representaciones diplomáticas de los países occidentales con las autoridades locales para hacer la vista gorda en los casos, cada vez más frecuentes, de falsas identidades, pérdida de documentación y toda suerte de enredos inverosímiles derivados del tipo de turismo que frecuentaba la zona. Con las referencias que yo les proporcioné hicieron las oportunas comprobaciones y, sin más trámites, me facilitaron un pasaporte provisional y me entregaron un poco de dinero para que pudiera comprar una muda y atender a mis necesidades básicas. Firmé un recibo y me dijeron que a su debido tiempo me llegaría la factura del Ministerio de Asuntos Exteriores. Luego Alfonso Marimón, que me había tomado bajo su tutela, me llevó a comprar ropa, a cenar a un pequeño restaurante local y me acompañó a un hotel modesto, pero limpio y confortable.

—Mañana por la mañana sale un avión para Barcelona. Un viaje un poco pesado, con un par de escalas, pero no hay nada mejor. El consulado te hará llegar el billete al hotel. Puedes retirarlo en la recepción. Protocolo de repatriación de nacionales. Tú no te has de preocupar de nada.

—¿Y la chica que iba conmigo? He de verla cuanto antes.

—Eso no depende de mí. Podría llamar a mi colega de la embajada de Japón, pero no ahora. Quizá mañana, cuando tú ya te hayas ido. De todos modos, no servirá de mucho: mi colega es una buena persona, pero más raro que un piojo. Y como no les gusta que una japonesa tenga relaciones con un *gaijin*, no darán facilidades.

—No la pueden retener contra su voluntad.

—Retener, no, pero en la medida en que está indocumentada y depende de ellos, tendrá que hacer lo que ellos dispongan, igual que tú. Dentro de unos días, cuando hayáis regularizado vuestra situación, os lo montáis como os dé la gana. Japón es un país libre y España, casi casi.

Insistir habría sido peor. La despreocupación de los diplomáticos por las andanzas y desvaríos de unos compatriotas tarambanas y libidinosos, que al principio había facilitado las cosas, ahora se convertía en una barrera infranqueable. El repentino enamoramiento de una belleza local por parte de un varón desmadrado formaba parte de la rutina diaria y nadie estaba dispuesto a tomárselo muy en serio. Por lo demás, mal habría podido convencerle de que mi caso era distinto, si ni yo mismo sabía si lo era.

Del viaje de regreso a Barcelona recuerdo con especial desagrado la espera, de madrugada, en el aeropuerto de Bombay, con todas las tiendas y bares cerrados y una multitud de almas en pena vagando sin saber qué hacer, o amontonadas por los suelos, a la luz de unas pocas lámparas sucias. En el trayecto de Bombay a Roma dormí o, al menos, pasé unas horas entre la vigilia y el sueño, con el cuerpo entumecido y la boca seca. En una ocasión soñé con Norito o la entreví en sueños y no pude contener el llanto. Por suerte a mi lado viajaba un hombre grueso, barbudo y afable, que al despegar se quedó profundamente dormido y así siguió hasta el aterrizaje. En Roma había un cielo azul y el ambiente en Fiumicino era alegre. Sin dinero, no pude tomar ni siquiera un café, de modo que me lavé la cara y volví a embarcar con el ánimo mejorado. De Roma a Barcelona traté de poner en orden los sucesos de los últimos días y sus posibles repercusiones. Ante todo, debía ponerme en contacto con el príncipe Tukuulo para evitar que, al recibir noticia de mi desaparición, tuan Patam rescindiera nuestro acuerdo de cooperación. Pero no veía la manera de establecer comunicación con el príncipe ni con ninguna de las personas que habían participado en la operación y que podían comunicar mi liberación a Ju Ju Island y, de paso, volver a ponerme en contacto con Norito.

De aquellas cábalas me arrancó la voz del comandante: faltaban pocos minutos para que aterrizáramos en el aeropuerto del Prat, donde la hora local eran las trece quince y la temperatura aproximada, de veinte grados centígrados.

Miré por la ventanilla y vi a nuestros pies el resplandor del Mediterráneo en calma y delante, la ciudad de Barcelona. Sólo entonces adquirí conciencia cabal de que estaba regresando al lugar de donde me había ido unos años atrás y de que lo hacía sin más bagaje que las pérdidas. De todas las acciones realizadas a lo largo de mi vida, aquel regreso era sin duda la más triste, pero ya no tenía remedio. En cuanto el avión tomara tierra, yo tendría que volver a enfrentarme a mi propia vida, y para hacerlo sólo contaba con lo que llevaba puesto: una ropa barata que había dejado a deber al consulado de España en Bangkok.

SEGUNDA PARTE

De tous les hommes que nous avons vus, celui que nous nous rappellerions le moins, c'est nous-même. Nous n'étudions les visages que pour reconnaître les personnes; et si nous ne retenons pas le nôtre, c'est que nous ne serons jamais exposés à nous prendre pour un autre, ni un autre pour nous.

El peculiar emplazamiento geográfico de Barcelona, que causa buena impresión al forastero, es uno de sus principales defectos para quienes viven allí. Enmarcada entre una espaciosa franja de mar y una suave y diminuta cordillera, Barcelona viene definida por sus límites. Por esta causa, el barcelonés vive encajonado y, aunque finge ignorar su discapacidad, por más que se apresure, nunca saldrá del corto perímetro de su demarcación. A menudo un tráfico caótico y unos transportes públicos insuficientes le hacen creer que soporta los problemas propios de una gran ciudad, pero esta reflexión sólo es un falso consuelo: comparada con una aldea, Barcelona es una gran ciudad, pero comparada con una gran ciudad, sólo es un reducto provinciano, hipertrofiado, endogámico y pretencioso. En aquella época y a nivel simbólico, todo barcelonés se identificaba en su fuero interno con el más estrafalario de sus habitantes: un gorila albino apodado sin ingenio Copito de Nieve, que el azar había llevado desde la selva de la Guinea Ecuatorial al exiguo zoo ubicado en los terrenos de la antigua Ciudadela. Allí transcurría del modo más desafortunado la vida de aquel simio, mitad bestia, mitad institución municipal, más peluche que fiera, sin esperanza de libertad ni de cambio, en su desesperante rutina, alimentado y cuidado con esmero, observado con rigor, y condenado, como un Sísifo obsceno, a copular sin pausa con la esperanza, siempre fallida, de reproducir su valiosa anomalía. Así pasaba las horas Copito de Nieve, ante los ojos asombrados de millones de visitantes que venían de todas partes a contemplarlo y se iban, al cabo de un rato, admirados, aburridos y a menudo asqueados, perseguidos por la mirada esquiva, malévola, a ratos desdeñosa y a ratos suplicante, de aquella criatura cuya extraña morfología la había convertido, sin que mediara por su parte voluntad ni esfuerzo, en una atracción única en el mundo, por la que nadie sentía piedad, quizá porque él nunca esbozó un ademán que la inspirara.

—No reconocerás nada, tanto ha cambiado todo. Y esto es sólo el principio.

Mi hermana se refería, naturalmente, a la evolución de los acontecimientos políticos en la España de aquella etapa decisiva. Había ido a recogerme al aeropuerto en respuesta al telegrama que yo había cursado desde Bangkok y ahora me llevaba a casa de mi madre en su Renault de segunda mano. También les había enviado un par de postales desde Tokio, que aún no habían llegado, tan fugaces y compactas habían sido mis andanzas recientes.

Yo miraba por la ventanilla y lo veía todo igual que siempre.

—Eso es porque estás grogui. Pero a este país no lo reconoce ni la madre que lo parió.

La mía me recibió contenta y aturdida. Mi intención manifiesta era alojarme en la casa paterna, de modo provisional, hasta que encontrara un sitio donde meterme, pero ella había estado haciendo arreglos con el secreto designio de que mi estancia allí fuera permanente o, al menos, indefinida. Transcurrido un tiempo prudencial tras la muerte de nuestro padre, Anamari se había ido a vivir con su novio y mi hermano Agustín seguía escondido en una población de Alemania, cuyo nombre mi madre ni siquiera conseguía pronunciar. En estas condiciones, los cambios políticos, los brotes ocasionales de violencia y la tensa incertidumbre en que vivía inmerso el país la habían pillado a contrapié. Comprendía que así habían de ser las cosas, pero no las entendía y, en medio de su desamparo, mi inesperada aparición le había hecho concebir vagas esperanzas.

A mí la perspectiva me ponía los pelos de punta. No porque mi madre fuera una persona de trato difícil, sino todo lo contrario: distaba de ser una anciana, gozaba de una salud envidiable y tenía un carácter llevadero. Durante mucho tiempo se había ocupado sin ayuda de nadie del sustento diario y los aspectos prácticos de la vida cotidiana de todos nosotros y, por añadidura, había conseguido, bien que mal, aglutinar durante muchos años a unos hijos propensos a la dispersión. Nerviosa, un tanto irritable y mandona, pero cargada de sentido común, ecuánime y servicial, la convivencia con mi madre no me habría resultado difícil. Mi temor radicaba precisamente en que, dadas sus virtudes y mis defectos, me dejara atrapar en aquella red de comprensión, afecto y comodidad y me convirtiera en el arquetipo del solterón que vive como un sátrapa con su madre. Pero, por el momento, trastornado por el regreso, sin trabajo y en un ambiente poco propicio, no me cabía otra salida.

En cuanto a la situación política en España, confieso que la viveza de las sensaciones experimentadas en los días anteriores a mi llegada a Barcelona me impedía percibir lo que tenía ante los ojos. Si hablaba con alguien de asuntos importantes, la imagen de Norito se interponía de repente entre mi interlocutor y yo, como si alguien hubiera proyectado un holograma, y ya no podía escuchar lo que me estaban diciendo. Sólo pensaba en la manera de ponerme en contacto con Norito y a cada instante esperaba que alguien de su entorno se comunicara conmigo para romper aquel silencio amargo y devastador. Yo estaba dispuesto a dejarlo todo y a irme a vivir al Japón, o a cualquier parte del mundo: ninguna posibilidad me parecía peor que la prosaica repetición de los paisajes y las circunstancias de mi insípida existencia. Pero como no recibía ni indicios ni estímulos externos, abandonado a mis fuerzas, no sabía qué hacer conmigo mismo.

*

A pesar de mi desgana, a medida que pasaban los días la realidad circundante empezó por reclamar primero mi atención y más adelante, mi interés.

No había duda de que en España estaban sucediendo cosas trascendentales. Bastaba con ojear la prensa o encender el televisor para advertir que el país, a partir de las inesperadas iniciativas del rey y de algunos miembros del antiguo régimen, había recorrido a paso rápido el camino que conducía a un cambio radical y que todas las fuerzas implicadas parecían dispuestas a cooperar para que aquellos cambios se afianzaran. El tono inflamado del discurso oficial que había prevalecido durante décadas, y cuyo eco todavía resonaba en los oídos de los españoles, mantenía viva la amenaza en la mente de todos, pero en la práctica, hasta las columnas más sólidas de la dictadura parecían haber aceptado la mudanza con una transigencia rayana en la humildad. Las alusiones al pasado sonaban a una retórica no tanto hueca como desfasada: el mundo había cambiado y España formaba parte de aquel mundo nuevo, en el que las fantasías autoritarias y los lemas pomposos no tenían cabida.

Otro cambio, al que los medios de comunicación sólo se referían de soslayo, era el que se producía en la calle. Una vez más, Manuel Fraga Iribarne, que unos años atrás había acuñado el lema «España es diferente», puso el dedo en la llaga al pronunciar otra frase igual de estúpida e igual de certera: «La calle es mía». Después de circular durante un largo periodo con permiso de la autoridad, ahora los ciudadanos, al margen de la forma jurídica del Estado, del funcionamiento de la compleja maquinaria democrática y de los derechos y libertades fundamentales, querían apropiarse de la calle; no en un sentido abstracto, sino en un sentido literal: de las aceras, del asfalto, de los adoquines y de las farolas.

Yo salía todos los días de casa, sin rumbo ni propósito, simplemente porque se me caían encima las paredes y porque no quería seguir viendo la angustia pintada en el semblante de mi madre a causa de mi abatimiento. Entonces, vagando por los barrios, me topaba con frecuencia, en una plaza o un simple cruce de calles, con un mitin político, una asamblea vecinal, una función teatral o un baile. En el centro de la ciudad proliferaban las casetas de partidos recién fundados, donde cuatro jovencitos de ambos sexos reclamaban la atención de los paseantes sobre extravagantes planes de acción destinados a subvertir el orden social y acabar con la autoridad, con la familia y con cualquier otra forma de coacción. Al caer la tarde pequeños grupos organizaban manifestaciones a las que no tardaban en sumarse tantos espontáneos que al final habían de intervenir las fuerzas del orden con su habitual contundencia. Gritos, carreras, empellones, golpes y algún tiro con balas de goma coronaban la fiesta. En un par de ocasiones me encontré corriendo sin saber hacia dónde ni por qué, y buscando refugio en un bar, donde me quedaba a tomar una cerveza y a contemplar la batahola a través de los cristales.

Según las noticias que llegaban de Madrid, allí aún pintaban bastos: menudeaba la violencia armada y raro era el día en que no hubiera atentados, secuestros y enfrentamientos. Pero en Barcelona, salvo excepciones, el ambiente en la calle era festivo y se respiraban aires de liberación y humo de porro.

De puertas adentro, por el contrario, seguía imperando una recalcitrante seriedad. Cuando me reunía con mis amigos de otros tiempos, la discusión política era acerba, aunque no pasaba del nivel teórico de siempre. Perduraba el irreconciliable enfrentamiento entre los paladines del comunismo y los defensores del capitalismo liberal. A mí, como de costumbre, me llovían las críticas desde ambos bandos. Haber vivido en América unos años me convertía en un avieso infiltrado, cuyas habilidosas maniobras había que evitar y, al mismo tiempo, en un palurdo ignorante de la realidad española con el que no valía la pena hablar de ningún tema, salvo para rebatir unos argumentos que yo no había esgrimido y unas ideas con las que yo no comulgaba.

Ciertamente mi actitud fomentaba la inquina de todos. Mi larga estancia en el extranjero y mis recientes experiencias en Oriente me hacían ver hasta qué punto mis amigos, que no se habían movido de España, seguían apegados a imágenes obsoletas. Para mí, ni el capitalismo era sinónimo de libertad, ni el comunismo de justicia. Especialmente el comunismo, que unos seguían considerando una panacea y otros una amenaza, no gozaba ni de mi admiración ni de mi respeto.

—La Unión Soviética es una gerontocracia al borde de la quiebra, la Cuba de Fidel Castro está completamente desacreditada y la guerra de Vietnam ha sido el canto del cisne de la revolución socialista.

Semejantes declaraciones provocaban fuertes repulsas, pero lo cierto era que el malestar cundía en la Europa del Este y en varios países del tercer mundo la ideología comunista sólo servía para cometer atropellos, cuando no auténticos genocidios, en nombre de Marx y Lenin. Por esta causa, o por alguna otra que yo ignoraba, en España el partido comunista levantaba en los actos públicos unas oleadas de entusiasmo que luego no se reflejaban en las votaciones. Santiago Carrillo y la Pasionaria seguían gozando del aura romántica que les confería la lucha contra la dictadura, pero aquella misma aura los convertía en símbolos de un pasado que todos querían ver superado.

«No, we can't. It isn't ours any more.»

«It's ours.»

«No, it isn't. And once they take it away, you never get it back.»

El sistema político que a las buenas o a las malas acabara instaurándose en España revestía la máxima importancia, pero, por el momento, yo debía encontrar un trabajo remunerado que me permitiera procurarme el sustento.

Fuera cual fuese su ideología, mis amigos ejercían una profesión o estaban integrados en un negocio familiar y vivían con cierta holgura. Algunos se habían casado y dos ya tenían hijos. Al revés de lo que ocurría con mis amigos, a sus mujeres yo parecía caerles en gracia, quizá porque me veían lánguido, confuso y desamparado.

Mi madre me instaba a volver al periodismo.

—Lo hacías muy bien. La gente aún se acuerda de aquel reportaje de unos que se casaron en Mallorca.

—Sí, no se habla de otra cosa.

Volver al periodismo era impensable. Yo ni siquiera tenía el título de periodista y, aunque lo hubiera tenido, nadie me habría repescado en un sector donde los cambios se habían hecho sentir más que en ningún otro.

Con la desaparición de la censura, los medios de comunicación no sólo eran un manantial caudaloso de información, sino el foro donde todos los temas de actualidad, del más trascendental al más nimio, eran debatidos de un modo apasionado y exhaustivo. La prensa era el reflejo de la opinión pública y por esta causa, su fuerza y su influencia eran enormes. Pero su función no acababa ahí: en la etapa febril por la que atravesaba el país y por contraste con la ponderación y el recato que habían imperado hasta hacía poco, todo debía mostrarse sin tapujos. Al destape corporal que inundaba los medios se unía otro personal, verdadero o fingido, que no dejaba rincón oscuro por remover. Después de tantos años de estrechez y silencio, ningún recodo de la verdad podía quedar sin explorar. Y en aquel terreno, un pardillo timorato como yo no tenía nada que hacer.

Después de mucho reflexionar, un día me sobrepuse a la apatía en que vivía sumido y decidí pedir ayuda a un antiguo conocido para el que había trabajado, al menos nominalmente, cuando dirigía la revista *Gong*, antes de irme a vivir a Nueva York.

Marc Riera tenía el mismo domicilio y se avino a recibirme en su casa. Una vez allí, desplegó su habitual cordialidad y su desconcertante labia.

Antes de entrar en materia me sirvió un Macallan 12 años: era lo único que se podía beber en aquel país de orujo y cazalla, según dijo. A continuación, yo le puse al corriente de mi situación, sin entrar en detalles, él me escuchó distraídamente y luego guardó un largo silencio antes de iniciar su alocución.

—Te hablaré claro, Rufo. Si lo que quieres es trabajar y ganar un sueldo decente, te has confundido de coordenadas. Ahora bien, si lo que quieres es hacerte rico sin dar un palo al agua, éste el momento justo y el lugar adecuado. Para eso, fíjate bien, lo primero que has de hacer es borrar de tu cabeza los parámetros económicos y pensar sólo en términos de mercado. El mercado dice: por aquí; pues por aquí. ¿Por allá? Lo mismo. Olfato financiero: ése es el quid de la cuestión.

—Ya, pero en mi caso particular...

—De eso precisamente te estoy hablando. Tú aquí estás como pez fuera del agua. Te fuiste de un país y has vuelto a otro. En la España de hoy, la de Su Majestad el Rey Juan Carlos, sólo trabajan los tontos. ¿Por qué? Porque los parámetros han mutado. Antes todo era producción y producción; ahora, todo es negocio y nada más que negocio. Te pondré un ejemplo y lo entenderás en seguida. Supón que tienes un palomar. Lleno de palomas. Como en la novela de Mercè Rodoreda. Y cada tarde, como está mandado, las sacas a volar un rato. Éste es, por así decir, tu negocio, ¿vale? Pero entonces un vecino lo ve y se compra un gavilán, o un cóndor, un ave de presa, da lo mismo. Y cada vez que salen tus palomas a revolotear, él suelta su ave de presa y ¡zas!

Como el ejemplo no venía seguido de una enseñanza explícita, di por concluida la conversación y me levanté.

—Gracias, Marc. Meditaré tu teoría y trataré de aplicarla a mis circunstancias.

Marc Riera se echó a reír y me indicó que volviera a sentarme.

—¡No, hombre, no! Tú no harás nada de nada, porque eres un intelectual y te has dejado la vista y el olfato en las bibliotecas de medio mundo. Lo que tú harás es lo que yo te diga.

—No sé si...

—Calla y atiende, que a eso has venido. Hoy en día, aquí y allá, todo está revuelto. Unos creen que pasará lo uno; otros, que pasará lo otro. Pero todos tienen una cosa en común: canguelo. En el horizonte hay nubarrones. El día menos pensado, ¡barrabum bum bum! De modo que el que tiene dinero, sólo piensa en cómo ponerlo a salvo. El que no tiene ni un duro no sé qué piensa, pero ése nos trae sin cuidado. ¿Dónde está el negocio? En gestionar la maniobra. La intendencia financiera, si entiendes lo que te quiero decir.

Apuró el whisky, bajó la voz y miró a todas partes antes de proseguir.

—Te voy a contar una cosa. Pero me has de prometer que no dirás ni una palabra a nadie. Ni una palabra, ¿entendido? Como una catacumba.

—Por supuesto.

—De un tiempo a esta parte me gano la vida sacando dinero del país por cuenta de terceros. Tal cual. La semana pasada, sin ir más lejos, hice un traslado. Yo los llamo traslados. Las paredes oyen. Ahora te contaré el método. Primero hago la colecta. Cuando tengo el percal en mis manos, pongo a punto el Alfa Romeo: aceite, líquido de frenos, la carrocería reluciente. Entonces cojo el teléfono y llamo a una gachí.

—¿Una gachí? No había oído esta palabra desde que dejé de leer *La Codorniz*.

—Sí, yo tampoco la uso, pero es la palabra más adecuada a los efectos del asunto. Al llegar a la frontera, si nos paran, el coche mola, la gachí distrae al madero de turno y yo, con mi aspecto de playboy y mi *savoir faire*, remato la faena. Y así pasamos, sin imprevistos ni contratiempos. Una vez en Francia, deposito a la nena en un Relais Château y sigo, sin testigos, hasta Suiza. Luego la recojo, cenamos, echamos un polvo y vuelta a casa.

—¿Y cómo saben los dueños del dinero que lo vas a ingresar en su cuenta y no en la tuya?

—Hombre, porque saben quién soy y hay confianza. Esto es Barcelona, no el Bronx. Aquí todos nos conocemos.

—A mí no me conoce nadie.

—Pero yo te avalo y con eso es suficiente. Además, a ti no te confiaría una operación tan delicada.

Mi interés y mi atención ya estaban en otra parte cuando Marc Riera salió de la sala y regresó al cabo de poco con una voluminosa cartera de piel con hebillas y cremalleras doradas. La cartera tenía un doble fondo donde podían ocultarse alhajas, sellos valiosos y otros objetos de tamaño reducido.

—Tú te subes a un avión con aires de ejecutivo, fumando un puro y piropeando a las azafatas, y a ver quién es el guapo que te registra la cartera.

Volví a casa muy deprimido.

—Todo el mundo me propone negocios turbios. ¿Tengo cara de gánster?

Mi madre no veía mis fracasos con malos ojos.

—Algo acabarás encontrando. Mientras, con lo que dejó tu padre, si no hacemos dispendios, podemos vivir tú y yo la mar de bien. Y aun en el caso de que volviera Agustín...

De mi hermano sólo sabíamos por unas cartas esporádicas en las que no contaba nada. Anamari, por el contrario, venía a vernos muy a menudo.

—Cuando estábamos todos, mamá no paraba de quejarse por las cargas familiares, y ahora, en vez de disponer del tiempo a su antojo, quiere regentar un orfelinato.

En un aparte le conté la entrevista con Marc Riera y le pregunté si las cosas andaban tan mal como daban a entender aquellas trapacerías.

—Peor. Al fin y al cabo, los fondos que se van pueden volver, pero muchas fábricas y muchas empresas están echando el cierre. El dinero es asustadizo: cada vez que Santiago Carrillo aparece en la tele, la economía entra en coma.

—Pues es una exageración y una bobada.

A pesar de su campechanía y su tosco sentido del humor, Santiago Carrillo conectaba con el pueblo, pero el presente y el futuro estaban en manos de gente más joven, con posturas más pragmáticas y con un lenguaje distinto, en el que la antigua elocuencia había sido reemplazada por el tono llano de quien afronta problemas cotidianos.

Mi hermana no estaba de acuerdo con mi diagnóstico, pero ni mi opinión ni la suya cambiaban la realidad.

—La coyuntura es mala para encontrar trabajo. Por suerte, mamá tiene razón: podéis ir tirando hasta que se despeje el panorama. Tómate un descanso.

—Sin hacer nada me moriré de aburrimiento.

—¿Por qué no aprovechas para ir a ver a Agus?

—¿Para qué? Él no quiere saber nada de nosotros.

—No estoy segura. Ahí hay un misterio. A ti te

lo contará. Eres su hermano mayor y siempre te ha tenido un gran respeto. Dile que venga a ver a mamá al menos una vez al año. Aféale su conducta.

—Lo pensaré.

En el temps de la meva infantesa el temperament empordanès s'hi donava amb la màxima cruesa. Amb el pas dels anys i de les il·lusions de progrés, la gent s'ha aigualit molt, ens hem tornat molt primmirats i llepafils, i al pas que anem, acabarem tots fent de perruquers.

Ajena a los desvaríos del país, la primavera estalló con una fuerza inusitada.

Yo estaba en mi cuarto, leyendo una novela, cuando me interrumpió mi madre para decirme que me llamaba alguien desde Nueva York. No supo decirme quién era. Sólo que hablaba un castellano macarrónico. Acudí precipitadamente.

—¿Rufo? Soy el príncipe Tadeusz Maria Clementij Tukuulo. Bobby para los amigos.

—¡Joder, Bobby! ¿No me podías haber llamado antes?

—Eh, eh, no me hables en ese tono. ¿Cómo iba a llamarte? No sabía dónde estabas. Ni siquiera sabía si seguías con vida. Si alguien tiene derecho a estar enojado, ése soy yo. En buen lío me has metido.

—¡Esto es el colmo! He estado a punto de perder el pellejo por tu culpa y encima me haces reproches.

Verdaderamente, no le faltaban motivos para estar enfadado. Mi desaparición había provocado un enredo insoluble. Puesto que sólo Norito y yo sabíamos lo que realmente había sucedido, tanto tuan Patam como el resto de los implicados en la trama creían que quien había sido apresado era el príncipe Tukuulo y, en consecuencia, se habían limitado a esperar el desenlace del suceso sin tratar de ponerse en contacto con el supuesto príncipe, al que daban por desaparecido, mientras el auténtico príncipe seguía en Nueva York, ignorante del secuestro y de mi ulterior escapatoria, esperando en vano el dinero que tuan Patam debía enviarle en virtud de un acuerdo que, en vista de mi desaparición, aquél daba por anulado. La única que podía haber aclarado la situación era Norito, una vez en Tokio, si se hubiera puesto en contacto con el señor Melgares, pero seguramente ella se había abstenido de notificarle lo ocurrido, por temor a que saliera a la luz la suplantación y de ello se siguiera algún perjuicio para mí, para ella o para el resultado de mis operaciones. Finalmente, ante la inactividad de tuan Patam, el príncipe había decidido ponerse en contacto con éste para reclamar los fondos prometidos y así fue como supo, por boca de su sorprendido interlocutor, que todos le daban a él por preso y, con certeza, por muerto.

—Figúrate qué situación más embarazosa. Me preguntaba cómo había logrado ponerme a salvo y yo no sabía de qué me estaba hablando. Por suerte, no me faltan recursos para salir de este tipo de aprietos.

—Me consta. ¿Qué le dijiste?

—Que todo se había arreglado felizmente a base de dinero. Es una explicación que clarifica cualquier dilema.

Los fondos prometidos por tuan Patam habían empezado a llegar a su destino. Como prefería desentenderme del aspecto financiero de la operación, me limité a hacerle un breve recuento de mis infortunios. El relato no le hizo cambiar de opinión.

—¿Ves como yo no tengo ninguna culpa? Caíste en manos de unos piratas de agua dulce por torpeza y por imprevisión. Cuando te secuestraron dormías como un bebé. Ibais armados hasta los dientes. Hasta teníais un cañón. Y nadie movió un dedo. ¿Dónde se ha visto?

—Dejemos eso. Lo pasado, pasado está. Ahora te toca a ti hacerme un favor. Algo me debes, digo yo.

Al otro lado de la línea hubo una pausa acompañada de un cauto carraspeo.

—Si está en mi mano...

—Quiero ponerme en contacto con Norito.

—Ah, no. Eso no es asunto mío. Para empezar, yo lo ignoro todo sobre esa tal Norito. Más bien es ella la que sabe demasiado, porque sin duda tú te has ido de la lengua y le has dicho quién eras.

—¡Se jugó la vida!

—Por ti, no por mí. Su trabajo consistía en pasearte por Tokio y luego llevarte hasta Pattaya. Y su obligación era volver a su país y olvidarse de todo. Para eso les sirve la meditación. Yo no puedo ni quiero poner en peligro mis planes porque tú te hayas encaprichado de una oriental. Cuando haya recuperado mi trono prometo nombrarte embajador de Livonia en el Imperio del Sol Naciente. Entonces podrás reunirte con tu novia y vivir en Tokio como diplomático, sin pagar las multas de tráfico. Pero hasta entonces, deja las cosas como están. Y no sobreestimes mi tolerancia con tus amoríos.

Aunque el tono de su réplica era amistoso, recordé que no hacía mucho me había acostado con su legítima esposa y le había propuesto que se fugara conmigo, di por cierto que ella se lo habría contado y juzgué prudente no insistir sobre aquel tema.

La conversación acabó en los términos más afectuosos, pero yo me quedé más deprimido de lo que ya estaba.

Al verme tan alicaído, mi hermana me invitó a pasar unos días en la casa del Ampurdán que habíamos heredado de nuestro padre. Más por gratitud que por apetencia, acepté.

Como el turismo masivo había echado a perder las poblaciones costeras, los barceloneses buscaban su segunda residencia en zonas más tranquilas del interior. No lejos de Barcelona, extenso, llano, ameno, próximo al mar y sembrado de antiguas casas de labranza y pueblos pintorescos, el Ampurdán se había convertido en aquellos años en punto de referencia, lugar de encuentro y objeto de especulación. Los ricos adquirían masías abandonadas y las restauraban; los menos ricos alquilaban lo que encontraban y se adaptaban a las condiciones del lugar.

Aunque legalmente la casa del Ampurdán pertenecía a los tres hermanos, Anamari y Tomás se ocupaban de ella, corrían con los gastos que ocasionaba su mantenimiento y la ocupaban cuando hacía buen tiempo y sus respectivos trabajos se lo permitían. La casa tenía algo de mazmorra, pero delante de la entrada disponía de un pequeño jardín vallado, abierto a un sembradío, un bosque de olivos y un altozano cubierto de alcornoques. En un caserón cercano vivían unos payeses ricos, propietarios de los campos colindantes. Tenían un rebaño de cabras y un par de cerdos, que garantizaban la presencia de innumerables moscas. Con todo, el lugar era tranquilo y hermoso y contagiaba sosiego y buen humor.

—Sólo cuando estás aquí te das cuenta de lo agobiante que es vivir en la ciudad. Estamos todos histéricos y lo encontramos normal.

Algo de razón tenía, porque llegué en un estado de agitación y amargura rayano en la agonía y poco a poco la tranquilidad del campo y la amplitud del horizonte fue ejerciendo una acción balsámica sobre mi alterado espíritu. Después de un breve periodo de adaptación, dejé de dar vueltas sin sentido por la casa, saqué una tumbona al jardín y me enfrasqué en la lectura de unos libros que había comprado en Nueva York y guardado para una ocasión propicia. Al ponerse el sol, mi hermana me indicó la conveniencia de entrar en la casa si no quería que se me comieran los mosquitos.

Aquella misma noche fuimos a cenar a un restaurante de La Bisbal donde ellos ya habían reservado mesa antes de salir de Barcelona.

La cena fue muy agradable y de regreso me dormí al instante y me desperté con el sol bien alto. De las dos habitaciones de que disponía la casa, la mía estaba situada en el piso superior, orientada al este. Tenía una cama bastante ancha, una butaquita, una lámpara y un armario de pino con perchas de alambre.

Cuando bajé a desayunar Anamari y Tomás me estaban esperando para ir a la playa. Almorzaríamos en un restaurante y cenaríamos en casa. Tomás se había levantado pronto y había ido a comprar pan, vino, legumbres y butifarras.

—Sí, chico, la vida del veraneante es despiadada.

Por unas carreteras estrechas, tortuosas y mal asfaltadas y con un calor achicharrante, fuimos a la playa de Pals. Como todavía no estábamos en temporada alta, no había mucha gente. En un extremo, a resguardo de unas rocas, una docena de nudistas, agrupados como en rebaño, exhibían sus pálidas nalgas. Mucho había cambiado desde que la Guardia Civil patrullaba las playas evaluando la decencia de los bañadores femeninos.

Dejamos apilados en la arena la ropa y el calzado y corrimos a zambullirnos. El sol quemaba, pero el agua aún era gélida. El contacto con el mar reavivó el recuerdo del baño en la playa de Pattaya, de la desesperada escapatoria del barco pirata y de los días felices en la Isola del Santo Padre Scimmio. Pero la sensación física no podía ser más placentera y mientras me secaba tendido al sol me dije que si en aquella etapa de mi errática existencia el azar me había llevado hasta allí, lo mejor que podía hacer era disfrutar de los buenos momentos, en vez de dejarme llevar por la autocompasión y convertirme en un hombre avinagrado y un pelmazo.

Me habría quedado indefinidamente en aquel estado de beatífica somnolencia si Anamari no nos hubiera hecho levantar el campo para evitar quemaduras e insolaciones. Para ellos era el primer día de playa y habría sido imprudente confiar en el frescor de la brisa marina.

Nos vestimos y fuimos a buscar el coche. Como en la playa no había duchas, íbamos sudorosos y con la sal del mar pegada a la piel.

Al restaurante donde Anamari y Tomás habían planeado comer se llegaba por un camino de carro polvoriento. Dejamos el coche en un desmonte. El local estaba abarrotado. Tomaron nota de nuestro nombre y nos recomendaron paciencia. Fuimos a dar un paseo. De los humedales cercanos salían volando gaviotas y alguna garza. Transcurrido un cuarto de hora regresamos y en la puerta del restaurante encontramos a una pareja de amigos de Anamari. Les habían augurado una larga espera y se estaban yendo, pero Anamari habló con el encargado y consiguió que los incluyeran en nuestra mesa, que ya estaba lista.

Mientras reorganizaban los platos y los cubiertos, Tomás y yo hicimos un aparte y me puso en antecedentes. Baltasar Ortiguella y Anamari habían coincidido en la universidad y al acabar los estudios seguían manteniendo una amistad ocasional, aunque sus respectivas vidas profesionales discurrían por caminos muy distintos. Baltasar Ortiguella pertenecía a una antigua familia de empresarios y estaba al frente de importantes negocios, mientras Anamari hacía méritos en un bufete por un triste sueldo.

—Él es simpático, pero a su novia no hay quien la aguante.

La novia de Baltasar Ortiguella se llamaba Carol y a primera vista era una chica mona, presuntuosa, consentida e impertinente. Apenas cruzamos un saludo manifestó su enfado.

—Yo no quería venir. El sitio es horroroso, la comida es pésima y, para colmo, hemos tenido que aparcar al aire libre y las gaviotas dejarán el coche perdido.

—Estamos en la misma situación, si eso te sirve de consuelo.

—¡Pero es que nuestro coche es un Saab!

Tomás terció diplomático.

—Tienes razón. Estos pajarracos no hacen distingos a la hora de escagarruciarse.

Carol hizo una mueca de disgusto. Al principio yo la había tomado por una aspirante a modelo, pero sin duda no lo era, porque sus esfuerzos no iban encaminados a gustar a los demás, sino a gustarse a sí misma.

Por suerte, durante la comida, Anamari y Baltasar Ortiguella llevaron el peso de la conversación, que pronto derivó, como solía ocurrir en aquellos años, hacia la situación política en España. A este respecto, Baltasar Ortiguella se mostraba optimista con respecto a la evolución de los acontecimientos políticos, pero muy pesimista respecto del futuro de la economía española. Sin dar nombres, referí el testimonio de Marc Riera sobre la fuga de capitales. Baltasar Ortiguella le quitó importancia al dato.

—Llevarse el dinero fuera es lo habitual en momentos de incertidumbre. No sólo es normal, sino recomendable. Todos lo hacemos, pero no pasa nada: el dinero que ha salido regresará cuando las cosas se estabilicen. ¿A quién le interesa tener el dinero criando moho en Suiza? El dinero existe en la medida en que circula; si no circula, es papel. Cuando los evasores se convenzan de que no van a volver ni Durruti ni Queipo de Llano, repatriarán sus ahorrillos, ya lo verás.

—Entonces, ¿dónde está lo malo?

—En el afán de cambio. Después de cuarenta años de franquismo nos ha entrado la obsesión de cambiarlo todo. ¡Venga, a modernizar España! ¡Muera el atraso!

—¿No te parece necesario?

—En muchos aspectos sí, por supuesto. Pero no en el económico. Yo soy un hombre de negocios y hablo de lo que conozco.

Habían traído una paella enorme, de la que nos íbamos sirviendo. No estaba muy sabrosa, pero era tarde y el baño nos había abierto el apetito. Incluso Carol, con muchos remilgos y apartando los mejillones y los trocitos de calamar, daba buena cuenta de su ración.

Tras una pausa, Baltasar Ortiguella siguió exponiendo su diagnóstico.

—Aunque parezca lo contrario, un régimen político puede dar un vuelco sin que pase nada grave. Incluso una revolución puede triunfar sin que le siga necesariamente el caos. Algunas naciones han pasado de la monarquía a la república, de la dictadura a la democracia o viceversa; ha habido restauraciones, descolonizaciones, fusiones y particiones. En el fondo, los regímenes políticos son superestructuras endebles. Con la economía es al revés. La economía es como un ecosistema, único para cada territorio del planeta. Se ha formado y ha ido evolucionando a lo largo de siglos en función del clima y la geografía, de los recursos naturales, la historia, el sistema jurídico y las creencias religiosas, y, a su vez, ha interactuado con estos factores encauzándolos y condicionándolos y adaptándose a los cambios. Una alteración artificial, hecha a la ligera, puede provocar una catástrofe, a la corta o a la larga. Esto los teóricos se niegan a entenderlo. Leen el libro de un inglés, de un alemán o de un americano, quedan subyugados y, con la mejor de las intenciones, quieren aplicar esas teorías a sus propios países. Grave error. El único principio válido es que no hay dos países iguales.

Carol interrumpió la exposición de su novio en este punto.

—Anda, Bollo, déjalo ya. Nos estás dando la comida.

Intervine haciendo un esfuerzo para no parecer grosero.

—A mí me interesa conocer su visión.

—Ay, hijo, pues podéis quedar un día los dos y que te la cuente entera. Yo ya la he oído veinte veces. ¿Qué hay de postre?

—Aún no hemos acabado. Ni la paella ni la conversación.

—Yo sí. Las dos cosas. Me muero de calor, y entre la digestión de este engrudo y el tostón de Bollo, me va a dar algo.

Bollo debía de estar acostumbrado a las intemperancias de Carol, porque sonreía sin prestarle atención. Dirigió al resto de la mesa una mirada y, al advertir nuestro interés, prosiguió.

—Ahí tenéis el ejemplo del Japón. Después de perder la guerra, los japoneses, con el emperador al frente, se entregaron en cuerpo y alma a los vencedores. De la noche a la mañana adoptaron el sistema político y el sistema de vida americano. Pero, fijaos bien, la economía japonesa sigue funcionando con el modelo feudal de los tiempos del shogunato. En el extremo opuesto está la URSS y los países del Este: hicieron una reforma radical para imponer un sistema económico más eficiente, más racional y más justo. ¿El resultado? Quiebra financiera, carestía y descontento generalizado.

—¿Y España?

—Tres cuartos de lo mismo. La economía del franquismo sonaba ridícula cuando la exponía el ministro de turno, pero respondía a la realidad del país. Era el fruto de una sociedad decrépita, lánguida, carca y perezosa. Pero funcionaba. Por ejemplo: el famoso sindicato vertical era una noción grotesca, pero de ahí surgieron los sindicatos más eficaces y más representativos de Occidente, en la medida en que defendían los verdaderos intereses de toda la clase obrera y eran un interlocutor válido con la patronal. ¿Encajarán en el nuevo sistema? Qué va. Seguirán el curso de los sindicatos europeos y americanos y se convertirán en sucursales de los partidos políticos o en puras mafias.

Nos quedamos un rato pensando hasta que intervino Anamari.

—¿Y qué habría que hacer, según tú?

—Ah, yo no sé lo que hay que hacer. Sólo digo que hemos de andar con tiento y no confundir la realidad con los deseos. Soñamos con integrarnos en lo que llamamos el concierto de las naciones, y más concretamente en la Unión Europea, pero si nos lo permiten y entramos, habrá un descalabro. Nuestra agricultura es superflua en una Europa que produce excedentes, nuestra industria no es competitiva y no tenemos un sistema financiero serio y sólido. En el fondo, el aislamiento de España ha sido una bendición.

—Entonces, lo mejor es seguir en un estado de congelación.

—De aparente congelación. Debajo de los hielos polares viven muchas especies. España tiene un sistema económico esclerótico sobre el papel, pero muy vivo gracias a la picaresca de los de abajo y la tolerancia paternalista de los de arriba.

—¿Y no podemos cambiar?

—Sí, claro, pero a peor. Si a un pícaro le impones el rigor de la ley y de la lógica, se convierte en un gánster.

Sonó de nuevo estridente la voz de Carol.

—Pues yo me voy a convertir en una sabandija si no me sacas de aquí, Bollo.

Bollo hizo un ademán de resignación. Forcejeamos un rato por la cuenta, decidimos pagar a escote, apilamos unos billetes sobre la mesa y se fueron. Mientras hacíamos cálculos, cada uno dio rienda suelta a sus opiniones.

—¿Por qué no la asesina? Nosotros miraríamos hacia otro lado.

Anamari llamó al encargado y le dio el dinero.

—La familia de Carol pertenece al mismo círculo que la de Baltasar: lo suyo es algo así como una boda dinástica. Eso no significa que no estén enamorados.

—Él no parece idiota.

—No lo es. Y a ella no se la puede juzgar a la ligera. Siempre ha tenido lo que ha querido y una necesita motivos de queja de cuando en cuando.

Anamari fue al baño. Tomás y yo nos quedamos solos.

—¿Este hombre tan importante no podría darle trabajo?

—¿A quién?

—A Anamari.

—Seguramente sí, pero sería violento para los dos. Yo no creo que ella aceptara lo que sería tomado por favoritismo.

—Él no parece estar en contra de la picaresca, y mientras las cosas sigan así, es eso o nada.

Recuérdame, que recordar
es volver a vivir
el tiempo que se fue...

Con la llegada de los fuertes calores, la preocupación por la política y la economía pasó a segundo término.

Durante las largas horas del día, Barcelona parecía entregada a un sueño inquieto. Las calles estaban menos concurridas de lo habitual y la circulación rodada era fluida, salvo en la Diagonal, porque por esta ancha avenida que atraviesa la ciudad de punta a punta avanzaba lentamente una ininterrumpida procesión de vehículos de toda Europa, en su peregrinación anual a las populosas playas del sur. Desde la sombra de los plátanos, los barceloneses mirábamos con desdén aquella paciente caravana, para la cual el núcleo urbano, sus edificios y sus habitantes sólo eran un obstáculo desagradable.

Dejada a su aire, Barcelona, en verano, recuperaba la atmósfera de mis años de adolescencia, cuando yo, contraviniendo el estricto reglamento familiar, daba largos paseos nocturnos, a solas conmigo mismo, por barrios que aún me eran desconocidos en aquella etapa primeriza de mi existencia. Para combatir el insoportable calor húmedo de las noches en el interior de las viviendas, muchos vecinos salían al balcón en pijama o camisón, a la espera de la brisa salina proveniente del mar, a menudo cargada de extraños aromas a fruta, patatas, carbón o lo que aquel día se hubiera estibado en el puerto. Vistos desde la acera, a la débil luz de las farolas de gas, estos personajes ofrecían una imagen callada y parsimoniosa, especialmente los hombres, a quienes el cigarro humeante entre los dedos confería una pose sustancial e introvertida. A ras de calle, por las ventanas abiertas de las plantas bajas, se oían las sintonías y las voces opacas de la radio o la televisión, y el resplandor grisáceo de las pantallas, como un fuego de Santelmo, daba a las habitaciones un aire de ultratumba.

Ahora ya no paseaba, pero la misma sensación de soledad y desorientación me visitaba sin salir de casa.

Como hecho a posta, a través de la ventana abierta que daba al patio interior oía a una mujer entonar con mucho brío las viejas coplas que habían festoneado los años tristes de la posguerra. En mi infancia las mujeres trataban de paliar el tedio de los quehaceres domésticos cantando a voz en cuello un reducido repertorio: Conchita Piquer, Pepe Blanco, Juanita Reina y unos cuantos nombres más, cuya sola mención me sumía en una especie de decaimiento físico y espiritual. Con el paso del tiempo, la televisión, que impuso otros estilos musicales y otro modo de ver la vida, y la paulatina extinción del servicio doméstico en los hogares de la clase media silenciaron los patios. Ahora, sin embargo, cuando yo trataba de concentrarme en la lectura, una voz femenina me asaltaba cantando *Ojos verdes* y *Están clavadas dos cruces*.

Asomando medio cuerpo por la ventana del cuarto de baño localicé la procedencia de las coplas y con aquel dato interrogué a mi madre.

—¿Los del segundo tienen chacha?

—No. La que canta es Mariona.

—¿No se había casado?

—Se separó hace un año y ha vuelto con sus padres.

—Pues no tiene edad para andar cantando estas piezas de museo.

—Eso díselo a ella.

A mí la copla me irritaba porque atribuía a claudicación el recuento florido de tantas penas de amores. Pero ya he dicho que, en aquella época de transición, cuando parecía que por fin nos habíamos vuelto adultos, todos nos sentíamos un poco abandonados y quien más, quien menos, todos nos refugiábamos en una forma u otra de nostalgia.

Mi hermana procuraba sacarme de aquel pozo.

—Has de encontrar un trabajo cuanto antes.

Tenía razón, pero la cosa no se presentaba fácil.

Un amigo que trabajaba en un grupo editorial se había ofrecido a pasarme informes de lectura y alguna traducción, si superaba una prueba sencilla. Acepté la propuesta y de inmediato me arrepentí de haberlo hecho, no porque el trabajo me resultara desagradable, sino porque había de hacerlo en casa y quedarme encerrado era precisamente lo que yo trataba de evitar. Con todo, era preferible estar metido en casa traduciendo un libro que estar tumbado en un sofá leyendo novelas policiacas.

Con las traducciones pasé entretenido bastante tiempo. Al principio me dieron textos breves de contenido económico para una revista mensual. Yo no entendía nada, pero procuraba que el castellano fuera legible y, si podía ser, elegante. Les gustó y me dieron una novela americana bastante convencional. Luego la correspondencia de un viejo literato. Los beneficios derivados de aquel trabajo eran escasos, pero me gustaba lo que hacía.

Mientras tanto, la política seguía su curso. En febrero un conato de golpe de Estado encabezado por un puñado de militares nos dio un buen susto. Por fortuna duró poco y sirvió para convencer a todos los españoles de que no había vuelta atrás en el camino emprendido. También sirvió para dejar constancia de que Franco había muerto, para bien y para mal. Durante sus largos años en la jefatura del Estado había acumulado tanto poder que los españoles acabamos creyendo que todo cuanto ocurría en el país se debía única y exclusivamente a su voluntad. Ahora, después del fracasado golpe de Estado y la subsiguiente convicción general de que el poder estaba en manos del pueblo, tuvimos que aceptar el hecho incómodo de que la marcha del país dependía de fuerzas muy diversas, entre las cuales figuraban en lugar destacado nuestras propias decisiones. Aquel convencimiento y un gobierno anodino sumieron al país en una especie de atonía que a mí, personalmente, no me venía mal.

Entrada la primavera, Anamari aprovechó un momento en el que yo no tenía ningún trabajo entre manos para volver a poner sobre el tapete su antigua idea.

—¿Por qué no aprovechas este tiempo muerto para ir a Alemania a ver a Agus?

—No le veo el interés. Agustín no quiere saber nada de nosotros. Ni siquiera tengo su dirección.

—Yo sí. Continúa en Stuttgart. Y no seas tan negativo. A ti te sentará bien airearte, Agus se alegrará de verte y entre los dos le daréis una alegría a mamá. Ella ya sabe cómo es Agus y no se toma a mal sus rarezas, pero en el fondo la hace sufrir.

—¿Y tú cómo sabes que se alegrará de verme? A lo mejor me recibe a escobazos.

—Me extrañaría mucho. Eres el mayor y, aunque no lo parezca, tienes mucho ascendiente sobre Agus. De todos modos, podemos tantear el terreno.

Con Anamari era inútil polemizar.

—Y cuando esté con él, ¿qué le digo?

—Lo primero que se te ocurra. No has de llevar un guion escrito. Averigua cómo le va, cómo se gana la vida, si está con alguien. Dile que no sea tan huraño, aféale su conducta, dale caña.

La sugerencia era descabellada, pero la idea de hacer un viaje a cualquier parte me resultaba atractiva.

Lo pensé un par de días, me declaré dispuesto a ir a Stuttgart y Anamari envió un telegrama a Agus para avisarle de mi llegada. Mi temor a una reacción desfavorable resultó infundado. Agustín llamó a Anamari para decirle que me esperaba con ilusión y que podía alojarme en su casa.

Una agencia organizó el viaje. Cuando ya tenía la maleta cerrada, mi madre me dio un jersey, unos calcetines de lana, una bufanda y un paquete de galletas para Agus. A todas luces no esperaba que aquel viaje produjera ningún resultado apetecible para ella, pero no quería desaprovechar la oportunidad de proveer a su hijo ausente de algunos artículos necesarios y de una muestra de cariño.

Agustín siempre había sido el más raro de los tres hermanos. De muy pequeño ya era retraído e indolente. No le gustaba jugar ni hizo amigos en ninguna parte, y menos en el colegio, a donde iba con evidente desgana y donde nunca se mostró dispuesto a aprender nada. Año tras año los maestros expresaban la misma queja: el chico era listo y habría podido ser un buen alumno si hubiera puesto una pizca de interés en alguna materia, pero se conformaba con pasar de curso y a veces, ni eso.

Mi actitud con respecto a la enseñanza no era distinta de la de Agus, pero a mí me salvaba el deseo de agradar a todo el mundo y el temor de defraudar la confianza que los demás decían haber puesto en mí.

Obligado a entrar en la universidad, Agustín siguió mis pasos y entró en la Facultad de Filosofía y Letras, en la especialidad de Filología Hispánica.

Nuestra carrera no ofrecía salidas brillantes, pero, por tolerancia o por resignación, nadie trató de disuadirnos de cursarla. En el caso de Agus, por lo demás, no habría servido de nada, porque abandonó la universidad en el tercer curso. Para entonces yo ya me había licenciado en Lenguas Germánicas y me había ido a Londres con una beca miserable. En ambos casos el resultado fue el mismo: ni Agus ni yo aprovechamos unos estudios que nuestros padres sin duda habían costeado con grandes sacrificios. Con la mentalidad propia de aquella época, por los estudios de Anamari nunca mostraron preocupación. Quizá por esta causa, o por una broma del destino, ella fue la única que estudió con tesón y puso el máximo empeño en labrarse un futuro.

A mi regreso de Londres pregunté a Agus por qué había dejado la facultad y me dijo que no aguantaba a Saussure y menos a Lukács. Le gustaba leer, pero lo hacía sin avidez ni método. Si alguna vez trató de escribir algo, lo hizo a escondidas y sin perseverancia. Con respecto a su relación con las chicas era aún más reservado. Una vez, en un momento de debilidad, me contó que se había enamorado de una chica algo mayor que él; ella tenía novio, pero aquello no le importaba, porque su amor no era romántico, ni tampoco platónico, sino artúrico. No entendí lo que me quería decir, pero no le pedí explicaciones para no alterar el frágil equilibrio de su sensibilidad.

Después de dejar la universidad, Agustín tuvo varios trabajos, parciales o de temporada. Como había hecho conmigo en el periódico, mi padre consiguió colocarlo en la Biblioteca Central. Allí estuvo un tiempo, subiendo y bajando montones de libros en un montacargas, hasta que se cansó y lo dejó.

Mi padre lo consideraba un caso perdido. Mi madre argüía que Agustín todavía era muy joven, que a aquella edad muchos chicos estaban desorientados, que tarde o temprano encontraría su camino y que lo importante era que Agustín, pese a sus defectos, era inteligente, cariñoso y de muy buena pasta.

Cuando yo vivía en Nueva York, Anamari me contó por carta que Agustín se había ido a Alemania, sin previo aviso y sin dar explicaciones. Ahora se me presentaba la ocasión de esclarecer los hechos.

—¿Y si lo encuentro durmiendo debajo de un puente?

—Si pasa eso, ya pensaremos qué hacer. Los problemas se abordan cuando se presentan, no antes.

Der deutsche Geist ist ein Adler, der mit Gewalt seinen gewichtigen Leib emporreisst, und mit starkem und vielgeübtem Flügel viel Luft unter sich bringt, um sich näher zu heben der Sonne, deren Anschauung ihn entzückt.

Volé en Swissair de Barcelona a Stuttgart con una breve escala en Zúrich. Agustín me esperaba en la salida de pasajeros del aeropuerto de Stuttgart. Se había dejado una barba corta y ensortijada y vestía con desaliño. Me dio unas palmadas en el hombro y echó a andar por la terminal. Yo le seguí con la maleta. Fuera llovía.

—No te preocupes. Tengo el coche en el parking.

—¿Tienes coche?

—Un utilitario, no te hagas ilusiones.

Camino del aparcamiento añadió una explicación irrelevante, como era habitual en él.

—En las autopistas alemanas no hay límite de velocidad, los coches son muy potentes, conducir es un infierno, pero en este país no se puede vivir sin coche.

Al cumplir los dieciocho años nuestro padre le obligó a sacarse el carnet de conducir, pero luego nadie le vio sentado al volante de un automóvil. Ahora circulábamos en un Volkswagen gris marengo, muy despacio, por el carril de la derecha de la Autobahn. Los demás coches nos adelantaban con un silbido, nos cubrían de salpicaduras y se perdían a lo lejos.

Stuttgart era una ciudad populosa, con una gran industria y extensos barrios obreros. Sin ser bonito, todo daba la sensación de estar limpio y bien cuidado. En el centro la circulación era densa y las cosas empeoraron. Agustín frenaba y arrancaba bruscamente, entre bocinazos y recriminaciones.

Nos detuvimos frente a un edificio de viviendas, nuevo, de cuatro plantas. Delante del edificio había una zona de estacionamiento y un parterre. La lluvia había amainado. De una carrera nos metimos en el zaguán.

—El edificio no es lujoso, pero es nuevo y no está lejos del trabajo.

En el ascensor, Agus carraspeó y habló en un murmullo apenas inteligible.

—No te avisé, pero vivo con una chica. Espero que no te importe.

—¿Te has vuelto loco? Podías haberlo dicho antes. Es un notición.

—Estaba esperando una ocasión propicia. No quería contároslo por carta ni por teléfono. Cuando Anamari me dijo que venías pensé que la ocasión era ésta.

—¿Seguro que no soy un pegote? Dímelo con toda confianza.

—No, no. Primero instálate y luego hablaremos. Cada cosa a su debido tiempo: me he vuelto muy germánico.

El piso de Agustín era de dimensiones reducidas, luminoso y bien distribuido. Tenía una sala y dos dormitorios, uno amplio y otro diminuto, destinado a huéspedes como yo.

Deshice la maleta, guardé para más adelante los regalos que traía para él y me reuní con Agustín en la sala de estar. Los muebles eran modernos y la alfombra parecía de buena calidad. Una calefacción excesiva, una biblioteca nutrida, una televisión en color bastante grande y un buen equipo estéreo infundían sensación de bienestar.

Agustín había preparado en una bandeja dos cervezas y un cuenco de patatas fritas.

—Me alegra ver que vives como un cura.

—No sé si tanto, pero mejor de lo que me merezco.

—¿Y la pareja que me habías anunciado?

—Trabaja hasta tarde.

—Bueno, así tendremos tiempo de hablar. Empieza tú.

Agustín bebió un sorbo de cerveza y reflexionó en silencio. Yo me hice cargo del motivo de su titubeo: si empezaba, tendría que seguir hasta el final, y sentía aversión por las confesiones. Pero yo era su hermano y había ido hasta allí con el único propósito de escuchar su historia.

—Un día comprendí que tenía que irme de Barcelona, como habías hecho tú. Por mis trabajos había percibido sueldos miserables, pero la frugalidad derivada de mi natural apatía me había permitido ahorrar una pequeña suma. De modo que me vine a Alemania.

—¿Por qué? Quiero decir, ¿por qué a Alemania?

—¿Y tú lo preguntas? Alemania es la patria de tus ídolos: Bach, Beethoven, Wagner...

—También me gustan Shostakóvich y Prokófiev y no me iría a vivir a Leningrado.

Agustín sacudió la cabeza con la pesadumbre del cazador que ha errado el disparo.

—Está bien. No tenía una razón concreta. Elegí Alemania por pura intuición. Luego descubrí que la intuición no me había engañado. Éste es un país donde todo está meticulosamente previsto y reglamentado. Nadie entiende que alguien se pueda saltar una norma sin más ni más. Vivir aquí es vivir en un continuo reproche, y eso me gusta. En Alemania soy un rebelde con poco esfuerzo.

Agustín acudió a una agencia de viajes que fletaba autocares con destino a diversas ciudades alemanas. La elección de Stuttgart le vino dada: ya no quedaban pasajes para Múnich ni Frankfurt, a donde había proyectado ir y, por añadidura, el viaje a Stuttgart era más barato y más corto. Durante diecisiete horas cruzó Francia en compañía de obreros españoles afincados en aquella región de Alemania y con los cuales trabó conversación, especialmente en las paradas. De aquel modo supo que volvían de una breve estancia en España, bien para ver a sus familias, bien para realizar alguna gestión, bien para tomarse unas vacaciones en Salou o en otros pueblos de la costa, porque estaban hartos de pasar frío y de no ver el sol. Como llevaban muchos años en Alemania, le dieron consejos prácticos sobre cómo tratar con las autoridades locales o dónde encontrar alojamiento y le disuadieron de buscar trabajo. Antes era distinto, en

Alemania había empleo para los españoles, a todos los niveles, bien remunerado. Aquéllos habían sido años de vacas gordas. Ahora, sin embargo, los españoles ya no pintaban nada; Alemania se había convertido en un feudo de los turcos y los yugoslavos.

Por fortuna, gracias al desarrollo económico logrado en España en los últimos años del franquismo, el flujo migratorio de españoles a los países industrializados de Europa había ido menguando hasta desaparecer casi por completo. De los miles de españoles que habían ido a Alemania en busca de trabajo en las décadas difíciles, muchos habían vuelto a España, donde esperaban encontrar nuevas oportunidades o emprender un negocio con el capital acumulado a base de esfuerzo y ahorro. Los que habían optado por permanecer en Alemania habían prosperado, en parte gracias a su trabajo y en parte gracias al despegue económico de España, que los había liberado de remitir una parte de sus ingresos a la parentela. A pesar de aquella mejora material, la mayoría de los que seguían allí se negaba a echar raíces en una sociedad con la que no sentía ninguna afinidad: hablaban un alemán rudimentario, vivían agrupados en zonas exclusivas y frecuentaban bares regentados por compatriotas, donde se degustaban tapas, se rellenaban quinielas y se celebraban las fiestas patrias y por cuyos altavoces se desgañitaban las tonadilleras. En cambio, sus hijos, nacidos en Alemania, se habían beneficiado de la educación pública, habían conseguido salir de aquel gueto, y ahora se avergonzaban de sus progenitores.

Los compañeros de viaje de Agustín manifestaron la opinión unánime de que la inmigración planteaba problemas insolubles, tanto para los inmigrantes como para los habitantes del país que los acogía.

Con el tiempo, Agustín acabó dando la razón a aquellos sociólogos empíricos.

—En América el caso es distinto, porque allí se hizo tabla rasa y todo el mundo llega en las mismas condiciones. Pero en el resto del mundo, un individuo no puede cambiar su idiosincrasia profunda. Algunos ni siquiera aceptan las normas básicas de la convivencia social, pero ésos son una minoría. La mayoría querría adaptarse, pero nunca lo conseguirá, por más empeño que ponga. Esto los alemanes no lo entienden y se desesperan. Sin embargo, deberían entenderlo, porque a ellos les sucede lo mismo sin salir de casa. Hace dos mil años fueron colonizados por los romanos y todavía no lo han podido digerir. Los romanos les impusieron por la fuerza el derecho de Justiniano, la filosofía de Aristóteles y la moral de san Pablo y, a pesar del tiempo transcurrido, aún tratan de sacudirse esa carga intelectual. La rebelión de Lutero no iba dirigida contra la corrupción de la Iglesia, sino contra una religión que los alejaba del oscurantismo chamánico de sus ancestros. Lo mismo ocurre con Nietzsche, con Heidegger, con Wagner. En su fuero interno quieren seguir siendo nibelungos, la dominación romana los tiene hartos y de cuando en cuando, sin motivo aparente, la arman. Y luego pretenden que los turcos se vuelvan prusianos.

Was ist herrlicher als Gold? Fragte der König.
Das Licht, antwortete die Schlange.
Was ist erquicklicher als Licht?, fragte jener.
Das Gespräch, antwortete diese.

A su llegada, Agustín lo ignoraba todo sobre el lugar a donde había ido a parar por carambola.

Stuttgart era una ciudad próspera, capital de Baden-Württemberg. En sus alrededores se fabricaban los coches Mercedes-Benz y Porsche, y allí había puesto su sede europea la empresa americana IBM.

Siguiendo las recomendaciones de los obreros con los que había compartido las horas de viaje en el autocar, lo primero que hizo Agustín fue buscar alojamiento en uno de los hoteles próximos a la estación. Cuando lo hubo encontrado se tendió en la cama y durmió hasta bien entrada la mañana.

Sin desayunar, se echó a la calle en busca de algún medio de sustento. Hacía frío, el cielo era plomizo y caía la misma lluvia continua que ahora veíamos a través de la ventana de la sala. Sin amedrentarse, Agustín recorrió varias veces el centro de la ciudad, observando la vida cotidiana de sus habitantes y tratando de imaginar de qué modo podían encajar allí sus escasas habilidades. Ya había llegado a la conclusión de que en ninguna parte encontraría lo que buscaba, cuando pasó por delante de la sede del Lappentheatre. Sin pensarlo dos veces, guiado por un impulso súbito, entró en el vestíbulo. Como era temprano, sólo había una señora desgreñada, adormilada detrás de las rejas de la taquilla. En una mezcla de inglés, francés y español, Agustín le dijo que quería trabajar allí. Después de repetir la demanda varias veces, la taquillera le indicó que esperara en el vestíbulo, abandonó su puesto y entró en el teatro. Al cabo de un par de minutos regresó acompañada de un joven barbudo, vestido con un pantalón de pana y un jersey negro de cuello alto. La taquillera volvió a su hornacina y el joven indicó a Agustín que lo siguiera. Por unos pasillos oscuros llegaron al despacho del director. Éste estaba sentado a la mesa y a su lado, de pie, había una mujer joven, rubia, cubierta del cuello hasta los tobillos con una malla plateada. El joven que le había guiado hasta allí se puso detrás de la mesa. Los tres formaban un tribunal. Como Agustín no había llevado prendas ni calzado adecuados al clima de Stuttgart, se había calado durante la caminata y su aspecto era lamentable.

El director del teatro le preguntó si hablaba alemán y Agustín respondió negativamente; si tenía alguna experiencia en el mundo del teatro, y respondió lo mismo. El director del teatro se frotó las manos. Los tres miembros del tribunal juntaron las cabezas y cuchichearon un rato. Al término de la deliberación, el director del teatro se dirigió a Agustín y le ofreció un contrato de prueba. Agustín aceptó sin vacilar.

Al cabo de un tiempo de trabajar en el teatro, Agustín comprendió la causa de aquel fallo paradójico.

El Lappentheatre de Stuttgart había sido creado a mediados de la década de los sesenta con el propósito manifiesto de combatir las convenciones del teatro comercial, desenmascarar la hipocresía imperante en la sociedad burguesa y subvertir los valores de la clase dominante, y de inmediato adquirió un gran prestigio entre los sectores progresistas de la ciudad. Aunque contaba con un público minoritario pero relativamente numeroso y muy fiel y en todas sus actividades imperaba una estricta austeridad, los gastos generales eran considerables y no habría podido subsistir si la ilustre tradición teatral de Alemania y el escrupuloso respeto a la libertad de expresión en todas sus manifestaciones no hubieran llevado al Ayuntamiento de Stuttgart a otorgar al Lappentheatre una subvención que gustosamente complementaban otras instancias políticas, las grandes empresas con sede en la región y, en suma, casi todos los estamentos a cuya destrucción el Lappentheatre de Stuttgart consagraba sus esfuerzos. Aun así, aquellas aportaciones, hechas a fondo perdido y exentas de reciprocidad, eran parsimoniosas y, año tras año, tanto los responsables del Lappentheatre de Stuttgart como sus devotos seguidores consideraban un milagro que se salvara de la bancarrota.

Como era habitual en los teatros de naturaleza y propósito similares, que tanto proliferaron en aquellos años, el Lappentheatre de Stuttgart contaba con una compañía estable de actores, actrices y técnicos, al frente de los cuales había un director que, en la mayoría de los casos, era también el fundador y el alma del proyecto.

Cuando Agustín entró a trabajar como miembro interino de la compañía, ocupaba la dirección del Lappentheatre de Stuttgart un individuo inteligente, culto, voluntarioso, temperamental, petulante y arbitrario llamado Hans. Era el hijo menor del barón Heinz Ruppert Kraemer-Klopfoschen, descendiente de una de las familias más preclaras del antiguo ducado de Suabia. A la sazón Hans frisaba la cincuentena, era alto, enjuto, algo cargado de espaldas, con una mata abundante de cabello gris, voz aguda y ademanes bruscos. Su autoridad era incontestable, su carácter era volcánico y todos los miembros de la compañía, sin excepción, le admiraban, le respetaban, le amaban y le temían. A pesar de la omnipotencia de su director, el repertorio del Lappentheatre de Stuttgart consistía exclusivamente en obras creadas a partir del trabajo colectivo de toda la compañía. En estas obras tenía un papel destacado la improvisación, su planteamiento era radical, su objetivo era la provocación y en ellas no se escatimaban la energía ni los gritos ni los desnudos.

A mí aquel estilo de teatro me parecía estéril, repetitivo y tedioso. En Nueva York había tenido ocasión de hartarme de obras mal representadas en sótanos pestilentes infestados de cucarachas. Sin embargo, en la descripción de Agustín no había el menor indicio de ironía ni de crítica. Para él, más allá de sus exageraciones y sus contradicciones, el Lappentheatre de Stuttgart era un proyecto serio en su concepción y riguroso en su desarrollo. En última instancia, era un laboratorio de experimentación que había de permitir renovar las formas tradicionales anquilosadas. Mientras tanto, brindaba a los jóvenes talentos una oportunidad de darse a conocer y, en última instancia, aunque su contribución a la revolución fuera harto dudosa, su relevancia y su interés eran evidentes en la medida en que actuaba de revulsivo y de estímulo. Cuando Agustín se presentó pidiendo trabajo, todos los integrantes del Lappentheatre de Stuttgart eran alemanes, la mayoría de clase media y alguno, como su flamante director, de clase alta; Agustín era un exiliado español, sin profesión, sin medios y sin papeles y, al mismo tiempo, era agradable de aspecto, afable de trato, bien educado y de una mansedumbre rayana en la atonía. Los responsables del

Lappentheatre consideraron que la Providencia les enviaba una valiosa adquisición.

—Todo esto está muy bien, Agus. Sólo quiero saber una cosa: ¿por qué se te ocurrió pedir trabajo precisamente en un teatro?

And deep in the mirrors
They rediscover
The face of the boy as he practices tying
His father's tie.

Antes de responder a mi pregunta, Agustín se levantó, fue a la cocina y volvió a la sala con otras dos cervezas.

—Tienes razón, yo nunca he sido especialmente aficionado al teatro. En cambio, papá sí era muy aficionado. Escribió un par de obras. Nunca hizo nada con ellas y cuando murió, los manuscritos no aparecieron entre sus efectos personales. Debió de destruirlas él mismo.

—¿Y tú cómo sabes que había escrito un par de obras?

—Él me lo contó.

Me costaba aceptar que Agustín hubiera gozado de la confianza de nuestro padre hasta el punto de conocer secretos de él que los demás ignorábamos. Sin caer en un favoritismo flagrante, era de todos sabido que mi madre sentía predilección por mí y que mi padre la sentía por Anamari. Por ser el menor, Agustín había salido en aquella carrera de afectos con una desventaja que ni su carácter arisco ni sus acciones habían contribuido a reducir. No se portaba mal, pero su abulia y sus desastrosos resultados escolares le valían más reprimendas que agasajos. Él nunca se quejaba, pero sin duda no le pasaba por alto la existencia del desequilibrio.

—Una vez papá me llevó al teatro. Nunca me llevaba a ninguna parte, pero en aquella ocasión debieron de conjurarse varios imponderables. Tenía dos entradas y en el último momento mamá no pudo acompañarle, yo andaba suelto y tú no, vete a saber. La cuestión es que nos fuimos mano a mano a la sesión de tarde en el antiguo teatro Calderón, en la Rambla Cataluña. Daban una comedia típica de aquellos años, ya sabes: Alfonso Paso, Carlos Llopis, da lo mismo. Yo nunca había ido al teatro. Al circo sí, pero no al teatro, y menos a una función de adultos. No recuerdo el título de la obra, ni el argumento, ni los chistes, que ni siquiera entendía. Pero sí que recuerdo el ambiente, las alfombras, el terciopelo, las candilejas... Al caer el telón todavía estaba en trance. Sólo esperaba el momento de volver a casa para contaros mi experiencia. Pero entonces sucedió algo impensado. Al salir, papá se detuvo en el vestíbulo, encendió un cigarrillo y estuvo fumando un rato, en silencio, como si reflexionara. Finalmente aplastó el cigarrillo en un cenicero, dio media vuelta, me indicó que le siguiera y volvió a entrar en la sala, donde ya no quedaban espectadores. Yo le seguí pensando que se habría dejado algo en el asiento por descuido, pero papá abordó a un empleado y le dijo algo. El empleado señaló una puerta lateral y papá se dirigió allí muy decidido, conmigo pegado a sus talones. La puerta daba a un pasillo estrecho, oscuro, con las paredes desconchadas. Al fondo del pasillo estaban los camerinos. En una de las puertas había un cartel que decía: Señorita Mariví Román. Papá llamó, una voz nos invitó a pasar y entramos. El camerino era un cuartucho mal ventilado, en un estado caótico. Una sastra, que estaba colgando vestidos de una barra, se disculpó y salió del camerino. Contra la pared del fondo había una mesa cubierta de frascos, cepillos, peines y algodones, y un espejo rectangular con bombillas en un marco de madera despintado. El aire era irrespirable y olía a cosméticos y perfume. Mariví Román se estaba desmaquillando sentada en un taburete, frente al espejo, pero se levantó y vino hacia nosotros. En escena la había visto representar el papel de una jovencita pizpireta y desenfadada. Al natural era una señora de mediana edad y su actitud era seria y afectada. A lo mejor estaba cohibida. Muy sonriente le dio la mano a papá y él le dirigió los elogios de rigor por su brillante actuación. Luego los dos volvieron la mirada hacia mí y papá dijo que aquella noche le acompañaba el menor de sus hijos. Mariví Román me acarició la mejilla y dijo: Qué chico más guapo, ¿cómo te llamas? Yo me ruboricé al decir mi nombre, pero ella ya no me miraba ni me escuchaba. Mi presencia le resultaba indiferente y quizá enojosa, y yo me sentí muy ufano y agradecido por aquel interés fortuito representado en exclusiva para un mocoso como yo. Luego papá y ella intercambiaron unas cuantas frases y nos fuimos. Al salir del camerino, papá me comentó que conocía a Mariví Román de otros tiempos, cuando ambos eran muy jóvenes y empezaban a hacer pinitos en el mundo de la farándula. Entonces me contó que había escrito unas piezas teatrales, probablemente muy malas, y que pronto había abandonado aquellas fantasías para asumir otras responsabilidades de mayor calado. Después ya no volvimos a hablar más de aquel asunto. Al llegar a casa no le conté a nadie nada de lo ocurrido. Ni siquiera dije que habíamos ido al teatro. Y nunca le he contado a nadie esta historia hasta este momento, en que te la estoy contando a ti.

—¿Y no le preguntaste nada? A papá, ¿no le preguntaste nada?

—¿Qué querías que le preguntase?

—Lo que había entre él y aquella actriz.

—Por el amor de Dios, Rufo, yo tenía once años, era el último de la clase, papá me trataba como si fuera un delincuente, ¿y pretendes que le preguntara si tenía un lío de faldas?

—Pues si lo hubo, nunca lo sabremos, porque papá se fue, llevándose su secreto.

—Sí, y también Mariví Román. Como puedes suponer, después de la visita al camerino, traté de seguir su carrera. No volvió a actuar en Barcelona y al cabo de poco dejó el teatro para dedicarse a la radio y al doblaje. Quizá no tenía buena salud. Murió hace unos cuantos años.

Durante un rato guardamos un silencio ceremonial. Luego volví a mi interrogatorio.

—¿Y por esta anécdota se te ocurrió entrar a trabajar en el Lappentheatre de Stuttgart? ¿Para volver a pisar los camerinos?

—No, no. No has entendido nada. Papá habría querido hacer carrera en el teatro. Pero tuvo que sacrificar su ilusión para mantener a la familia. A nosotros. Y el resultado no podía ser menos satisfactorio para él. Sus dos hijos varones eran unos mequetrefes sin ambiciones. Yo, encima, un zascandil. Un día, por azar y contra su voluntad, ha de llevarme al teatro. Teme que no me portaré bien o que me aburriré, pero descubre que sigo la obra fascinado, sin entender nada, subyugado por la magia del teatro. Y al salir tiene una revelación: quizá aquel botarate que le ha tocado en suerte puede hacer realidad lo que para él sólo había sido una fuente de frustraciones. No porque yo tuviera más talento, sino porque era un irresponsable, capaz de hacer lo que él tuvo que sacrificar por su sentido del deber.

—¿Y por eso estás de chico para todo en un teatro marginal de una ciudad de provincias? ¿Por cumplir un encargo imaginario de alguien que ya no puede verlo?

Agustín se quedó mirando al techo. Yo entendí que no callaba por no tener una respuesta, sino porque dudaba de si debía dármela. Finalmente se levantó.

—La chica con la que vivo se llama Greta. Trabaja en el teatro. Vendrá tarde. Si quieres, cenamos.

—Tú también trabajas en el teatro.

—Mi caso es distinto. Yo no actúo. En la cocina hay comida preparada. Sólo tengo que calentarla. No te hagas muchas ilusiones.

—Bah, si he sobrevivido en Nueva York, sobreviviré en Stuttgart.

Man wollte sie schon amüsieren, wenn sie nur amusäbel wären!

Seguí a Agustín a la cocina y mientras él recalentaba un estofado en el microondas me puse a hablar de otras cosas. No quería dar la impresión de que había hecho el viaje con el único propósito de extraerle la información que hasta entonces nos había negado. Con cierto detalle le puse al corriente de las vicisitudes de cada uno de los miembros de la familia y, acto seguido, de la situación política y económica del país y de cómo se vivía en España aquel periodo delicado. Pese a su notorio desapego, yo le suponía interesado en aquellos temas, que escuchó con atención, y sobre los que a menudo me interrumpía para hacer una pregunta o expresar una opinión. Luego pasamos a otros temas más frívolos, que habían sido y seguían siendo parte de nuestra vida en común y ahora provocaban nuestra hilaridad.

Mientras cenábamos, Agustín lanzaba miradas impacientes al reloj.

—Greta ya debería estar aquí. Algunas noches, al final de la representación, el director reúne a la compañía para hacer correcciones. Con el paso del tiempo el ritmo de la función se resiente y hay una tendencia inevitable a sobreactuar, sobre todo si el público está predispuesto... En fin, aspectos técnicos, irrelevantes para el profano.

Aproveché aquellos comentarios para preguntarle por su relación con Greta.

Me contó que todo había empezado de un modo impremeditado por parte de ambos. Greta ensayaba una escena que le exigía recitar un texto ligera de ropa y subida a un trapecio. El ejercicio no era peligroso, pero requería práctica y Agustín era el encargado de sujetarla y velar por su integridad física. Una cosa llevó a la otra y ya iba para un año que vivían juntos.

—Se te ve contento.

—Lo dices como si fuera algo inusual.

Con un sentido verdaderamente teatral de la oportunidad, el ruido de una llave en la cerradura me liberó de responder a la recriminación de mi hermano.

Se abrió la puerta y entró en el apartamento un ser de mediana estatura, cubierto con un chubasquero verde y unas botas de lluvia. Al despojarse de aquellas prendas apareció una joven rubia, de rasgos diminutos, piel muy blanca y ojos claros. Sin atender a nuestro saludo se metió en el cuarto de baño. A los pocos minutos salió, vino a donde estábamos, dio un beso en la mejilla a Agustín y me estrechó la mano con energía. Era atlética, pero tenía la cara redonda y la expresión beatífica de los ángeles góticos, más satisfechos de ser ángeles que del privilegio de servir al Altísimo. Mientras la observaba, hacía esfuerzos por no aventurar ningún juicio, pero no dejaba de preguntarme cómo podía congeniar una persona aparentemente extrovertida y directa con un tipo solitario y tortuoso como mi hermano.

Agustín le preguntó si había cenado. Greta respondió que había picado algo en el bar del teatro, pero que con gusto se tomaría un vaso de vino blanco bien frío si él se lo servía, porque se sentía agotada e incapaz de cualquier actividad adicional.

Agustín fue a cumplir el encargo, y Greta se apoltronó en el sofá, suspiró y luego se dirigió a mí en inglés y se disculpó por no poder hacerlo en español. Desde que convivía con Agustín, lo estaba aprendiendo a marchas forzadas, pero todavía le costaba formar frases enteras. En realidad, lo hablaba bastante bien, pero le mortificaba cometer tantos errores gramaticales y, sobre todo, confundir los géneros, cosa que invariablemente provocaba la risa de Agustín. Respondí que si tenía ganas de hacer prácticas conmigo, yo le prometía pasar por alto los gazapos, y añadí que yo había estudiado alemán en la universidad y me podía defender, aunque el tiempo había hecho estragos.

Advertí que me trataba con mucha naturalidad. Era patente que me aceptaba en su casa por ser hermano de Agustín, pero que le traía sin cuidado lo que yo pudiera pensar de ella y que no iba a hacer ningún esfuerzo para granjearse mi beneplácito. Aquella actitud me pareció cómoda para mí y saludable para los tres.

Mientras ella apuraba el vaso de vino, estuvimos hablando de vaguedades y al filo de la medianoche nos fuimos a dormir.

A la mañana siguiente me desperté y, como no oía ningún ruido, salí de mi cuarto pensando que los demás dormían, pero en la sala encontré a Agustín enfrascado en la lectura de unas páginas mecanografiadas.

—En seguida te preparo el desayuno.

Lo dijo sin levantar los ojos del papel.

—No hace falta. Sigue con lo tuyo. Yo me hago un café y miro a ver qué pillo. ¿Greta duerme?

—Sí, ya sabes: el mundo al revés de los teatreros.

En la cocina todo estaba muy limpio y ordenado.

Hice café, bebí un zumo, me comí un kiwi y me

preparé un bocadillo de jamón. Luego volví a la sala. Por la ventana se veía un cielo azul pálido con alguna nube.

—Aprovecharé el buen tiempo para dar una vuelta.

—Yo no te acompaño: tengo un poco de trabajo. Podemos quedar a comer por ahí, a eso de las doce: horario europeo.

En un trozo de papel anotó el nombre y la dirección de un restaurante y un número de teléfono. De un cajón sacó un plano, lo desplegó y trazó en lápiz un círculo en la ubicación del restaurante y otro en el punto donde nos encontrábamos en aquel momento.

—Llévate el plano. Con el río y la torre de la televisión es imposible desorientarse. De todos modos, te he apuntado el teléfono de casa. Yo no me moveré de aquí en toda la mañana. Pásalo bien y no te metas en líos: esto no es Nueva York. Aquí un semáforo es un tótem.

Antes de emprender el viaje no me había molestado en preparar nada. Ni siquiera había comprado una guía de la ciudad, de modo que anduve por el centro sin rumbo. Estuve tentado de ir al Mercedes-Benz Museum, pero quedaba lejos, al otro lado del río, y yo no conocía los medios de transporte. Pasé por delante de la casa natal de Hegel. Allí había nacido el filósofo en 1770, y de allí había salido, dieciocho años más tarde, para ir a estudiar teología a Tubinga.

En un lugar tranquilo llamé por teléfono a mi madre desde una cabina pública y le conté que Agustín tenía buen aspecto, un piso estupendo y un buen trabajo. Lo de Greta preferí reservarlo para la vuelta.

Cumplida mi misión, ya no me quedaba nada más que hacer allí. Por mi gusto habría regresado a Barcelona aquel mismo día, pero como algo tan brusco habría ofendido a mis anfitriones, rechacé la idea y seguí caminando. Si veía una iglesia, asomaba la cabeza para ver el interior. En la guerra la ciudad había sido reducida a escombros. Después los edificios históricos fueron restaurados con meticulosa precisión pero sin gracia. El resultado me pareció pesado y funerario. Cuando unos años atrás visité Berlín, todavía eran visibles los efectos de las bombas y la metralla. Aquí, en cambio, todo recuerdo vivo de la hecatombe había sido deliberadamente reconducido a la normalidad anterior y la memoria de la barbarie confinada en monumentos estremecedores dedicados a los que fueron enviados a Auschwitz o a Theresienstadt.

Pensando estas cosas caí en la cuenta de que, después de haber vivido varios años en los Estados Unidos, había visitado en poco tiempo Japón y Alemania, sus enemigos de antaño. Los dos países habían sufrido un cambio similar a raíz de la derrota, pero a los ojos de un viajero desinformado la diferencia era grande. Un país tan apegado a sus tradiciones como el Japón había aceptado sin conflicto un cambio radical en el paisaje y en las costumbres, quizá por una confianza ciega en su inquebrantable disciplina espiritual. Alemania, en cambio, había preferido reconstruir formalmente su pasado.

Después de vivir en América, Europa me parecía el exponente de una historia gloriosa pero agotada y recordé el vaticinio de tuan Patam acerca de los países del Sudeste Asiático.

Llegué al restaurante cansado de tanto andar y de tanto cavilar. Agustín y Greta ya estaban sentados a la mesa. Agustín daba sorbos a una jarra de cerveza y Greta bebía agua con gas y una rodaja de limón. Los dos charlaban animadamente, bromeaban y estaban de muy buen humor.

—En tu honor hemos encargado un ganso asado. No te lo tomes como una indirecta. Es la especialidad de la casa.

Pedí una cerveza y les conté mi paseo, pero no la llamada telefónica y menos aún mis reflexiones.

Cuando trajeron el ganso, Greta se sirvió una buena porción de carne y varias patatas y empezó a comer con voracidad. Como vio que yo la observaba, dejó de masticar, sonrió y me explicó que estaba acumulando energía para la representación de aquella tarde: su papel era muy exigente, tanto en el aspecto interpretativo como en el físico, y comía apresuradamente para evitar que una digestión pesada le produjera sopor a la hora de concentrarse para salir a escena. Anhelaba y temía por igual aquel momento; a diario el miedo la dejaba agarrotada; podía representar la misma obra cien veces y seguía teniendo el mismo terror que la noche del estreno.

Hablaba con un entusiasmo y una afectación que atribuí a su extrema juventud. Calculé que no debía de haber cumplido los veinte años. Por decir algo, le pregunté si no se aburría de repetir las mismas palabras y los mismos movimientos en cada función y me miró con una mezcla de suficiencia y desdén. Agustín salió en su defensa.

—La pregunta es irrelevante. El trabajo siempre es el mismo, pero cada función es distinta. Te lo puedo asegurar, porque yo participé en una. Llevaba un par de meses trabajando en el teatro cuando el director me ofreció un papel insignificante. En un momento preciso, yo tenía que salir a escena con el puño en alto y gritar: ¡Viva Azaña!

Recordando aquel momento, Agustín y Greta se reían a carcajadas.

—¿Y qué pasó?

—Fracasé. En el momento decisivo me puse nervioso, salí a destiempo, me quedé mudo, con el puño en alto, y me volví a meter entre cajas. Ya dentro grité: ¡Viva Azaña!, o quizá: ¡Viva Franco!, yo qué sé. Por suerte, el público pensó que la obra era así. Al término de la función la compañía se reunió en cónclave y se decidió por unanimidad suprimir el personaje. Fue un alivio para todos y especialmente para mí. Pero de aquella experiencia vergonzosa saqué una enseñanza. Bueno, dos enseñanzas. La primera es que no doy bien en escena. La segunda es que actuar es una cosa muy complicada, porque supone salir de la realidad y entrar en una realidad paralela en una fracción de segundo. Los actores lo hacen sin darse cuenta, porque si fueran conscientes no sólo de la dificultad, sino del peligro que eso entraña, cambiarían de oficio *ipso facto*.

Greta no dejaba de mirar el reloj. Antes del postre se disculpó y se puso de pie.

—Nos vemos esta noche en casa.

Cuando se hubo ido, le pregunté a Agustín si él no iba al teatro.

—No. He de hacer unos recados. Tú sigue pateándote la ciudad. Nos vemos en casa a las seis. Tengo una sorpresa para ti.

Sin darme más explicaciones se fue y me dejó a cargo de la cuenta.

*

Volví al apartamento y dormí una siesta corta. Cuando desperté había empezado a lloviznar y decidí que no tenía ganas de hacer más turismo.

En la librería de la sala había medio centenar de libros, todos en alemán. Para pasar el rato y refrescar el idioma, releí de un tirón *Die Verwandlung*, de Kafka. Era lectura obligada en la universidad y recordaba bien los detalles del argumento y el nombre del protagonista que un día se despierta convertido en bicho. Entonces me había conformado con la interpretación al uso: la arrastrada existencia del hombre moderno, alienado en una sociedad opresiva. Si bien la metáfora no tenía ningún sentido en la Barcelona de aquellos años, para un adolescente aturdido y con toda su atención puesta en las actividades políticas y en las compañeras de la facultad. Más tarde olvidé la historia y sus posibles significados. Aquella tarde, sin embargo, en Stuttgart, vi el relato bajo otro prisma. Si, como el propio Kafka afirma en sus cartas, Gregor Samsa es su alter ego, es decir, un joven judío de clase media que vive con sus padres en una ciudad provinciana, trabaja en una aseguradora y su vida amorosa es una relación epistolar con una novia más fea que Picio, el verse convertido en sabandija no debe de suponer una mutación sustancial, sino la mera constatación de lo que ya sabía. Ahora, en un apartamento de Stuttgart, en una tarde lluviosa, me preguntaba cómo habría leído el relato de Kafka un alemán que creía encarnar los valores de una raza superior y, unos años más tarde, entre las ruinas de su país y las cenizas de sus convicciones, descubría que su verdadera personalidad era la alimaña que veía reflejada en el espejo de su propio cuarto. Fuera como fuese, era preciso rechazar cualquier interpretación simplista de una historia cargada de dolor y de ternura.

De aquel análisis me sacó Agustín, que venía muy acelerado a decirme que teníamos el tiempo justo para cambiarnos, coger el tranvía y llegar puntuales a la Staatsoper.

—¿Ésta era la sorpresa? ¿Vamos a la ópera?

—A un concierto. Ya verás cómo te gusta.

Llegamos con tiempo sobrado a la Beethovensaal y ocupamos nuestros asientos en la platea. Con gran alegría vi que el programa consistía en una selección de las danzas eslavas de Dvořák seguida de la Séptima Sinfonía de Mahler. Dirigía la Staatsorchestre Václav Neumann, que hasta hacía poco había sido su titular y en aquella ocasión era el director invitado. En Nueva York yo había comprado varios discos de Václav Neumann, pero nunca había tenido ocasión de verlo y escucharlo en directo. Me sentía en la gloria.

—No sabes cuánto te agradezco el detalle, Agus. Estas entradas te habrán costado una pasta.

—No creas. Aquí la cultura está subvencionada y los precios son asequibles. Además, soy yo el que te agradece que hayas venido. Sé que no lo has hecho porque te apeteciera, sino por mí. Si acaso, agradéceme el tostón que voy a tragarme por tu culpa.

Cuando salimos, al cabo de dos horas, Agustín estaba grogui.

—¡Menuda bullanga! ¿Esto le gusta a alguien?

—A mí. Me gusta y me da hambre. Vamos a cenar, si no has quedado en otra cosa con Greta. Y dile que venga. Yo invito.

—No. Prefiero que vayamos tú y yo solos. Ya se lo he dicho a Greta y está conforme. Prefiere descansar. Además, le dije que te quiero contar algo.

A aquellas horas la mayoría de los restaurantes ya no servían cenas. Por suerte Agustín conocía una *trattoria* cerca de la ópera. Pronto estábamos delante de una pizza napolitana y una botella de Chianti.

—Bueno, ¿qué es eso que me tenías que contar?

La cara de Agustín reflejaba el esfuerzo que suponía para un individuo tan poco comunicativo revelar una parte importante de su vida privada. Cuando habló, después de aclararse la garganta y beber un poco de vino, lo hizo en un susurro casi ininteligible.

—Lo que tenía que decir es que ya no trabajo en el Lappentheatre de Stuttgart. Ahora estoy en otra cosa.

—Sea lo que sea, veo que te ganas bien la vida. ¿Es un trabajo honrado o no me lo puedes contar?

—Oh, lo que hago no está incluido en el código penal. Que sea honrado ya es distinto. Empezaré por el principio.

En todas las obras que creaba y representaba el voluntarioso elenco del Lappentheatre de Stuttgart se recurría con invariable regularidad a la violencia, el exhibicionismo, los malos modales y todo cuanto pudiese considerarse una transgresión de las estrictas normas de una sociedad reprimida, apocada y estrecha de miras. Entre estos recursos, figuraba también el humor, en especial el humor absurdo y disparatado que en su día habían propugnado los surrealistas, en la medida en que aquella forma de humor aniquilaba o, cuando menos, trastocaba un modo de razonar ajustado a la lógica y, por consiguiente, conformista. Y precisamente en aquel terreno los esfuerzos de los miembros del Lappentheatre de Stuttgart chocaban una y otra vez con el mismo escollo.

—Contrariamente a la opinión más difundida, los alemanes tienen mucho sentido del humor. El problema está en que no lo saben expresar de un modo satisfactorio. Lo mismo les ocurre a los ingleses con los sentimientos. Los grandes creadores alemanes descarrilan cuando quieren ser graciosos. Thomas Mann había proyectado inicialmente *La montaña mágica* como una farsa, y ya ves cómo le salió. Los austriacos tienen mejor fortuna, vete tú a saber por qué.

En su género y desde el punto de vista de la concepción, la escenografía y la puesta en escena, las obras del Lappentheatre de Stuttgart siempre habían alcanzado un alto grado de excelencia, gracias al talento y el rigor de su director, pero en todas ellas los chistes eran deplorables.

Como Agustín andaba metido por todas partes, apenas hubo adquirido cierta capacidad comprensiva y se hubo ganado la confianza de la compañía, se atrevió a hacer discretas observaciones e incluso a proponer alguna modificación. Con ejemplar respeto, en lugar de mandarle a paseo, los interesados escucharon con atención las propuestas de Agustín, las pensaron, las debatieron y finalmente el director accedió a tomarlas en consideración. El resultado fue bueno.

Transcurrido cierto tiempo, el director del Lappentheatre de Stuttgart convocó a Agustín a su despacho.

Hans Kraemer había sido el primero en aceptar las tímidas críticas de Agustín. Era un déspota, pero su autoritarismo no le impedía saber cuándo su interlocutor tenía razón y no le importaba reconocerlo. Como se tenía a sí mismo en la más alta estima, no temía ni envidiaba a nadie. Nada le gustaba tanto como el contraste de pareceres: si había debate, él lo fomentaba; si no lo había, lo provocaba. No aspiraba tanto a mandar como a imponer su ascendiente intelectual, artístico y hasta moral sobre los demás. Se había acostado con todas las chicas de la compañía y también con algún chico. En su manera de entender el poder y de extralimitarse en su ejercicio no se distinguía de sus antepasados, los preclaros barones de Suabia, pero aquel sentido innato de sus prerrogativas, unido a su inteligencia y su voluntad, era lo que le había permitido levantar y mantener un proyecto tan original y descabellado como el Lappentheatre de Stuttgart. Agustín compartía la admiración y la sumisión que todos los miembros de la compañía sentían hacia su director. A su modo, Hans Kraemer podía ser considerado un verdadero genio.

Cuando tuvo delante a Agustín, le habló sin rodeos.

—Yo no podría dirigir un teatro si no supiera detectar el talento en bruto. Tú lo tienes. No haces nada con él porque eres abúlico, pero eres abúlico porque nadie ha sabido infundirte confianza en ti mismo.

Agustín no dijo nada y el director, después de hacer una larga pausa, pasó directamente al objeto de la convocatoria.

—Quiero que escribas algo para el teatro. Tú solo. No hace falta que sea una obra entera. Con unas escenas sueltas bastará.

Agustín se quedó estupefacto.

—Nunca he escrito nada.

—Ni Shakespeare ni Goethe habían escrito nada antes de empezar a escribir.

—Pero los dos tenían esa intención, desde niños.

—¿Cómo lo sabes?, ¿has hablado con ellos? La excusa no es válida. Nunca digas esto puedo o esto no puedo. Si crees que puedes, demuéstralo, y si crees que no puedes, demuéstralo igualmente.

—Pero ¿qué voy a escribir si no tengo nada que decir?

—Somos ciudadanos de un mundo mal hecho. Todos tenemos mucho que decir y el deber de decirlo. A nuestros amigos, a la sociedad, al Estado, a Dios, a quien tú quieras. No pienses y algo se te ocurrirá. Te concedo una semana de vacaciones para que te encierres a escribir. Escribe en alemán, como puedas, y que Greta te corrija, pero no demasiado: la gramática es un condicionamiento y una coacción, como todas las normas. Dentro de siete días, me enseñas el resultado. Si es malo, te lo diré sin misericordia y podrás seguir como estás ahora. Aunque yo, en tu lugar, me esforzaría, porque si sigues como hasta ahora te auguro un porvenir asqueroso.

Der Mann hatte keine Ahnung von Shakespeare
und überhaupt keine Ahnung von der Weltliteratur
aber ich habe ihn gesagt
vergessen Sie die ganze klassische Literatur.

Incapaz de desobedecer cualquier mandato del director del Lappentheatre de Stuttgart, pero dispuesto a demostrar su incompetencia, Agustín se proveyó de material de escritura, pidió prestada una máquina de escribir portátil y se encerró en la habitación del mísero hotel donde seguía viviendo desde el día en que llegó, por falta de empuje para buscar otro alojamiento.

El hotel Petrus ocupaba los dos primeros pisos de un edificio de seis plantas, de paredes ocres y tejado gris, construido con más urgencia que esmero en la inmediata posguerra y destinado, por su proximidad a la estación de ferrocarril, a albergar viajeros por una o dos noches, sin lujo, pero con higiene y comodidad. Sin embargo, con el paso de los años, el progresivo declive del ferrocarril como medio de transporte, la consiguiente degradación del barrio y, especialmente, la enfermedad y muerte de su dueño, llevaron al hotel Petrus a un rápido e inexorable deterioro.

Cuando Agustín se hospedó allí, después de su viaje ininterrumpido en autobús desde Barcelona, el hotel Petrus, regentado por la viuda de su antiguo dueño, se había convertido en una especie de pensión para familias de inmigrantes de distintas etnias, hermanadas por una posición económica, una situación laboral y un estatus jurídico harto precarios. En la mayoría de las habitaciones individuales acampaban cuatro, cinco y hasta seis personas, muchas de las cuales, sin atender la prohibición expresa claramente anunciada en la entrada del hotel con letras de molde, hacían la colada, tendían la ropa y cocinaban a cualquier hora del día o de la noche. De resultas de aquella última actividad, un intenso olor a especias invadía todos los rincones del establecimiento, impregnaba las cortinas, las tapicerías, las alfombras y la ropa de los demás huéspedes y del escasísimo personal de servicio; y aunque los habitantes del hotel Petrus eran pacíficos y circunspectos y se esforzaban por no llamar la atención de las autoridades, era inevitable que el sonido de las radios, el llanto de los niños, los gritos y los ronquidos turbaran la tranquilidad de todos.

La viuda que regentaba el hotel Petrus se llamaba Frau Mathilda, tenía sesenta y pocos años de edad, era entrada en carnes, sonrosada de piel e insegura de andares. Tenía una hija de edad indefinida, llamada Alarica, gorda, patosa y corta de luces. Frau Mathilda se ocupaba de los quehaceres del establecimiento, con la ayuda de dos trabajadoras interinas, una salvadoreña y la otra marroquí, que, según explicaba Frau Mathilda a sus huéspedes con lágrimas en los ojos, competían en torpeza, molicie y desidia. En cambio, para Alarica, que se pasaba el día delante del televisor comiendo golosinas, sólo tenía elogios. Frau Mathilda tenía buen corazón: si reprendía a algún huésped, de inmediato se arrepentía, atribuía la desavenencia a un malentendido y al final era ella la que pedía perdón por algo que no había hecho. Era sabido que de cuando en cuando Frau Mathilda ahogaba sus penas a escondidas en una botella de slivovitz, un aguardiente de ciruela al que tenía especial afición. Cuando ocurría tal cosa, los huéspedes del hotel Petrus, de común acuerdo, fingían no darse cuenta, ni siquiera cuando oían a Frau Mathilda tararear canciones que habían estado en boga tiempo atrás, en un periodo que el país se esforzaba por olvidar.

Tal vez por su juventud, su aire desvalido y sus modales suaves, Agustín gozó desde el primer momento de un trato especial entre los huéspedes del hotel Petrus. Disponía para su uso exclusivo de una habitación diminuta, con un ventanuco que daba a un callejón oscuro pero silencioso, una cama estrecha y desfondada, un armario donde sólo cabían tres perchas, un lavabo desportillado, una mesita y un taburete. Aparte de la habitación, Frau Mathilda le mostraba su simpatía de un modo callado pero eficaz: en alguna ocasión pasaba por alto el retraso en el pago de la pensión, le cambiaba la ropa de la cama con más frecuencia que a los otros huéspedes y una vez en que Agustín cayó enfermo, le hizo llevar por mediación de la sirvienta salvadoreña un tazón de caldo de berzas poco apetitoso, pero sin el cual Agustín no habría podido alimentarse.

*

En aquel lugar tan poco propicio a la concentración se encerró Agustín para poner a prueba su ingenio y su capacidad de trasladar sus ocurrencias al papel.

El primer día de trabajo fue improductivo. A falta de ideas, Agustín se limitaba a imitar escenas o situaciones que recordaba haber encontrado graciosas en alguna ocasión y ahora volvían a su memoria, pero el resultado no podía ser más insulso. Todo lo que empezaba a escribir iba a dar a una vía muerta al cabo de unos cuantos párrafos.

A medianoche, exhausto y desmoralizado, se acostó y se tranquilizó pensando que ya lo había probado, que había dado lo mejor de sí y que lo único razonable era abandonar el proyecto. Con esta resolución se durmió al instante. De repente se despertó sin que hubiera intervenido un factor externo y sin haber soñado. No sabía si habían transcurrido muchas horas o unos minutos. Fuera reinaba una completa oscuridad. Se levantó y, como en el hotel apagaban la calefacción durante la noche, se envolvió en la manta, fue a la mesa, encendió la luz y tiritando, porque el frío se le había metido en los huesos, se puso a escribir de un modo febril. Lo primero que le venía a la cabeza lo escribía y lo que acababa de escribir le daba pie a seguir escribiendo. A mediodía había llenado veinte páginas con una letra pequeña y sin correcciones. Se duchó, salió a la calle, entró en una cafetería, se tomó una hamburguesa y una Pepsi-Cola y regresó al hotel. En la habitación encontró a la salvadoreña haciendo la cama. Le pidió que lo dejara todo tal como estaba y se puso a escribir hasta la hora de cenar.

No se atrevía a releer lo que escribía para no llevarse una desilusión, porque no sólo le incitaba a continuar escribiendo la posibilidad de inventar algo aprovechable, sino una ambición que nunca había experimentado anteriormente. Mientras iba escribiendo pensaba que si el impulso inicial no decaía y lo que saliera de su imaginación encontraba aplicación práctica, tal vez consiguiera ganar un poco de dinero y mejorar su nivel de vida.

Antes de iniciar su relación con Greta, Agustín se había resignado a vivir en el hotel Petrus mientras pudiera costear el precio de la habitación. Luego las cosas se habían complicado, porque Greta compartía un apartamento de dos habitaciones con otras tres chicas y a Frau Mathilda no le hacía ninguna gracia que uno de sus huéspedes recibiera visitas y menos aún que aquellas visitas pasaran la noche en el hotel.

Una mañana Frau Mathilda llamó a Agustín al cuarto que hacía las veces de despacho, le hizo sentar en una silla y le expuso las normas de decencia que regían en su establecimiento.

—El hotel Petrus es una gran familia, pero una familia diversa. Aquí de modo ejemplar diferentes culturas, diferentes creencias y diferentes sensibilidades comparten su espacio. Compruébelo usted mismo, Herr Batalla: en este despacho se nota la horrorosa peste del shawarma y el delicioso aroma de las berzas. ¿Es placentero?, ¿es repulsivo? Dejémoslo en discutible. Si pudiera abriría la ventana para ventilar el despacho, pero no hay manera: en invierno hace frío y en verano entran moscas. Con esto sólo pretendo transmitirle un mensaje sencillo, Herr Batalla: en el hotel Petrus la convivencia se respira.

Agustín asintió con expresión compungida y Frau Mathilda se enterneció.

—No piense usted que no le comprendo. Yo también fui joven y también conocí las embestidas de la carnalidad. Si no hubiera sido así, no habría engendrado a Alarica. Pero eso mismo me obliga a ser más severa. Alarica es joven y, por consiguiente, impresionable. No quiero pensar en lo que podría suceder si la conducta de un huésped le metiera ideas en la cabeza. El hecho de que la pobre sea un poco lerda aumenta mi responsabilidad. No podemos errar. Cuando éramos jóvenes cometimos errores. Me refiero a mi generación. La vida nos sonreía y no pensábamos en las consecuencias de nuestros actos. Mi marido y yo éramos felices. Él estaba guapísimo con su uniforme negro y podíamos bailar toda la noche...

Al quinto día de trabajo, Agustín había terminado el borrador de una comedia entera. Le puso por título *Caca en el sombrero*, metió la única copia mecanografiada en una carpeta y se la llevó al director del Lappentheatre de Stuttgart.

—¿Alguien la ha leído?

—Entera no, señor. Greta ha leído algunos párrafos sueltos. Ha dicho que le parecía bien, pero que no entendía nada. Me temo que es un buen resumen de la obra. También se ha reído, pero me consta que lo hacía por amor.

El director metió la carpeta en un cajón y ordenó a Agustín que volviera a sus ocupaciones habituales en el teatro.

Al cabo de una semana, el director volvió a encerrarse con Agustín en el despacho. Había leído la obra varias veces. No estaba mal. Él mismo había hecho las necesarias correcciones gramaticales, pero había respetado las peculiaridades de léxico y sintaxis, donde a su juicio residía la gracia del texto. Por supuesto, mucho debería ser modificado a lo largo de los ensayos, cuando lo escrito pasara al lenguaje oral de los actores. Por todo lo cual, y si no surgía ningún obstáculo insalvable, el Lappentheatre de Stuttgart estrenaría *Caca en el sombrero* al inicio de la siguiente temporada. En su momento la gerencia del Lappentheatre de Stuttgart discutiría con el autor de la obra las condiciones contractuales, incluido el aspecto financiero de la cesión de derechos. De momento, Agustín debía registrar el texto para dar al asunto la necesaria formalidad legal.

A mediados de septiembre, después de un verano de ensayos intensivos, se estrenó *Caca en el sombrero*. En las funciones previas el público se mostró desconcertado, pero no hubo protestas y sí bastantes risas. Luego la crítica local se mostró entusiasta, para sorpresa de todos los interesados, incluido el director del Lappentheatre de Stuttgart. Poco a poco el público fue acudiendo al teatro. A partir de la segunda semana las entradas se agotaron diariamente. Otros teatros se interesaron por la obra. Algunos eran teatros afines al ideario artístico y político del Lappentheatre de Stuttgart, pero la mayoría eran teatros comerciales, deseosos de explotar el éxito de público de *Caca en el sombrero*. En Frankfurt y en Düsseldorf la obra estuvo varios meses en cartel. En Berlín, en Múnich y en Hamburgo, todavía se estaba representando.

Animado por aquella inesperada recepción, Agustín escribió una segunda obra, titulada *Cateto en Bayreuth*. El director y algunos miembros del Lappentheatre de Stuttgart le ayudaron a corregirla, pero se estrenó directamente en un teatro comercial. Aquella vez la crítica no fue unánime en sus elogios, pero la afluencia de público volvió a superar todas las expectativas. En aquel momento Agustín estaba escribiendo una tercera obra. Pensaba titularla *Turbulencias y ventoleras*, pero aún no estaba del todo decidido a mantener aquel título.

Mientras tanto, *Caca en el sombrero* había traspasado las fronteras. En Viena se estrenó con el mismo éxito que había cosechado en Alemania y permaneció mucho tiempo en cartel; y para la temporada siguiente estaba previsto su estreno en París. Según llegó a oídos de Agustín, nada menos que Thomas Bernhard había asistido a una de las representaciones en Viena, aunque había abandonado la sala al cabo de veinte minutos; pero si lo hizo por hastío o por irritación, no lo manifestó ruidosamente.

Aquella sucesión ininterrumpida de éxitos había dado a su autor un cierto renombre en los círculos teatrales de habla alemana y unos beneficios que le habían permitido alquilar un apartamento, comprar un coche y vivir sin estrecheces.

—¿Y todo esto no nos lo podías haber contado? No sabíamos nada de ti, sufríamos pensando que malvivías. Eres un idiota, Agus.

—Sí, seguramente estoy en falta. La verdad es que al principio pensé que había sonado la flauta por casualidad, que el éxito sería efímero, y todavía lo sigo pensando. Pero ahora ya lo sabes y cuando vuelvas, cuentas lo que quieras a quien quieras.

Como Agustín era incorregible y su historia me había producido una gran alegría, preferí no enfadarme con él.

—Y esas obras, ¿de qué van?

—Bah, un poco de esto, un poco de aquello. Ya te lo he dicho: lo primero que se me ocurre, lo escribo. Personas, recuerdos, ocurrencias. Saco ideas de cualquier parte. Por ejemplo, *Cateto en Bayreuth* está basada en dos obras de Calderón de la Barca. Por ahora, nadie se ha dado cuenta. Pero también incluyo anécdotas de cuando éramos pequeños. Un revoltillo.

—Y la gente, ¿qué entiende?

—Vete tú a saber. Cada cual lo suyo, supongo.

—¿Y dónde puedo ver una de tus obras?

—En varios sitios, pero por ahora sólo en alemán. Si te interesa, te puedo dejar el libro y la traducción francesa, y le echas una ojeada.

Cuando volvimos al apartamento me entregó un libro muy bien impreso de Fischer Verlag y un cartapacio, en cuya cubierta había una etiqueta con el título de la obra: *Caca dans le chapeau.* Me llevé el cartapacio a la cama y estuve leyendo hasta que me venció el sueño. A la mañana siguiente me reuní con Agustín en la cocina.

—Voy por la mitad. Luego la acabo.

—¿Qué te parece?

—Chico, no sé qué pensar. Hay cosas que me resultan un poco extravagantes.

—Por ejemplo...

—Hay un personaje que siempre anda hacia atrás y va mirando fijamente el suelo para ver si entiende por qué no ha tropezado.

—¿Y te parece mal?

—Mal no, es una chorrada.

—Pero, Rufo, ¡si es tu vivo retrato!

Sorprendido por su presencia le preguntó:

—¿Quién eres?

La doncella le respondió:

—Soy la misericordia. Tómame por esposa y verás qué bien te va.

Mi madre lloró de alegría cuando a mi regreso le informé de la buena fortuna de un hijo al que siempre había querido, pero en cuyas aptitudes para salir adelante en la vida nunca había confiado demasiado. En el aeropuerto de Stuttgart, antes de despedirnos, arranqué a Agustín la promesa de ir a Barcelona en Navidad, con o sin Greta. Como confiaba en su palabra, también se lo comuniqué a nuestra madre sin temor a crear falsas expectativas.

Entre unas cosas y otras, me sentía muy orgulloso de cómo había desempeñado mi papel de cabeza de familia. Anamari se apresuró a bajarme los humos.

—La idea del viaje fue mía. De no ser por mi insistencia, tú no habrías ido.

Por no remover posibles sombras del pasado, no había contado a nuestra madre la historia de la visita al camerino que Agustín y nuestro padre habían hecho muchos años atrás. Sí que le referí la historia a Anamari, y también en aquella ocasión se mostró escéptica.

—¿Quieres decir que Agus se ha convertido en el rey del sainete alemán por cumplir un deseo implícito de papá?

—Eso piensa él. Yo tengo otra versión. ¿Conoces la historia de san Juan Limosnero?

—Para nada.

En su afán por hacerse rica, Anamari frecuentaba el ambiente finolis de Barcelona y se le habían contagiado los giros de cuño reciente.

Según el santoral, san Juan Limosnero fue patriarca de Alejandría en el siglo VII y se distinguió en la práctica de la caridad, de donde le viene el apodo. La leyenda enriquece esta insulsa biografía con un bonito prefacio. En una etapa anterior de su vida, antes de ganarse el sobrenombre de limosnero, vivía en suntuoso palacio un noble muy rico, pero tan mezquino y cicatero que había prohibido terminantemente a sus criados dar limosna a los mendigos, con lo cual éstos, a sabiendas del mal recibimiento que les aguardaba, dejaron de acudir. En una ocasión, sin embargo, ignorante de la mala fama de su abyecto dueño, un pobre llamó a las puertas del palacio. Acudió un criado y trató de ahuyentar al pedigüeño, pero éste, acuciado por el hambre, persistía en sus ruegos y el criado, movido a compasión, fue a buscar un mendrugo. Cuando se lo iba a dar, acertó a pasar por allí el inflexible amo, el cual, al advertir la desobediencia del criado, montó en cólera, arrebató el mendrugo al criado y lo arrojó a la cabeza del mendigo, que se escabulló llevándose el mendrugo en la mano. Aquella misma noche, el desalmado señor murió de improviso, su alma compareció ante Dios Padre y al punto dio comienzo el juicio. En el plato de la balanza decisiva el diablo depositó muy ufano el recuento de las obras malas acumuladas por el difunto a lo largo de su vida. La balanza se inclinó hasta tocar el suelo. Entonces Dios preguntó al ángel de la guarda si podía poner alguna obra buena en el otro plato y el ángel se vio obligado a mover la cabeza con pesar. Ya estaba Dios a punto de pronunciar la sentencia categórica cuando le interrumpió una voz débil: era el mendigo, que aportaba al proceso el mendrugo que el reo le había arrojado a la cabeza aquella misma mañana. Cuando el mendrugo fue puesto en el plato de las buenas obras, el fiel de la balanza se inclinó por completo hacia el otro lado. En aquel instante, san Juan Limosnero se despertó en el mullido lecho de su palacio: todo había sido un sueño, enviado para revelarle el peso incalculable de una obra de caridad, siquiera mínima. A partir de entonces, el noble ruin se convirtió en el santo que hoy se venera en todo el mundo y una de cuyas manos se encuentra entre las reliquias que atesora la catedral de Vic.

—¿Cuál es la moraleja?

—Está clara: nadie hacía ningún caso al pobre Agus. El teatro y la confidencia de papá fueron su mendrugo. Ahora está recompensando la dádiva por todos los escenarios de Europa.

Anamari suspiró con desaliento.

—Con un hermano que escribe astracanadas y otro que cuenta vidas de santos, más valdrá que me espabile.

Unos días más tarde recibí una carta con el sobre cubierto de tachaduras y reenvíos. Había sido remitida a mi antigua dirección de Nueva York y, gracias a la eficaz coordinación de varios servicios de correos y por inverosímiles vericuetos, había llegado a casa de mi madre. De inmediato reconocí la letra picuda y elegante de la abadesa del Real Monasterio de Santa Clara, en Tordesillas.

Estimado señor Batalla:

Espero que al recibo de la presente Dios le conserve la salud.

Si le escribo de nuevo, a riesgo de parecerle una metomentodo, es para hacerle saber que mi sobrina Araceli está esperando una criatura. Como es natural, la noticia me llena de gozo, pues el objetivo de la santa unión matrimonial no es otro que traer almas al mundo. Pero en mi fuero interno elevo mis plegarias para que esta criatura que nos manda Dios sea hijo de quien dicen ser y no fruto de un inexcusable desliz por parte de su madre. Usted me dirá, señor Batalla, que tampoco lo fue Jesús de su padre putativo, pero el caso es distinto y no serviría de excusa. Me apresuro a añadir que no tengo ningún motivo para sospechar tal cosa y menos aún para poner en tela de juicio la rectitud y la decencia de mi sobrina, pero en los tiempos que corren veo zozobrar muchos valores, y si dudar de la integridad del prójimo no está bien, peor está dudar de la sagacidad del maligno y de la violencia de las pasiones que el Señor nos puso en el alma para adiestrarnos en la lucha. Por favor, no vea en mis temores una insinuación velada: he computado fechas y hecho cálculos y puedo asegurarle que el hijo de mi sobrina Araceli no es de usted. Si le hago partícipe de mi desasosiego es porque con el paso de los años pierdo las ilusiones en las cosas de este mundo, todo lo relativizo y todo se me antoja baladí, salvo el continuado milagro de la procreación. Quizá pienso en esto en demasía, porque en este insigne y antiguo convento vivo rodeada de un grupo de vejestorios, siempre menguante por falta de vocaciones, y aunque sigo convencida de que no he tenido mayor acierto que el haber elegido ser la esposa de Nuestro Señor Jesucristo, no ignoro que estos divinos esponsales me llevan a la extinción.

Al margen de estas cuestiones, ¿qué opinión le merece Felipe González? A mí me parece un buen chico, por más que a menudo se deje retratar con el puño en alto.

Y no le molesto más. Reciba un afectuoso saludo de quien no le olvida en sus oraciones.

Envié a la abadesa una respuesta de cortesía. Nadie le había obligado a meterse a monja ni a permanecer en el convento día tras día, y si ahora se arrepentía de no haber seguido otro camino, no era precisamente yo quien la iba a compadecer. En cambio, me interesó su visión de Felipe González.

La situación política en España seguía estancada y muchos españoles, quizá por haberla esperado tanto tiempo, parecían haber apurado el ciclo de la democracia y con él, las ilusiones puestas en el cambio. Unos pocos comparaban el presente con la etapa anterior y lamentaban la desaparición de un régimen autoritario. La mayoría distaba de alimentar falsas nostalgias, pero reclamaba una mejora sustancial en sus vidas cotidianas que la realidad no les ofrecía. Proseguían los actos de terrorismo y los atentados mortales; la adaptación a las reglas de la economía de mercado se hacía sentir, como había augurado Baltasar Ortiguella en la desafortunada comida del chiringuito de Pals, y se sucedían las manifestaciones y las huelgas; con la aplicación de las garantías jurídicas, los delincuentes gozaban de una aparente impunidad, que la policía, harta de escuchar recriminaciones por su pasada brutalidad, fomentaba practicando una taimada inhibición. Y en aquella atmósfera de inseguridad y amenaza, las figuras políticas que habían hecho posible el cambio ahora eran vistas con recelo. Corrían incesantes rumores procedentes de la capital, donde todo el mundo parecía estar en posesión de algún secreto de Estado. La monarquía, que al principio había sido recibida con desconfianza y más tarde con gratitud, ahora era objeto del repudio y de la cuchufleta de muchos. Muchos se quejaban de que nada había cambiado y de que seguían mandando los de siempre. Para un amplio sector de la opinión pública, se había producido un cambio positivo, pero en la política española no había medida sin trampa, persona sin doblez ni institución sin lacra. La mayoría de la población prefería dejar las cuestiones políticas en manos de los profesionales y un amplio sector de la juventud se sentía traicionado y se refugiaba en una acracia contestataria y volátil, cuyas actividades no pasaban del desplante y la jarana.

«I hope I know, Louisa, how to bear myself before the world.»

«No body better, my dear Paul. Nobody half so well.»

Nuevamente llegaron los fuertes calores, Barcelona se vació de gente y en casa no se podía parar.

Un día mi madre me anunció que se iba de veraneo.

Como había previsto Anamari, nuestra madre gestionaba estupendamente la viudedad. Casi a diario se buscaba una ocupación que la obligaba a salir de casa, bien sola, bien con alguna persona afín. Seguramente no se sentía feliz ni desgraciada. Por supuesto, no faltaban lapsos de decaimiento, pero eran excepcionales.

La segunda semana de julio se instaló con otras tres amigas en un hotel de La Garriga, donde la temperatura diurna era soportable y de noche se dormía con manta. El hotel funcionaba en régimen de media pensión, estaba en mitad del campo, en un paraje idóneo para hacer excursiones, bucólico sin ser agreste, y cerca de un pueblo donde había de todo. El precio de una habitación compartida era razonable, incluso en temporada alta. El transporte también estaba resuelto: a través de un conocido, se habían agenciado un minibús con chófer que las llevaría al hotel y las devolvería a Barcelona en las fechas previstas.

Cuando se hubo ido me encontré dueño absoluto de la casa. Acostumbrado a vivir por mi cuenta y a estar solo, sabía cómo hacer frente a los pequeños problemas cotidianos y no me aburría, aunque mis amigos habían abandonado la ciudad o la vida familiar los absorbía casi por completo. Pero la situación me resultaba humillante. A menudo volvía a Norito, de la que no había vuelto a saber nada, o pasaba revista a mi vida, y unas veces me asaltaba el desánimo y otras, la angustia. Para no caer en la desesperación, consideraba la posibilidad de marcharme de nuevo y acariciaba la idea de volver a Nueva York, aunque en el fondo sabía que aquél era un deseo irrealizable. Las cartas de los amigos que había dejado allí me confirmaban lo que ya había observado antes de irme: la ciudad mugrienta y peligrosa que yo había encontrado al llegar recuperaba la vitalidad de épocas anteriores y se estaba convirtiendo en la primera plaza financiera del mundo y en la capital de la cultura, la moda y el glamur. De resultas de aquella evolución, los precios de la vivienda se habían vuelto exorbitantes: ya no era posible vivir en Manhattan con unos ingresos medios, salvo en barrios donde antes a nadie en su sano juicio se le habría ocurrido poner los pies. Sin trabajo y sin dinero, aquella salida estaba cerrada para mí, y como en otros lugares de Europa no veía la manera de conseguir trabajo, no me quedaba otro remedio que seguir en casa de mi madre y comportarme en todo con mesura. De aquel patético programa, el aislamiento era lo que menos me preocupaba. A diferencia de lo que ocurría con Nueva York, Barcelona estaba cada día más gris.

Toda la oferta cultural parecía oscilar entre lo apolillado y lo delictivo.

A partir del 15 de julio, Anamari y Tomás se instalaron en la casita del Ampurdán. Con frecuencia Anamari me llamaba para ver cómo seguía y me invitaba a pasar unos días con ellos. Yo se lo agradecía, pero declinaba la invitación. No me quería inmiscuir en su vida y, en el fondo, no me apetecía.

Un día Anamari adoptó un tono entre dolido y autoritario.

—No me vengas con excusas tontas. En Barcelona estás muerto de asco y más solo que una rata. Aquí no enredas: tú irás a tu aire y nosotros, al nuestro.

Me había pillado haciendo la colada y no tuve arrestos para declinar la invitación.

—Puedes venir en tren y te recogemos en Gerona.

—Ni hablar. En estas fechas los trenes van abarrotados, tardan la tira y hace un calor de muerte. Alquilaré un coche.

—No exageres. Lo pintas como si fuera el Infierno de Dante, y sólo es el Purgatorio con olor a sobaquina. En fin, haz lo que te dé la gana, pero ven. No te pierdas y no llegues tarde.

Reservé un coche de alquiler y el día señalado metí un bañador, varias camisas y unas mudas en una bolsa de viaje, recogí el coche y me eché a la carretera.

Encontré atascos, el aire acondicionado del coche apenas funcionaba y el viaje se me hizo interminable. El sol abrasaba el paisaje.

Llegué exhausto y malhumorado. Frente a la casa vi estacionado un Saab y tuve un mal presagio.

Anamari me abrió la puerta muy sonriente.

—Esta misma mañana han venido unos amigos. Baltasar y Carol. ¿Te acuerdas de ellos? Ellos te recuerdan con simpatía. Se han presentado de improviso y no los podía echar. Sólo se quedan un par de noches. Tú puedes dormir en el sofá.

Anamari era muy lista, pero no sabía mentir.

—Ah, no. Yo me voy.

Eché a andar hacia el coche. Anamari me alcanzó y se agarró al asa de la bolsa de viaje.

—No seas idiota.

—Y tú no me hagas putadas. Al menos sin avisar.

—Está bien, vale, yo lo he planeado y te he engañado, pero ha sido con la mejor intención. Si te lo hubiera dicho no habrías venido. Anda, quédate. No pierdes nada y de aquí puedes salir con un buen trabajo.

—No me voy a rebajar.

—No se trata de pedir, como en la historia aquella del santo y el pordiosero. Si sale el tema, bien, y si no, pues nada: pasamos un par de días lo mejor posible, luego ellos se van y tú te quedas hasta que te canses.

Me detuve indeciso. Por mi gusto me habría

ido, pero me echaba para atrás rehacer la maldita carretera para volver a una ciudad vacía y a un piso cerrado.

—Está bien. Me quedo hoy. Pero no pienso hacer méritos. Ya me entiendes.

—Allá tú. Si quieres seguir viviendo con mamá sin hacer nada, es cosa tuya, Rufo. Pero si ésta es la vida que eliges, te recomiendo que aprendas a hacer ganchillo.

Entré en la casa cabizbajo. En la sala, tendida en el sofá, estaba Carol hojeando una revista de sociedad. Al verla me arrepentí de haber cedido a los requerimientos de Anamari. No me imaginaba cómo podía pasar cuarenta y ocho horas aguantando las insolencias de aquella muñeca prefabricada y, al mismo tiempo, ganarme la simpatía de su novio. Para no empezar mal, la saludé cordialmente y ella respondió con un ronroneo sin levantar los ojos de la revista.

Por suerte en la cocina encontré buen ambiente: Tomás y Baltasar Ortiguella discutían sobre la forma de cocinar un besugo enorme que Baltasar había comprado en el mercado de Palafrugell aquella misma mañana a un precio óptimo.

—En Cataluña sólo se valora la merluza y la lubina. La incultura es sinónimo de estrechez.

Ofrecí mi ayuda al equipo. Tomás descorchó una botella de vino blanco y al cabo de cinco minutos me había olvidado de mi engorrosa posición. Más tarde, sin embargo, mientras ponía la mesa, me sorprendí a mí mismo pensando que debía esmerarme para causar una buena impresión. Aquella sensación me irritó tanto que estuve toda la comida callado y ceñudo.

Después de comer todos se retiraron a dormir la siesta. Como yo me había quedado sin habitación propia, me senté en el sofá de la entrada y me puse a leer, pero me venció el sueño y me dormí en una mala postura. Al despertar estaba abotargado, tenía el cuello dolorido y la boca seca. La casa seguía en silencio. Bebí agua y, por hacer algo, salí al exterior. El aire reverberaba por el calor. Entré, me puse un sombrero de paja que encontré colgado de un perchero y volví a salir.

Detrás de la casa había un campo cultivado y más allá, un bosque bastante espeso.

Anduve por el bosque. En los árboles cantaban las cigarras. Cuando inicié el regreso, comprobé que me había perdido. Di vueltas buscando un punto de referencia que me permitiera desandar lo andado, pero no estaba seguro de si reconocía un cruce de caminos o sólo creía reconocerlo, así que cuanto más andaba, más desorientado me sentía. Era ridículo, a mi edad, estar en una situación análoga a la de Pulgarcito.

Al cabo de un rato vi en un trigal asomar la cabeza de Tomás. Le llamé y le conté el lance. Se echó a reír.

—No se lo digas a nadie: hay que ser muy torpe para perderse en el Ampurdán.

Había dejado a Anamari revisando un documento. Baltasar y Carol aún no habían salido de su cuarto.

Anduvimos un rato en silencio. Yo nunca sabía de qué hablar con Tomás y él era de natural callado. Un ruido de motor sobre nuestras cabezas nos hizo levantar los ojos y vimos pasar una avioneta. Tomás se la quedó mirando hasta que la taparon unos álamos.

—Siempre he querido ver la tierra desde una avioneta, pero nunca se me ha presentado la oportunidad. Desde un avión comercial no es lo mismo. A esa altura todo parece desértico y feo. En una avioneta, a vista de pájaro, el Ampurdán debe de ser fantástico. A ras de suelo está polvoriento, como si no tuviera dueño que lo cuidase. Llueve poco y todo son matojos y cereales. Ahora están bonitos, pero después de la siega esto se vuelve un erial. A mí me gusta la zona, no vayas a creer, pero cuando estoy aquí sólo pienso en marcharme. La ciudad es horrorosa, ya lo creo, un continuo estrés. Entonces llego al campo y en vez de tranquilizarme, me pongo de los nervios. No es que no me guste la naturaleza, es que no sé cómo estar en la naturaleza. Siempre pienso: ¿yo qué hago aquí, en plena naturaleza? Lo mismo me ocurre en las noches estrelladas. Miro el firmamento y debería sentir algo sublime, pero más bien me cabreo. No con las galaxias, claro, sino conmigo mismo, por mi falta de capacidad para sentir algo elevado. ¿A ti no te pasa algo parecido?

—No lo sé. Yo ni me fijo.

—*Te deberían poner una albarda, ¡imbécil!*

—*No será usted el que me la ponga.*

—*¿Que no? ¿Quieres verlo?*

—*Sí.*

En la casa la calma había sido reemplazada por el ajetreo.

—Os estábamos esperando. Baltasar propone que vayamos a tomar algo a Calella.

A primera vista era un buen plan y dimos nuestro consentimiento. Sólo Carol discrepaba.

—Si hemos venido aquí, ¿para qué hemos de ir a otro sitio? Yo estoy harta de coche, Bollo.

Baltasar Ortiguella debía de estar inmunizado contra las objeciones sistemáticas de su novia. La dejó hablar y luego salimos.

Anamari, Tomás y yo fuimos en el coche de mi hermana; Baltasar Ortiguella y Carol en el Saab. Anamari aprovechó el trayecto para leerme la cartilla.

—No te pido que des volteretas, pero te comportas como un deficiente mental.

—Yo no quiero un empleo, Anamari.

—Nadie quiere un empleo y todo el mundo lo tiene o lo busca: no hay otra forma de comer caliente.

—Ya sabes a lo que me refiero.

Una vez en Calella dejamos los coches donde pudimos y buscamos un bar con terraza delante del mar. Tan pronto nos hubimos aposentado, Baltasar Ortiguella se levantó y se dirigió al interior del bar. Carol reaccionó con inusitada vehemencia.

—¡Bollo, ven aquí!

—Déjale, mujer. Habrá ido al baño.

—¡Sí, al baño! ¡Como si no lo conociera! Ha ido a llamar por teléfono.

—¿Y eso es malo?

—Cuando vuelva veréis si tengo o no razón.

Al no advertir en nosotros una disposición favorable, nos dirigió una mirada suplicante.

—Vosotros no le conocéis, pero yo sí. Ha propuesto lo de Calella para hacer esta llamada. Por eso yo no quería venir.

Acudió un camarero y le pedimos cervezas, gin-tonics y anchoas de La Escala. Mientras estábamos con el pedido regresó Baltasar Ortiguella cariacontecido.

—Malas noticias.

Carol nos miró a todos.

—¿No os lo acabo de decir?

—¿Pasa algo?

—Nada grave, pero me temo que os tendré que dejar.

—Joder, Bollo, ¡otra vez la misma jodienda no!

Baltasar Ortiguella nos explicó que había llamado al gerente de una empresa para seguir de cerca el desarrollo de una negociación en curso y aquél le había dicho que los acontecimientos se habían precipitado y que había convocada una reunión para el día siguiente.

Todos expresamos nuestra contrariedad. Anamari buscaba una solución al problema.

—Quizá te dará tiempo de ir a Barcelona temprano, despachar y estar de vuelta para la hora de la cena.

—No. La reunión es en París.

Carol era presa de una profunda agitación.

—¿Para qué tenías que llamar? Siempre hay un asunto inaplazable. Eso ya lo sabías. Pero no es verdad. Sólo hay un puñetero negocio y dentro de una semana, un mes o un año seguirá habiendo un puñetero negocio, el mismo o uno nuevo, igual de bueno o igual de malo. ¿No podemos pasar dos días seguidos sin llevar el trabajo colgando de tus cojones?

Baltasar Ortiguella mantenía el aplomo. Para los demás era incómodo asistir a un arrebato como aquél. Nos tomamos el aperitivo deprisa y en silencio y nos dispusimos a emprender el regreso. De camino al coche Baltasar Ortiguella hizo una proposición.

—Como Carol está tan enfadada conmigo, será mejor que vuelva en vuestro coche. Yo iré con Rufo, si él no tiene inconveniente.

Nadie dijo nada y me encontré en el Saab en compañía de Baltasar Ortiguella. Cuando salimos a la carretera suspiró.

—Lamento el espectáculo. Carol es como es. En este caso, además, no le falta razón. Pero es realmente imprescindible que yo asista a esa reunión. Quizá podría resolver el tema en un día y volver, pero lo dudo. Iré en coche a Perpiñán y allí tomaré el avión a París. Si salgo temprano, puedo estar en París a media mañana. Ya me están sacando el billete. Luego quizá vuele a Barcelona y mande a alguien a buscar el coche. Es una vida enloquecida, pero los tiempos que corren son desalmados y uno no se puede despistar.

Yo no dije nada y él guardó silencio durante un rato. Luego, sin apartar la mirada de la carretera y en el mismo tono amigable, como si no hubiese cambiado de tema, prosiguió.

—Anamari me ha comentado lo tuyo. No te lo tomes a mal. Ella temía, con razón, que tú no te atrevieras a pedirme ayuda.

Percibí la encerrona y me quedé desconcertado.

—Lamento la intromisión de mi hermana. Esta situación me resulta sumamente violenta.

—Ah, sí, claro, me hago cargo de tus sentimientos. Pero estás en un error. El trabajo no es algo abstracto. Es una relación entre personas concretas, en una tesitura concreta. Una relación de intercambio, muchas veces un forcejeo. Las reglas del juego no son claras y nunca falta un componente de riesgo. Nada se consigue sin asumir riesgos.

Siguió conduciendo callado, como si aquella reflexión fuera todo cuanto se proponía decir al respecto, y yo me limité a asentir en silencio. Al cabo de unos minutos, Baltasar Ortiguella volvió a tomar la palabra.

—Por suerte, en nuestro caso no ha de haber riesgo ni forcejeo de ninguna clase. Anamari y yo somos amigos. Entre nosotros hay confianza.

A medida que hablaba iba reduciendo la velocidad, como si quisiera adaptarla al pausado curso de su argumentación. Habíamos salido antes que el resto y con aquella ventaja y la potencia del automóvil, habíamos dejado muy atrás el destartalado Renault de Anamari. Ahora, sin embargo, los que nos iban a la zaga nos dieron alcance y nos adelantaron. Al pasar por nuestro lado, Anamari nos saludó agitando la mano y Carol, desde el asiento trasero, nos dedicó un gesto obsceno que hizo reír a Baltasar Ortiguella.

—¡Esta Carol! Es incorregible. Nada le parece bien. Yo le daría todos los caprichos, pero ni ella misma sabe lo que quiere. Dios le ha dado un carácter fuerte, pero se olvidó de ponerle alguna idea en la cabeza.

Mientras él se reía de su propio chiste, yo tuve la impresión de haber vivido una escena similar unos años atrás, cuando fui a pasar un fin de semana a casa de unos amigos ricos en East Hampton. En aquella ocasión, el dueño de la casa aludió también en un tono superficial y benévolo a la conducta errática de su mujer. Con anterioridad me habían llegado rumores de que mi interlocutor, un reputado abogado penalista, tenía estrechas relaciones con el crimen organizado y las había utilizado, al menos en un caso, para deshacerse de un rival, probablemente imaginario, del modo más expeditivo. Entonces aquella posibilidad, que debería haberme escandalizado y repelido, me había producido una impresión favorable, como me ocurre cuando trato con alguien capaz de recurrir sin escrúpulos a medidas extremas para conquistar o retener el objeto de sus deseos. Ahora, unos años más tarde, en el Ampurdán, me preguntaba si Baltasar Ortiguella era una versión local de mi antiguo anfitrión o si era un simulacro local, como el Ampurdán lo era de los Hamptons.

Al interesado aquella alusión pasajera al carácter de su novia no le había hecho olvidar el asunto que nos venía ocupando anteriormente.

—Por supuesto, te podría colocar en alguna de las empresas que manejo, pero eso no nos iba a gustar. ¿Un trabajo gris conseguido por enchufe? Ni hablar del peluquín.

—En esto estamos de acuerdo.

Volvimos a caer en un silencio preñado de sobreentendidos. Yo rezaba para que se acabara el viaje y se pudiera interrumpir una conversación tan embarazosa.

—¿Eres aficionado al fútbol?

Interpreté la pregunta como un intento de cambiar de tema y me sentí aliviado.

—Lo era de niño. Luego, menos. Y cuando me fui a Nueva York dejé de interesarme por el fútbol. Allí privan otros deportes, como sabes.

—Lo mismo da. Te lo preguntaba por una razón concreta. A través de nuestras empresas y también por relaciones sociales y por tradición familiar, tengo acceso a la junta del Barça. Seguro que la perspectiva te resulta más atrayente.

—¿Trabajar en el Barça?

—No te asustes. No te vamos a nombrar entrenador. No tenemos quejas de Udo Lattek. Pero ya conoces el dicho: el Barça es más que un club. La institución tiene hondas raíces en Cataluña y no hay sector donde no se haga sentir su presencia. En el ámbito cultural, en el periodístico, incluso en el político. Por no hablar de las obras de beneficencia. Estoy seguro de que hay muchos espacios donde podría encajar tu perfil.

J'ai toujours aimé les choses brillantes.

Atento y cumplidor, Tomás se había levantado temprano y había ido a comprar los periódicos del día y pan y croissants para el desayuno. Cuando se despertó, Baltasar Ortiguella ya no estaba en la casa y el Saab había desaparecido de la plaza.

Ahora Tomás estaba concentrado en el comprometido acto de hervir la leche fresca. Anamari dormía y Carol, dormida o despierta, seguía encerrada en su habitación. Baltasar Ortiguella y ella se habían retirado en cuanto hubimos acabado de cenar y, aunque nos quedamos un rato recogiendo la mesa, lavando los platos y repasando los incidentes del día, no los oímos hablar ni hacer ningún ruido.

Aproveché el momento para preguntar a Tomás cómo iba el Barça.

—Bien. La liga se acabó hace un par de meses. Quedamos segundos, por debajo de la Real Sociedad. El equipo es sólido y tiene buenos jugadores: Schuster, Quini, Simonsen, Migueli, Urruti... ¿A qué viene este interés repentino?

Anamari asomó la cabeza.

—¿Antes de desayunar ya habláis de fútbol?

Tomás se volvió hacia mí con expresión dolida.

—El fútbol lo inventaron las mujeres para abroncar a los hombres.

Anamari iba poniendo platos, tazas y cubiertos en la mesa.

—Yo no abronco a nadie. Yo sólo digo que por culpa del fútbol los hombres ya no nos hacéis caso y se extinguirá la humanidad.

—Eso es una gran injusticia. Yo nunca te he obligado a ir al estadio ni a ver un partido en la tele y, en cambio, te he acompañado mil veces a comprar ropa.

Intervine en este punto.

—Tú vigila que no hierva la leche y yo le pego con la sartén en la cabeza.

—Dale duro.

La víspera, como todavía estaba Baltasar Ortiguella en la casa, no les había querido contar nuestra conversación en el coche a la vuelta de Calella, pero ahora les hice un resumen de lo hablado, incluida la posibilidad de colocarme en el Fútbol Club Barcelona.

—Ya ves en qué lío me has metido por andar enredando.

—Cuando seas mayor, me lo agradecerás.

Tomás salió en defensa de Anamari.

—Estoy de acuerdo con tu hermana. No puedes seguir dando tumbos. Sobre todo, por ti. Si no encuentras pronto un trabajo, acabarás desmoralizado. O majareta.

—No, si yo estoy dispuesto a trabajar. Pero en el Barça...

—No seas infantil. Hoy en día el fútbol mueve tanto dinero como el textil o la metalúrgica. Los equipos son grandes conglomerados y actúan como estados independientes.

—Ya lo sé. No soy tan ignorante. A través de los deportes de masas se hacen negocios y se influye en la política. Yo sólo digo que en estos dos campos bien poco puedo aportar.

—Ideas. Eso puedes aportar. Has vivido varios años en Nueva York. A la hora de ofertar, los americanos son los amos. Aquí estamos en la edad de piedra. Si te lo propones, en seguida encontrarás la manera de hacerte valer.

Entre los dos me estaban labrando un futuro estremecedor.

—La economía no es tu fuerte, pero en política, hoy por hoy, hay barra libre. Los partidos han salido del armario, en muy poco tiempo se harán con el poder y no tienen gente.

—Por favor, dejadlo ya. Me estoy mareando.

La entrada de Carol en la cocina interrumpió aquella tortura. Sin que los demás lo advirtiéramos, se había duchado, vestido, peinado y maquillado como si fuera a una fiesta. Anamari le preguntó si quería desayunar.

—Sí, claro. Un té y algo de fruta.

—Lo siento. Sólo hay pan, croissant y café instantáneo.

—¡Qué asco!

A mí me divertía un personaje tan fiel a sí mismo. Abandonada por su novio, sin té y rodeada de extraños que no se mostraban dispuestos a complacer todas sus demandas, su cara expresaba la más profunda consternación. De inmediato se rehízo.

—No puedo empezar el día sin una taza de té. Me voy a buscar un sitio decente. Dadme las llaves del coche.

Para quitárnosla de encima le di las llaves de mi coche, se fue y nosotros desayunamos, hojeamos la prensa, comentamos las noticias y salimos a dar un paseo. Al regreso, todavía no había rastro de Carol ni de mi coche.

—El coche es de alquiler y está a tu nombre. Como se haya pegado una piña se te cae el pelo.

—Si se mata lo daré por bien empleado.

Nos pusimos a preparar la comida. Al cabo de un rato entró Carol.

—¿Tan difícil es encontrar un sitio donde den té?

Carol arrojó las llaves del coche sobre la mesa y se dejó caer en una silla de la cocina.

—Una barbaridad. En varios sitios pretendían darme té de bolsita. Me he indignado. Luego he estado preguntado la manera de volver a Barcelona. Bollo dijo que volaría directamente de París y yo no me subo a un tren ni muerta.

Le dije que yo pensaba volver al cabo de dos o tres días y que podía llevarla en mi coche. La propuesta le pareció inadmisible.

—¡Ni hablar! Yo aquí no me quedo otra noche. Quiero irme a casa. Ya. Mira, haremos una cosa: yo me voy en tu coche y tú bajas en tren.

—Es una idea excelente, pero el coche es de alquiler y lo he de devolver yo. Me temo que estamos en un callejón sin salida.

Tomás y yo nos divertíamos mortificando a aquella tonta consentida, pero Anamari no podía sustraerse a la solidaridad femenina. Además, se sentía responsable delante de su amigo. Carraspeó para llamar mi atención y me dirigió una mirada significativa: si Baltasar Ortiguella iba a proporcionarme un buen trabajo, no me quedaba más remedio que empezar a mostrarme servicial. En realidad, no me costaba demasiado solventar aquel problema nimio.

—Está bien. Si os parece, al caer la tarde acompaño a Carol a su casa y aún me da tiempo de volver a cenar, aunque sea a las tantas.

Anamari me dirigió una sonrisa complacida, Tomás hizo una mueca cómica y Carol, ajena al intercambio de señales, aceptó a regañadientes.

Comimos y nos retiramos. Yo me tendí en el sofá y me quedé dormido. Al despertar me lavé la cara y salí al jardincito. El sol empezaba a declinar, pero el calor era intenso. Saqué de la casa una tumbona de lona listada, busqué un rincón a la sombra y estuve leyendo hasta que aparecieron Anamari y Tomás para decirme que Carol ya había hecho las maletas y esperaba con impaciencia en una silla de la cocina.

—¿Las maletas? ¿Son dos?

—Son tres. No pesan demasiado.

Cargamos las maletas en el coche y nos dispusimos a partir.

—No me esperéis ni os impacientéis. Intentaré estar de vuelta para la cena, pero si estoy cansado, igual me quedo a dormir en Barcelona y subo mañana. No quiero quedarme dormido al volante.

Carol se despidió de sus anfitriones como si abandonara la consulta de un dentista y se sentó en el coche.

—¿No tiene radio?

—Sí, pero no funciona. Y no esperes mucho del aire acondicionado. El motor no da para tanto.

—Vaya cafetera.

—Es lo más barato que encontré.

Arrancamos. Al principio todo fue bien. Circulábamos por carreteras secundarias, entre trigales y bosquecillos de pinos, con el sol en la espalda y las ventanillas abiertas. Sin embargo, al desembocar en una carretera más importante, nos encontramos metidos en un atasco. Para no respirar las emanaciones de un camión, subí las ventanillas. Al cabo de un rato el coche era un horno. Carol rezongaba y ni siquiera me dirigía la mirada. Me resigné y me puse a pensar en mis cosas.

Pasaron dos horas de tedio sin paliativos. A la hilera de automóviles que llenaba la carretera hasta el horizonte se iban sumando nuevos automóviles que afluían de carreteras y caminos laterales. Caía la tarde y circulábamos como animales que avanzan cansinos y sin meta por el suelo cuarteado, bajo el azote de la sequía. A lado y lado de la carretera se abrían terrenos sin cultivar. A pesar de que el verano estaba sólo en sus inicios, la hierba amarilleaba y dejaba ver claros de tierra dura y pedregosa. En algunos baldíos se acumulaban muebles despanzurrados, máquinas inservibles cubiertas de orín, bultos de plástico negro. Bandadas de gaviotas planeaban contra el cielo azul grisáceo del crepúsculo. De un modo imperceptible íbamos dejando atrás el campo y surgían bloques de viviendas con las ventanas iluminadas.

Yo me iba sintiendo cada vez más flojo. Me gustara o no, aquél era mi mundo y aquélla era mi gente y aquél era el destino que el azar me había asignado y del cual mis escapadas a los confines más lejanos del planeta no me conseguirían sustraer, porque fuera a donde fuese, estaba condenado a volver siempre al mismo sitio. Huyera a donde huyera, tarde o temprano habría de claudicar, y ni mis locuras, ni mis fantasías me librarían de poner mi inteligencia, mi energía y mi corazón al servicio del Barça. No había escapatoria: había sonado la hora de ver las cosas desde dentro y no desde fuera y de tratar seriamente de encontrar mi equilibrio, mi forma de estar en el mundo y mi razón de ser.

Ya era oscuro cuando nos adentramos en las avenidas desoladas de los barrios suburbiales. Perdido en mis reflexiones me había olvidado de la persona que viajaba a mi lado. Ahora veía a contraluz sus facciones inexpresivas, su mirada vacua y la imagen infantil que ocultaba una actitud despótica y acusatoria. Más por oír mi propia voz que por cortesía le dirigí la palabra.

—Te pido disculpas por mi silencio prolongado. Es de muy mala educación, ya lo sé, pero te confieso que me he puesto a pensar y he hecho todo el viaje absorto y como ausente. Hay momentos en que el paisaje deja de ser el decorado en el que transcurren los hechos y se convierte en el verdadero protagonista de un argumento cuyo arranque nadie recuerda, un presente inmóvil, el episodio congelado de una confusa trama. Yo estoy aquí y sé que estoy aquí, pero no me reconozco, como no reconozco la responsabilidad que se me atribuye ni me identifico con lo que se espera de mí. Las personas de mi generación piensan de otro modo, eso también lo sé. Colectivamente nos enfrentamos a una tarea difícil, quizá arriesgada, pero apasionante. Hemos dejado atrás la juventud para sumergirnos de lleno en la realidad. Antes rivalizábamos entre nosotros, por puro afán de prestigio, como por juego. Ahora ya no estamos protegidos y hemos de rivalizar con el mundo. Esto debería proporcionarnos, cuando menos, un cierto orgullo, el sentimiento de estar cumpliendo con nuestro deber, de estar construyendo el futuro que habremos de legar a nuestros hijos. Pero todo eso a mí me deja frío. El patriotismo me deprime. Mi único deseo es estar lejos. Quiero volver al Japón. El Japón es lo que está lejos. Cuando estuve allí me enamoré ciegamente de una mujer a la que luego perdí de un modo tan fortuito y tan imprevisible como la propia cadena de acontecimientos y personas que me habían empujado a conocerla y a enamorarme sin saber cómo ni por qué. Pero no es eso. Quiero volver al Japón porque estar allí es no estar aquí. No quiero entender otras culturas, no busco la sabiduría. Lo exótico es una forma de la ignorancia. Entre los Cinco Reyes de la Sabiduría y los santos de la parroquia no hay ninguna diferencia, salvo que aquéllos son extraños. No crecimos a su lado, sólo en este detalle accidental estriba su ascendiente. A ti todo esto te trae sin cuidado, naturalmente. Tal vez habrías preferido que siguiera callado. Pero he empezado a hablar y ya no puedo parar. Reconozco que mi queja es estúpida. Estamos rodeados de dolor, de violencia gratuita. Al enfermo y a la víctima no se les brinda la posibilidad de quejarse, porque no hay alternativa a su infortunio. La queja surge cuando hay alternativa y reflexión: una infrecuente conjunción de lujos. Pero ésa es precisamente la naturaleza de la queja. La rebelión contra la mediocridad para la que hemos sido programados desde la niñez. Y para colmo nos estamos quedando sin gasolina, maldita sea.

Durante toda la perorata, Carol miraba distraídamente por la ventana. Cuando me callé volvió hacia mí una mirada entre vacua y displicente.

—Todo esto que me has contado está muy bien, pero ¿me vas a llevar a la cama, sí o no?

—Por supuesto. Estaba implícito en el discurso.

Me desperté con un lío de brazos y piernas, sudado y con la boca seca. Estaba en la cama de mis padres y a mi lado Carol dormía con respiración acompasada. La escena era digna de una comedia de Agus: aún no tenía asegurado el empleo y ya me había liado con la mujer del jefe. Me dio un ataque de risa que despertó a Carol.

—¿De qué te ríes? Si me estabas comparando con tu japonesa, te advierto que no me pienso esforzar.

—No. Perdona. Ni yo mismo sé de qué me río. Un sueño tonto. Y no te has de esforzar: eres un cielo.

Al cabo de un rato ella se volvió a dormir y yo me quedé pensando. Inicialmente había atribuido la situación a un impulso mutuo. Ahora me preguntaba si todo aquello no formaba parte de un plan urdido por Baltasar Ortiguella para desembarazarse de su pareja. Si me había tendido una trampa, me tenía bien merecido lo que me pudiera pasar por andar llamando a la puerta de los poderosos. Para tranquilizarme, me dije que las consecuencias de mis actos no me podían causar ningún perjuicio, puesto que nada tenía que perder, pero el cinismo no alivió mi nerviosismo y tardé bastante en volver a conciliar el sueño.

Cuando me desperté era de día y estaba solo. Oí ruido en la casa y fui a ver. Carol abría y cerraba cajones en la cocina.

—No sé si habrá té.

Me miró con expresión divertida.

—¿Ésta no es tu casa?

—Sí y no. Es la casa de mis padres. Aquí pasé mi infancia. Mi padre murió, mis hermanos se fueron y yo he vivido varios años en el extranjero.

Desde que volví a Barcelona vivo con mi madre, provisionalmente. Mi madre está de veraneo, en la montaña.

—¡Qué fuerte!

Nos duchamos y nos vestimos. Le propuse acompañarla a su casa, pero ella se negó y yo no insistí. Cuando me quedé solo pensé que debía volver al Ampurdán, pero rechacé la idea. No tenía valor para enfrentarme a Anamari después de lo sucedido, tanto si se lo contaba como si mantenía el secreto. Devolví el coche, regresé a casa y esperé a que me llamara. A las once sonó el teléfono. Le dije que no me esperasen. El viaje de vuelta había sido horroroso y me había quitado las ganas de echarme de nuevo a la carretera. Tal vez más adelante, cuando el calor en Barcelona me resultase insoportable.

—Haz lo que quieras. Aquí siempre serás bien recibido. Tomás dice que aproveches el tiempo para estudiar la historia del Barça. Dice que es muy instructiva.

I'm handling this my own way and I'm not gettin' into any jam.

Aquel verano fue especialmente bochornoso en Barcelona, pero no regresé al Ampurdán.

Mientras mi madre siguió veraneando en la montaña, Carol y yo nos seguimos viendo regularmente en mi casa. Yo daba por sentado que

Baltasar Ortiguella había regresado de su improvisado viaje a París y que nada había cambiado entre Carol y él. Aquello a mí me traía sin cuidado, pero no me gustaban los encuentros clandestinos.

Con mi madre de nuevo en casa, las citas se espaciaron y se hicieron más fugaces, porque teníamos que aprovechar los ratos libres y no alargar los encuentros. A mi edad, aquella situación me resultaba humillante, pero no tenía medios para alquilar un apartamento y no quería pedir favores a un amigo, y menos aún recurrir a un hotelito por horas. En el fondo, yo pensaba que nuestro romance iría perdiendo intensidad y acabaría por disolverse sin amarguras ni reproches.

Carol seguía siendo la mujer engreída, vanidosa e intemperante que habíamos conocido en el Ampurdán, pero en la intimidad no me resultaba difícil tomarme a broma los rasgos más aparatosos de su carácter. Paralelamente, me sorprendían facetas nuevas de su personalidad, que iba descubriendo de un modo indirecto y fragmentario, porque ella rara vez hablaba de sí misma, ni para revelar emociones ni para aportar datos sobre su pasado, como si no le interesara ahondar en el conocimiento mutuo. Yo tenía la sensación de que pasaba el rato conmigo como habría podido pasarlo en el cine. Cuando se lo dije, me respondió que sí, y añadió que aquel verano no daban ninguna película más divertida que estar conmigo.

A mediados de septiembre recibí la llamada de un individuo que dijo ser gestor de fondos fiduciarios extranjeros. El motivo de la llamada era comunicarme que un cliente, cuya identidad no estaba autorizado a revelar, le había encargado hacer una transferencia a mi cuenta corriente desde un banco con sede en las islas Caimán. A renglón seguido, sin hacer una pausa, añadió que la transacción era legal desde todo punto de vista y que, una vez realizada, yo podía regularizarla o no, según decidiera, aunque la reforma fiscal era una de las prioridades del Gobierno español, por lo que me desaconsejaba no declarar el ingreso e incurrir en fraude. Le pregunté la cantidad y el motivo de la transferencia y me dijo que el monto lo vería tan pronto se efectuara la transferencia, cosa que haría cuando yo le facilitara mis coordenadas bancarias. En cuanto a la causa subyacente a la citada operación, el gestor sólo podía decirme que su mandante deseaba retribuir servicios prestados recientemente, así como compensar ciertas pérdidas incurridas por mí en el curso de y en relación con los ya citados servicios.

Naturalmente, la transferencia anunciada sólo podía provenir del empréstito que yo había negociado con tuan Patam en Ju Ju Island, por lo cual, si lo aceptaba y seguía los consejos del gestor respecto a su legalización, no hacía sino blanquear dinero procedente de actividades delictivas. Sin embargo, fuera cual fuese la cantidad que el príncipe me enviaba, me la había ganado con creces y en mi tesitura una entrada de dinero me venía como anillo al dedo. De modo que di al gestor los datos que me pedía, él tomó nota y colgó.

Transcurridas dos semanas, mi banco me notificó el ingreso de una cantidad no despreciable de dólares. No sabía qué destino darles, pero, en previsión de unos vagos planes de fuga, pregunté si podía conservar las divisas y me respondieron afirmativamente.

Unos días más tarde recibí una llamada de Baltasar Ortiguella. Desde nuestra conversación en el Ampurdán a bordo de su coche no había vuelto a saber nada de él, ni directamente ni a través de Carol, que evitaba mencionarlo en nuestras conversaciones, por lo que yo había descartado la posibilidad de que sus promesas se llegaran a materializar. El hecho de estar engañándole del modo más flagrante no pesaba sobre mi conciencia: la peculiar idiosincrasia de Carol y una cobarde predisposición por mi parte me habían llevado a considerar nuestra relación como un suceso frívolo, lo que la prensa del corazón habría calificado de tórrido romance de verano. Ahora, sin embargo, al oír su voz, sentí un vacío en el estómago y un escalofrío me recorrió el espinazo. Por fortuna, sólo me llamaba para informarme de la buena marcha de sus gestiones. Concluida la temporada de vacaciones, había hablado de mí en términos elogiosos con algunos miembros de la Junta Directiva del

Fútbol Club Barcelona y esperaba tener un encuentro con el actual presidente accidental de la entidad, señor Casaus. De momento, y hasta tanto la cosa no se materializase, me proponía un encuentro para seguir hablando de aquel tema y de otros similares. En su voz no detecté trazas de fingimiento, lo cual me produjo alivio y, al mismo tiempo, una insufrible sensación de vergüenza. Mientras aquel individuo trataba de ayudarme, yo estaba cometiendo a sus espaldas una traición y una villanía sin paliativos. Tarde o temprano lo ocurrido saldría a la luz. Perder un empleo me traía sin cuidado, pero el escándalo sería mayúsculo y todo el mundo saldría perjudicado, incluidas varias personas totalmente ajenas a los hechos, como mi hermana Anamari.

Después de unas noches de insomnio y trastorno, decidí zanjar el problema de la única manera viable. Los dólares recibidos me permitirían marcharme una vez más de Barcelona e intentar rehacer mi vida en otra parte. Al revés de lo que había ocurrido hasta entonces, el príncipe Tukuulo, en vez de meterme en aprietos, me ayudaría a salir de uno.

Dediqué unos días a sopesar posibles destinos. El primero que me vino a la cabeza fue Tokio, pero lo descarté por razones prácticas: el costo de la vida era muy alto, la barrera del idioma era insalvable, no conocía a nadie, no tenía posibilidad alguna de encontrar trabajo y tampoco sabía cómo localizar a Norito. Tampoco quería regresar a Nueva York: añoraba el lugar en el que había vivido varios años, pero la ciudad que yo conocía había dejado de existir. En mis años de estudiante había pasado una larga temporada en Londres y guardaba un recuerdo muy grato de aquella etapa, pero ahora no me atraía ni Londres, ni París, ni ninguna ciudad europea. Finalmente, mi elección se centró en México o Buenos Aires. De las dos ciudades tenía muy buenas referencias y, debido a una de las recurrentes crisis financieras, si me decidía por la Argentina, con mis dólares me convertía en un hombre rico.

La fuga no revestía, a mis ojos, carácter de fracaso. Al margen de los motivos concretos, en Barcelona no me sentía a gusto. España ya no ofrecía un panorama esperanzador. La situación política se había estabilizado, pero los ánimos estaban decaídos. Si en un principio los partidos políticos, que tiempo atrás habían trabajado en clandestinidad y arrostrado peligros sin cuento por la democracia, habían sido acogidos con gratitud y confianza, ahora eran vistos como meras agrupaciones que se peleaban entre sí por una parcela de poder, mientras la economía del país zozobraba y el espectro de la carestía y el paro planeaba sobre la población. En todos los terrenos persistía la violencia, proliferaban los atentados, en las ciudades reinaba la inseguridad. ¿Quién querría vivir en un país así?

No trates de encontrar un hogar en el ancho mundo.

Pero allí donde el azar te lleve, llámalo tu casa.

Una vez determinado mi nuevo destino, ponderé la idea de irme furtivamente, casi sin equipaje y sin notificar a nadie mis intenciones. Pero de inmediato la rechacé por consideración a mi madre: no sólo debía darle una explicación razonable de mi marcha, sino tranquilizarla con respecto a mis planes futuros. Despedirme de Carol me parecía más fácil: la ruptura podía enojarla, pero, en el fondo, le supondría un alivio. En aquella creencia la llamé por teléfono.

—He de decirte algo. ¿Cuándo nos vemos?

—Mañana por la mañana tengo pelu; por la tarde, nada. A las cinco estoy en tu casa.

—No, aquí no puede ser. Mi madre ha invitado a una amiga a merendar.

—Entonces, ven tú a la mía.

—¿Y tus padres?

—No molestarán. Papá siempre está ocupado y a mamá todo se la refanfinfla.

Nunca había estado en su casa. Ni siquiera sabía dónde vivía. Me dio una dirección en el barrio de las Tres Torres y al día siguiente, a eso de las cinco y media, me encontré frente a una casa de dos plantas, rodeada de un jardín muy bien cuidado. Pulsé el interfono, se oyó un chasquido y la reja se deslizó por un riel. Recorrí un sendero y llegué a la puerta de la casa, donde me esperaba un hombre de mediana edad, alto, enjuto, canoso, muy repeinado, vestido con pantalón blanco y bléiser azul marino.

—¿Qué desea?

—Vengo a ver a Carol.

En aquel momento apareció ella en el recibidor. Llevaba una bata de lino y sandalias. Me hizo pasar y se dirigió al hombre del bléiser.

—Antonio, que nos traigan el té a mi cuarto. Luego que no me pasen ninguna llamada. Y si mis padres preguntan por mí, dígales que no estoy.

—Sí, señorita Carol.

Mientras subíamos una escalera alfombrada, yo iba mirando los cuadros, las estatuas, los jarrones, los muebles y las lámparas. Entramos en una salita y Carol cerró la puerta.

—¡Menuda sorpresa! Nunca me dijiste que tu familia era tan rica.

—Podrías haberlo adivinado. Si no tuviera las espaldas bien cubiertas, no sería tan ligera de cascos y tan borde.

—No creas, hay mucho kamikaze.

Tocaron a la puerta y entró una criada de uniforme con una bandeja de plata donde había un juego de té. Lo colocó sobre una mesa baja y se fue. Carol se me quedó mirando. Le divertía mi desconcierto.

—Bueno, a ver eso que me tenías que decir.

—En realidad, es una cosa muy sencilla.

—Vale. Pero antes déjame decirte otra cosa igual de sencilla: estoy embarazada y con toda certeza el hijo es tuyo.

Con aparente aplomo se puso a servir el té para darme tiempo a reaccionar. Descarté la posibilidad de que fuera una broma o una artimaña.

—¿Cómo lo sabes?

—Por la prueba. En la farmacia. Y antes de que me lo preguntes te contesto: no es de Bollo. Nuestras relaciones son más bien esporádicas y tranquilas y yo siempre tomo precauciones. Contigo ha sido distinto desde la primera vez.

—Vaya. ¿Y qué piensas hacer?

—Habla en plural: el asunto nos concierne a los dos.

—Sí, claro. Pero tú has tenido tiempo de pensar y yo todavía estoy aturdido.

—Mira, a las malas, sé a dónde ir. Ya he pasado por esto dos veces. Una, cuando era una cría; la segunda, a raíz de un soponcio parecido al tuyo con la japonesa. Pero esta vez se me había ocurrido algo distinto.

—¿Como qué?

—Nos casamos y listo.

—¡Por el amor de Dios! ¡Yo soy un pelagatos, ya me conoces!

—Si te casas conmigo, ya no lo serás. Nunca. Mis padres están podridos de dinero.

—Razón de más para que no quieran saber nada de mí.

—Que les den morcilla. Es mi decisión, no la suya. Si se enfadan, ya se les pasará. No me van a desheredar. Soy hija única. Si no me dejan la fortuna a mí, se la tendrían que dejar al obispado. Tampoco es que Bollo les entusiasme, si vamos a eso. Y tal como soy, el desastre podría ser peor. He hecho algunos disparates y si acabo con una buena persona como tú, aún darán gracias a Dios.

—¿Y tú? ¿Qué interés tienes?

—Mira, hace un mes, cuando fuimos a aquella casa horrible de tu hermana en el Ampurdán, vi que te habías llevado para leer un libro en inglés. Sabes cuál digo.

—Sí, claro: *Light in August* en una edición de los años cincuenta que compré en Scribner's.

—Bueno, pues le eché una ojeada y pensé: yo esto no lo leería ni muerta, pero un hombre que se atreve con semejante ladrillo podría ser el padre de mis hijos.

—Desde que hablé con mi hermano hace unos meses en Alemania, ya no cuestiono las motivaciones de nadie, pero esto me parece un poco exagerado. ¿De veras te quieres casar conmigo porque leo a Faulkner?

—Y también por lo que te acabo de notificar. Es un criterio de selección como cualquier otro. Bollo sólo lee libros de autoayuda para ejecutivos.

—Hombre, visto así... Pero tú no me quieres.

—¿Y eso qué más da? Los hombres sois unos

presuntuosos: queréis que las mujeres se mueran por vosotros. Si no vale la pena. Si al final todos os parecéis mucho. Tú me caes bien. Hacemos buena pareja. Nos queremos, cada uno a su manera. Es suficiente. A mis amigas que se han casado muy enamoradas les ha ido fatal. Además, yo no quiero un marido. No sé qué es eso. Nunca lo he sabido. El hombre que está conmigo en la cama, eso sí que sé lo que es. El padre de mis hijos, también. Pero un marido, ¿para qué me sirve? ¿Para ir del brazo a misa de doce? No lo pienses más. Vivirás estupendamente, sin pegar sello. Y si eso te humilla, vas de vez en cuando a un consejo de administración a decir chuminadas y a tocar la pera a los que de verdad entienden. Digas lo que digas, te darán la razón.

Me quedé pensando. De todas las tonterías que había hecho en mi vida, la que se me presentaba en aquel momento no era la peor.

—¿Y Bollo?

—Cogerá un berrinche. No le haremos caso. Entre él y yo sólo hay aburrimiento. Y sus padres se llevarán un alegrón. Me aceptan por interés, pero me consideran una petarda. Lo soy, pero eso es sólo una faceta de mi verdadero yo, como me dijo una psicóloga. No sabes cómo soy ni lo que he hecho hasta ahora. Ya te lo iré contando cuando haya ocasión. Habrá tiempo. Ahora tómate tranquilamente el té y dime eso que me venías a decir.

—Pues te venía a decir que me iba a vivir a Buenos Aires.

—Ah, me parece genial. Me encanta Buenos Aires. A mí todos los sitios me parecen bien mientras haya servicio doméstico.

EPÍLOGO

En el transcurso de aquel verano se me había ocurrido traducir al castellano *Caca en el sombrero*, la comedia con la que Agustín había triunfado en los escenarios alemanes. Además de ser una buena distracción, pensé que el ejercicio me serviría para refrescar un idioma que tenía abandonado y para satisfacer la natural curiosidad de mi madre y de mi hermana. Con el texto original y la traducción al francés que el propio Agus me había proporcionado, un par de diccionarios Langenscheidt y una máquina de escribir, me puse manos a la obra. Luego los acontecimientos descritos pusieron fin a mi tarea, no tanto por falta de tiempo como por falta de concentración. Una vez más, circunstancias imprevistas daban al traste con mis planes apenas iniciada su ejecución y les impedían ver la luz.

Una sala de espera. Muebles funcionales. La ventana enrejada. En una de las paredes hay un cartel que dice:

HOSPITAL DEL INMUNDO LAMENTO
WILKOMMEN

Al levantarse el telón hay cuatro personas sentadas. No se conocen entre sí, pero se han visto anteriormente, en el mismo lugar, por el mismo motivo.

Entra HUGO andando hacia atrás y mirando fijamente el suelo. Al levantar los ojos, se queda un poco desconcertado. Finalmente se sienta al lado de KLAUS.

HUGO: Perdone, señor, pero quisiera hacerle una pregunta: ¿falta mucho para llegar a Wusterschawerberg?

KLAUS: ¿Desde aquí? Muchísimo, señor. Esto no se mueve.

HUGO: Ah, ¿no estamos en un tren?

KLAUS: No, señor.

HUGO: ¿Ni en un avión? *(KLAUS dice que no con la cabeza.)* ¿Un paquebote, quizá? *(El mismo ademán negativo.)* ¿Entonces, toda esta gente, a dónde va?

KLAUS: De momento, a ninguna parte, señor. Esto es una sala de espera.

HUGO: Ah. Yo pensaba... mientras subía en el ascensor...

KLAUS: A los trenes y a los aviones no se llega en ascensor, si me permite la observación.

HUGO: Antiguamente. Estoy de acuerdo. Antiguamente era como usted dice, señor. Pero hoy en día todo ha cambiado mucho. Sobre todo, en el campo de la tecnología. Ya sabe lo que se dice: Hoy las ciencias adelantan...

(Los cuatro se ponen de pie y cantan a coro.)

TODOS: *(Cantan.)* Hoy las ciencias adelantan
que es una barbaridad
que es una bestialidad
que es una brutalidad.

MARGARETTA: Por si le interesa saberlo, señor, todos los presentes hemos venido a consultar nuestro problema. Con el Profesor.

HEINRICH: Herr Doktor.

KLAUS: Atraídos por su fama universal.

HEINRICH: Es conocida su habilidad dialéctica. Su lógica implacable. En los pleitos deja en ridículo a la acusación. Al mismísimo Ministerio Fiscal. En ridículo. Más de un fiscal abandona la sala sin pantalones.

MARGARETTA: Otras veces es el juez quien queda en ridículo.

KLAUS: Y casi siempre el propio acusado.

HEINRICH: No en vano le llaman Der Ridiculizador.

HUGO: Todos estamos aquí para exponerle nuestro caso.

(OTTO ha permanecido en silencio hasta el momento. Cuando se ha levantado para cantar vemos que es un enano con rabo.)

OTTO: Yo era un científico prometedor. Era joven y me llamaba Theobald. Un día invoqué al diablo. Llámenlo ambición, llámenlo afán de conocer lo arcano, llámenlo capricho. Pronuncié el conjuro y oí una voz que me decía: Aquí estoy, ¿qué quieres? Yo respondí: Quiero ser como tú. ¡Y tenía esta pinta, el hijoputa!

MARGARETTA: Yo también consagré mi vida a la ciencia. Pero no a la pura especulación, señor. Trabajé por el bien de la humanidad. Dediqué los mejores años de mi vida a investigar en el insondable mundo de los laxativos. Finalmente conseguí la fórmula perfecta. El purgante Zaratustra, de probada eficacia. Una multinacional me robó la patente y adulteró la fórmula.

TODOS: *(Cantan.)* Son tus perjúmenes, mujer,
los que me sulibeyan,
los que me sulibeyan,
son tus perjúmenes, mujer.

HEINRICH: Yo me presenté al concurso más difícil de la televisión estatal. El primer premio era ingresar en un convento cisterciense. El segundo, torturar a un malnacido. El tercero, dos entradas de palco para ver pasar el Tour de France. Habría podido ganar si hubiera habido tongo, pero no había tongo y me descalificaron.

KLAUS: Y usted, que parece un hombre culto, un hombre que ha viajado, un hombre que ha vivido, díganos, *mein Herr*, usted ¿de qué va?

NOTA

En la corte imperial del antiguo Japón existió un departamento ministerial consagrado al yin y al yang. Esta creencia en la distribución de las fuerzas que rigen el universo había entrado en el Japón, como casi todo, proveniente de la China y caló tan hondo que, en el complejo organigrama de la corte imperial, se le dedicó un ministerio, llamado ministerio del yin y el yang, cuyas funciones eran nulas, pero cuya mera existencia honraba un concepto que encerraba en sí el orden del cosmos. El negociado de mi título alude a esta subdivisión gubernamental y también a la forma de gestionar las misteriosas fuerzas que nos llevan de un lado para otro. Según este principio, todo depende del equilibrio entre el yin, que representa el principio femenino, la pasividad, el frío, la tierra, el agua y la luna, y el yang, el principio masculino, la actividad, la luz, el cielo, el fuego y el sol. No hace falta añadir que a mí, como ateo y aficionado al fútbol, la mera idea del yin y el yang me parece un disparate. Pero no ignoro que a su sombra se desarrollaron grandes civilizaciones y que su influencia fue tan notable que aún hoy, convertido en logo, preside algunos establecimientos de medicina alternativa para el cuerpo y la mente.

A lo largo de la escritura de este libro he recibido el refuerzo y las aportaciones de algunas personas. Este refuerzo se ha redoblado en la fase final, siempre la más complicada. Es de justicia hacer una mención especial a mi hijo Ferrán, que vino cuando lo necesité sin esperar a que yo le llamara. También va mi gratitud a Elena Ramírez por su apoyo, sus consejos, su estímulo y su paciencia. De mi editor perpetuo, Pere Gimferrer, no hace falta hablar, pero sí recordar que sigue al pie del cañón y que no hay artillero con mejor puntería. También siguen ahí todos los miembros de la Agencia Literaria Carmen Balcells. No iría a ninguna parte sin la ayuda de estas personas. Por todas las novelas de esta trilogía planea el recuerdo de mis padres, como no podría ser de otra manera. Ana está a mi lado, dentro y fuera de estas páginas. A los tres les dedicaría la trilogía si la creyera a la altura de sus méritos.

ÍNDICE

RODESA, S. L.
POL. IND. SAN MIGUEL, PARCELAS E7-E8
31132 VILLATUERTA - NAVARRA